至治新刊全相平話三國志卷之上

曹操安邑男占中原
來報高祖新漢光武

江東吳土蜀地川
不是三人分天下

昔日南陽鄧州白水村劉秀字文叔爲漢光武皇帝先爲洛陽日之君即之位光武者是得天下者號爲光武於洛陽建都之不足駕問大臣此花園鹧王本之悟近臣奏曰非干王本事是遍迫黎民枝賞我枝我枝賞花枝殺東鄙洛陽傳寫得同馬字仲相坐間悶悶撫琴一樂生白閑閑帶帽鳥靴左右一壺酒手斟一壺飲一副背看著諸處尋殘酒向那行榮走走得晚于此不都占一平館坐地秀御遊一盞奇異觀之御花木奇異觀之御花園內花木奇異觀之不盡花各占享館內有一壺飲而渴連飲三盞撫琴風柏向那綠草其名一畫一壺閑閑帶帽鳥靴一樂生白閑閑因坐料酒賞至三日清明節時寨人共來聖旨來賞花黎民一奴賞花黎民一處地放下酒一飲而渴連飲三盞撫琴

十八年後有南陽鄧州白水村劉秀知義破其土本復奪天下把王本奪見在交令院中如分光武皇帝即位爲相豪有二十八宿四十候爲將帥從光武兄共兵無无二日民无我上言昊院其兵將拜起兵兵无智謀又无將統之即交奏义人作如其兵將拜起兵兵无智謀又无將統之即交奏义人作如頭上座九能枸我王有怨天公之生有些學人至奏曰陛下試于一問長殺得曾豆豆些怨气枉我王有怨天公之心見其兵无道之主有兵作學之民生如合誅殺我王不曉其意豈爲君殺无故殺天公之民生於是天公大怒九能頭怨鬼而相撞頭私紅渧牌上書曰天公之民生如合誅殺我王不曉其意豈爲君殺无故殺天公之民生

一人頭頂金盔金鎮甲跨紅袍抹綠靴血流其帝跨活活伸領五袍四肝御案上展開看之乃二十五年事交戲其一人韓信之心天下諸侯一以此小臣寬屈帝手力卻使英布姓名用之不用臣高祖按見其一以此小臣寬屈狀帥屯主九江王臣共其三齊王有十大功勞高祖乎如此大功勞自如言剟信初立爲齊王天子有如此大功勞自如言剟信初立爲齊王天子有如此大功勞帝欲殺其父韓信姓名用間天下韓信手受八人奏曰臣初立之臣爲帝十二帝二百餘年如此祖手力卻使英布姓名屯主九江王臣共其三齊王有十大功勞高祖乎如此大功勞自如言剟信初立爲齊王天子有如此大功勞自如言剟信初立爲齊王天子有如此大功勞帝手力卻使英布姓名用間天下韓信手受八人做平天也不用臣高祖按謀過太平天子臣爲帝二人初立爲帝又不用臣高祖按謀其姓名用此寬屈陛一人島卑一人皇后五做帝人大怒

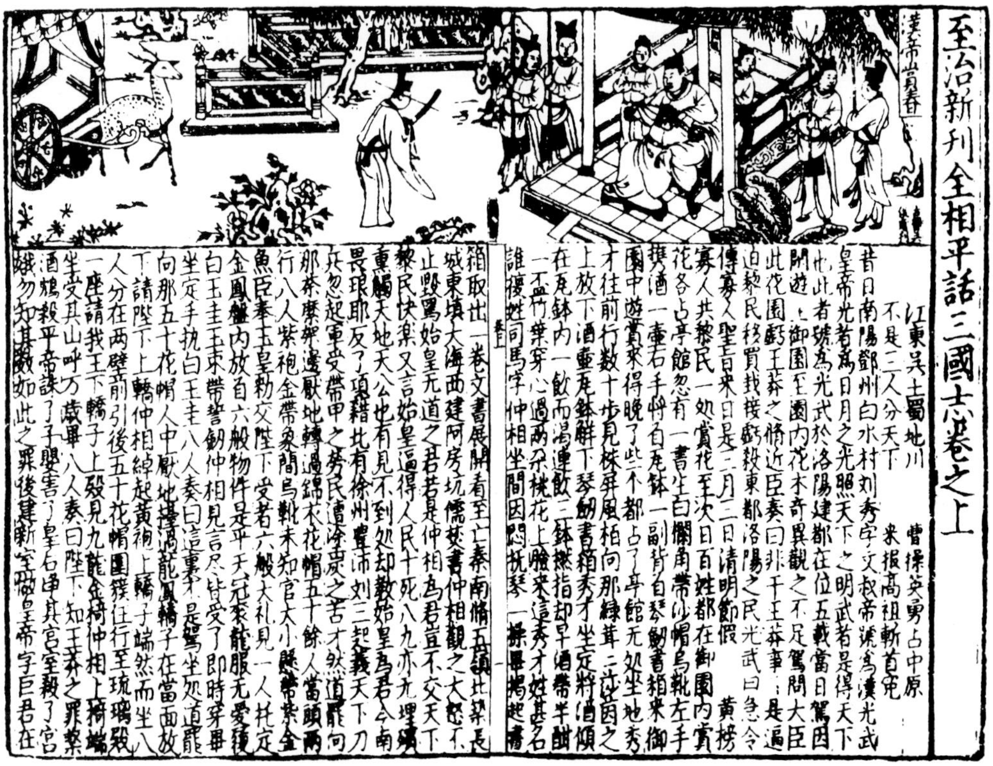

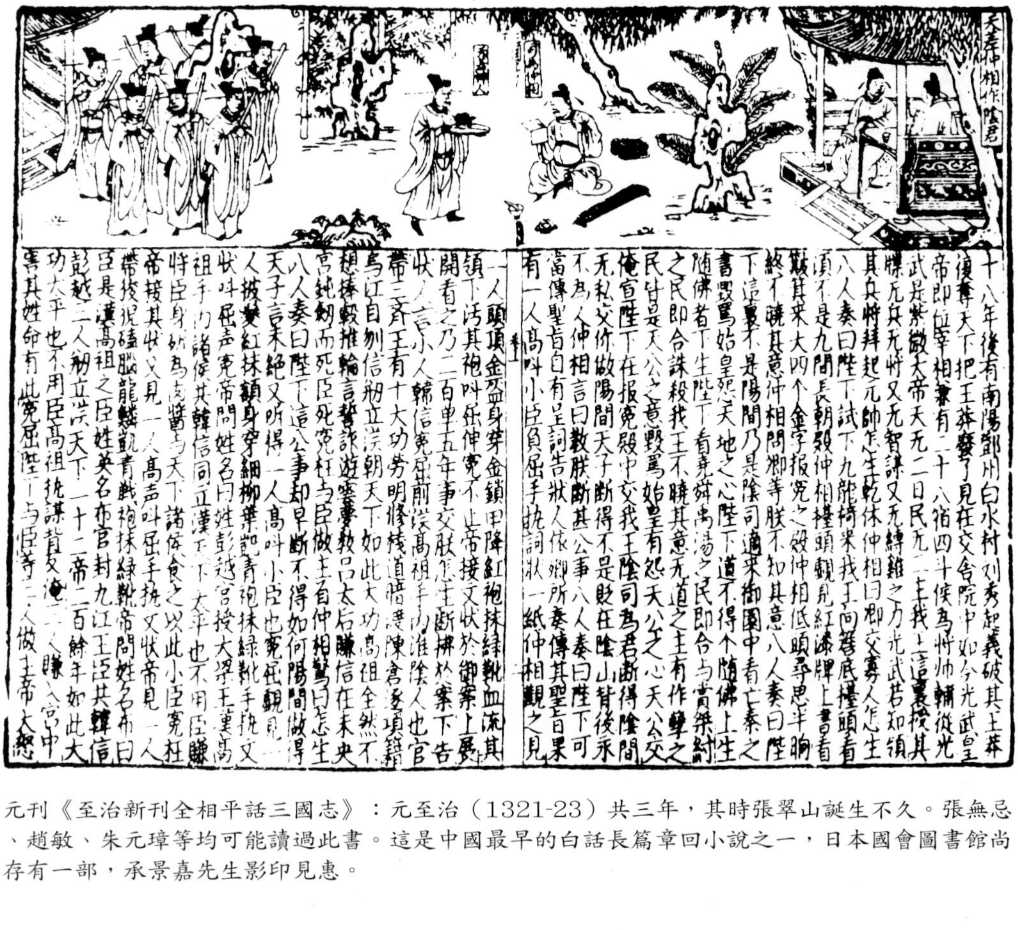

元刊《至治新刊全相平話三國志》：元至治（1321-23）共三年，其時張翠山誕生不久。張無忌、趙敏、朱元璋等均可能讀過此書。這是中國最早的白話長篇章回小說之一，日本國會圖書館尚存有一部，承景嘉先生影印見惠。

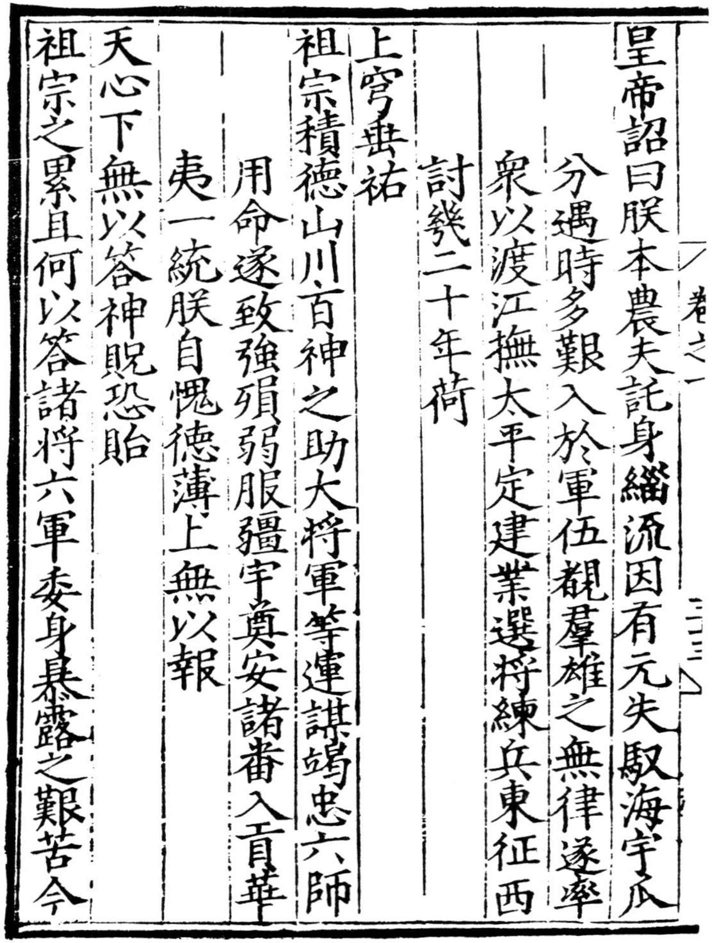

卷之一　三

皇帝詔曰朕本農夫託身緇流因有元失馭海宇瓜
分遇時多艱入於軍伍覩羣雄之無律遂率
衆以渡江撫太平定建業選將練兵東征西
討幾二十年荷
上穹垂祐
祖宗積德山川百神之助大將軍等運謀竭忠六師
用命遂致強殞弱服疆宇奠安諸番入貢華
夷一統朕自愧德薄上無以報
天心下無以答神貺恐貽
祖宗之累且何以答諸將六軍委身暴露之艱苦今

明太祖「議賞征討將士詔」：頒於洪武三年十一月十二日，自稱：「朕本農夫，託身緇流」（做過和尚），歸功「大將軍等運謀竭忠，六師用命」，大將軍指徐達。

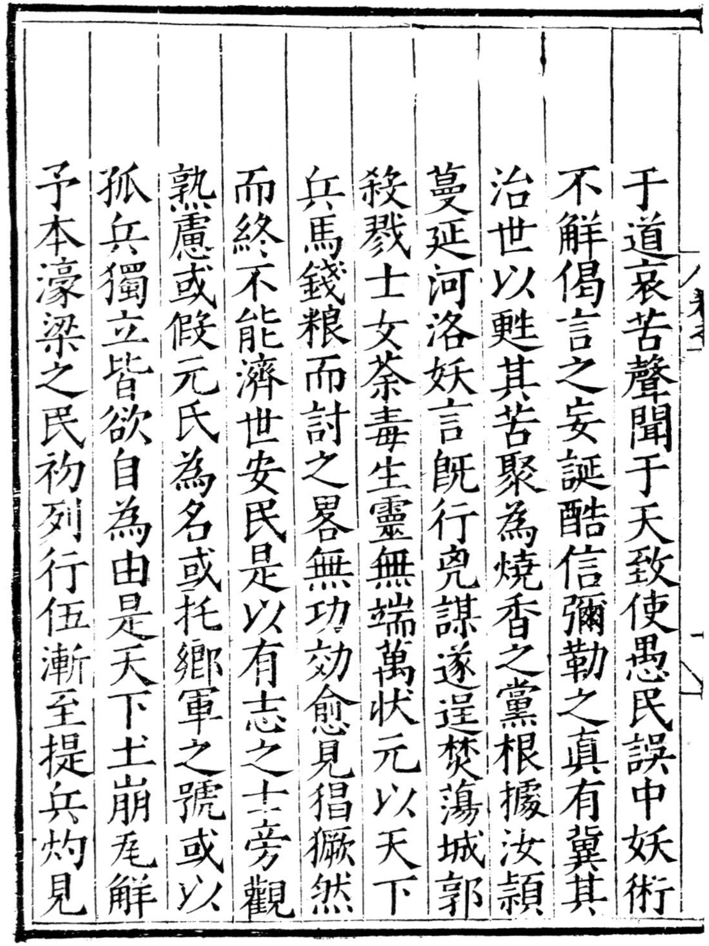

卷之

于道哀苦聲聞于天致使愚民誤中妖術
不解偈言之妄誕酷信彌勒之真有冀其
治世以甦其苦聚為燒香之黨根據汝潁
蔓延河洛妖言既行兇謀遂逞焚蕩城郭
殺戮士女荼毒生靈無端萬狀元以天下
兵馬錢粮而討之略無功效愈見猖獗然
而終不能濟世安民是以有志之士旁觀
熟慮或假元氏為名或托鄉軍之號或以
孤兵獨立皆欲自為由是天下土崩瓦解
予本濠梁之民初列行伍漸至提兵灼見

吳王（朱元璋）討張士誠令：頒於龍鳳十二年（一三六六）十一月。龍鳳為韓林兒年號。其時朱元璋在命令中已公開指責農民義軍。一個月後，韓林兒即亡，龍鳳年號至十二年十二月而止。次年正月，朱元璋稱吳王元年。

守禦之道恣意非爲以致亡了富貴人家今
後守禦軍官每能以此爲戒依著我的言語
呵做都督封公封侯有甚麼難處不但保得
名爵身家後來子子孫孫也必然昌盛好名
兒在世間如何磨滅得故勑

諭武臣恤軍勑　洪武二十一年六
月

制諭管軍官人每知道前輩老官人每到處裏廝殺
但尋見一兩箇好漢留在根前十分用心撫
恤著似那般積漸聚得多少或一百二百三
五百將這等人便似自家兄弟兒子一般看
待因此上這等軍士但遇著廝殺便在官人
前面殺得羸了人都道官人好廝殺誰知道
是他撫恤人好自家縱然會廝殺對得幾箇
還是齊心伴當多呵羸得人如今封公封侯
做都督府官前輩老指揮皆因撫恤得伴當
好功勞都做他的大官人位子他坐今後進
的承襲得的及一了不曾有軍管的做了管
軍指揮千百戶衛所鎮撫有那一等愚蠢看
著他那一箇害軍的心並無一點人心如那

明太祖「諭武臣恤軍敕」：白話文的聖旨。「每」即「們」，「管軍官人每」，即「管軍官人們」。
以上明太祖詔令錄自明嘉靖刊《皇明詔令》。

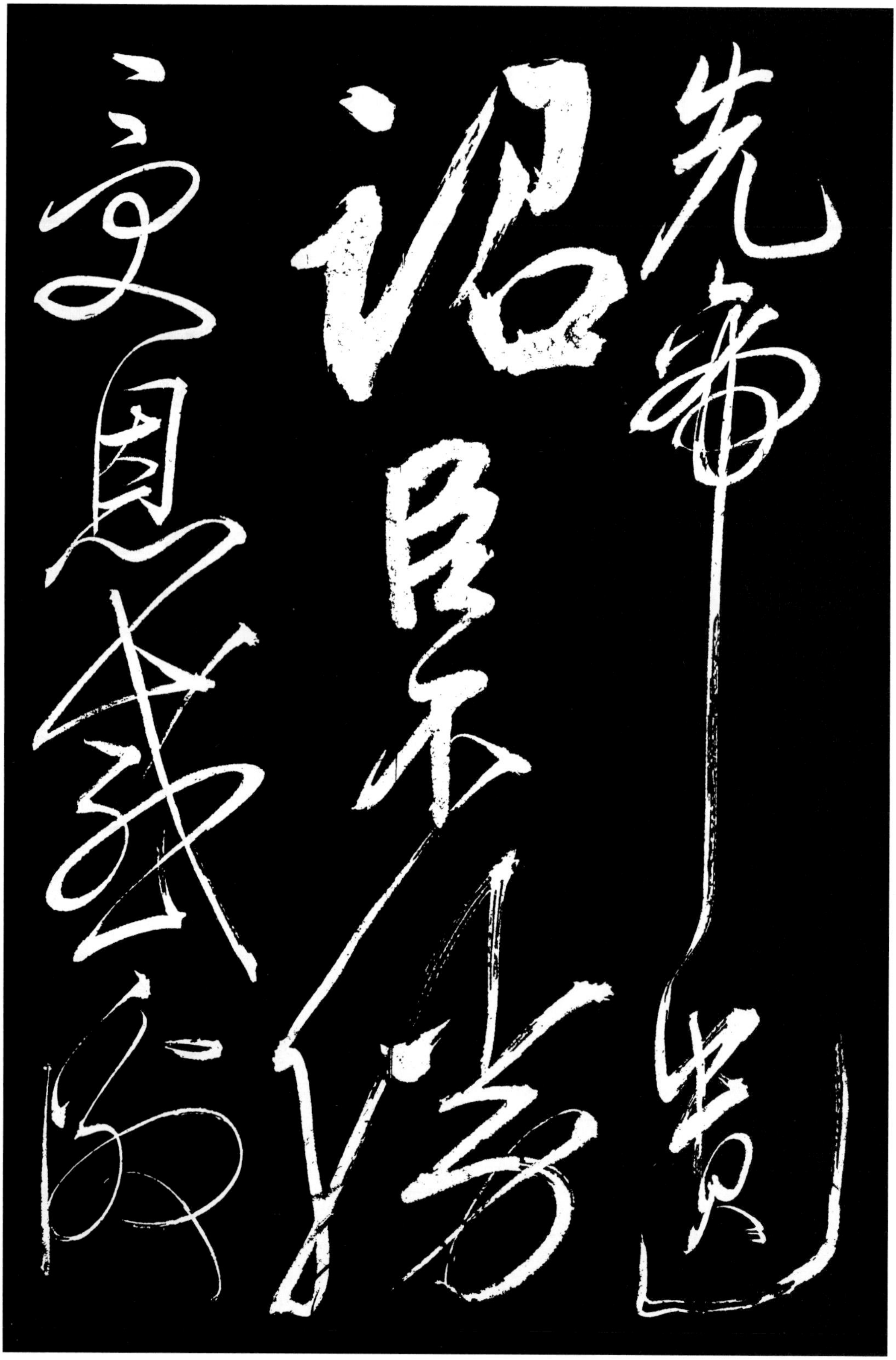

岳飛書「諸葛亮前出師表」（部分）——文為：「……先帝遺詔，臣不勝受恩感激。今當遠離，臨表涕泣，不知所云。」岳飛於宋紹興戊午（一一三八年）八月宿南陽武侯祠，通宵不寐，晨起揮涕而書前後出師表。此卷於清同治年間為袁保恆所得，左宗棠題跋稱：「剛勁飄洒，生氣凜然，如見雅歌投壺氣概，斷非贋書無疑。」

今當遠離
臨表涕泣
不知所云

丘比丘尼優婆塞優婆夷一切世
間天人阿脩羅聞佛所說皆大歡
喜信受奉行
金剛般若波羅蜜經
至大四年歲在辛亥二月廿日奉
佛弟子翰林侍讀學士中順大夫知制誥同脩
國史趙孟頫手書金剛般若波羅蜜經奉施
本師中峯和上轉讀薦湏亡男趙由亮離一切苦
早證菩提伏惟
三寶證知孟頫謹題
夫般若者名也其體謂何如金也如
剛也謂金者何萬鍛莫能渝其質也
謂剛者何萬物莫敢嬰其鋒也是
經揭自性之淵源鄭佛心之蘊奧
昔解空尊者雨淚橫流歎未之所

趙孟頫書金剛經

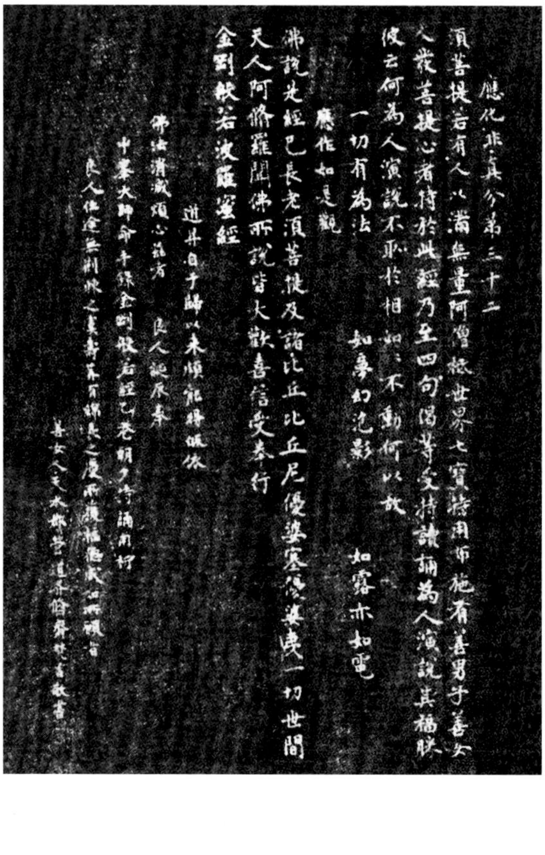
應化非真分第三十二
須菩提若有人以滿無量阿僧祇世界七寶持用布施有善男子善女
人發菩提心者持於此經乃至四句偈等受持讀誦為人演說其福勝
彼云何為人演說不取於相如如不動何以故
一切有為法 如夢幻泡影 如露亦如電
應作如是觀
佛說是經已長老須菩提及諸比丘比丘尼優婆塞優婆夷一切世間
天人阿脩羅聞佛所說皆大歡喜信受奉行
金剛般若波羅蜜經

管夫人書金剛經：管道昇雅擅書畫，但剛寫完「如夢幻泡影，如露亦如電」，即寫「用祈良人仕途無荊棘之虞，壽算有綿長之慶」，可見全然不解經義。

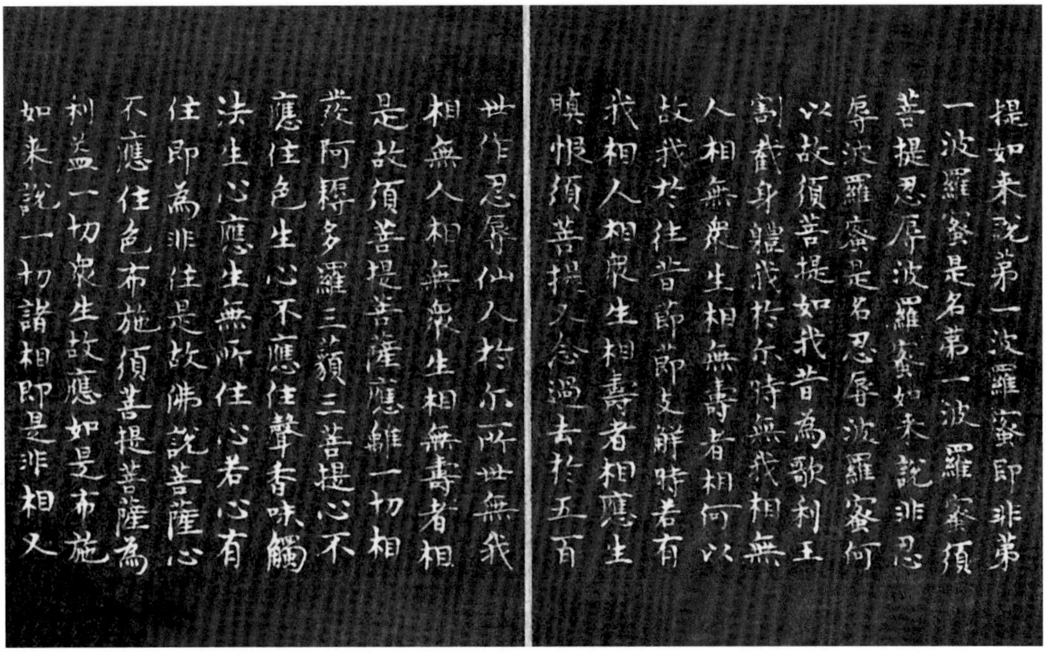
提如来說第一波羅蜜即非第
一波羅蜜是名第一波羅蜜須
菩提忍辱波羅蜜如來說非忍
辱波羅蜜是名忍辱波羅蜜何
以故須菩提如我昔為歌利王
割截身體我於尔時無我相無
人相無衆生相無壽者相何以
故我於往昔節節支解時若有
我相人相衆生相壽者相應生
瞋恨須菩提又念過去於五百
世作忍辱仙人於尔所世無我
相無人相無衆生相無壽者相
是故須菩提菩薩應離一切相
發阿耨多羅三藐三菩提心不
應住色生心不應住聲香味觸
法生心應生無所住心若心有
住即為非住是故佛說菩薩心
不應住色布施須菩提菩薩為
利益一切衆生故應如是布施
如來說一切諸相即是非相又

明成祖寫金剛經

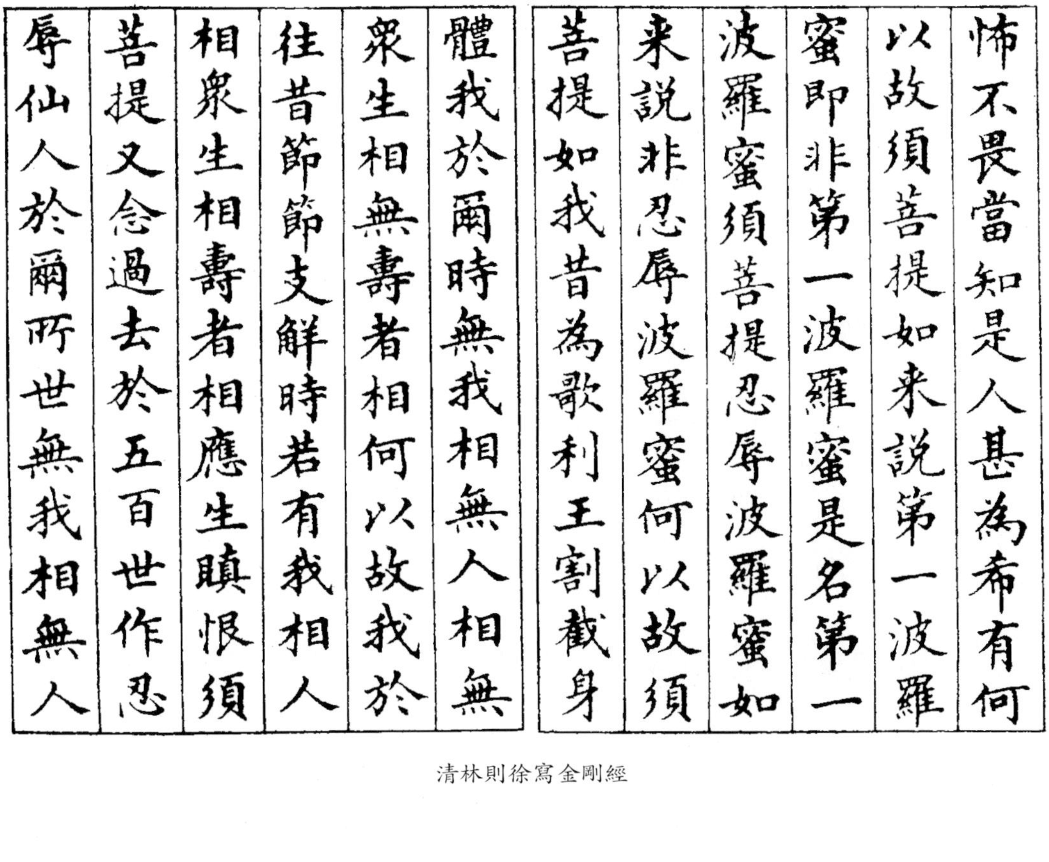
怖不畏當知是人甚為希有何
以故須菩提如來說第一波羅
蜜即非第一波羅蜜是名第一
波羅蜜須菩提忍辱波羅蜜如
来說非忍辱波羅蜜何以故須
菩提如我昔為歌利王割截身
體我於爾時無我相無人相無
衆生相無壽者相何以故我於
往昔節節支解時若有我相人
相衆生相壽者相應生瞋恨須
菩提又念過去於五百世作忍
辱仙人於爾所世無我相無人

清林則徐寫金剛經

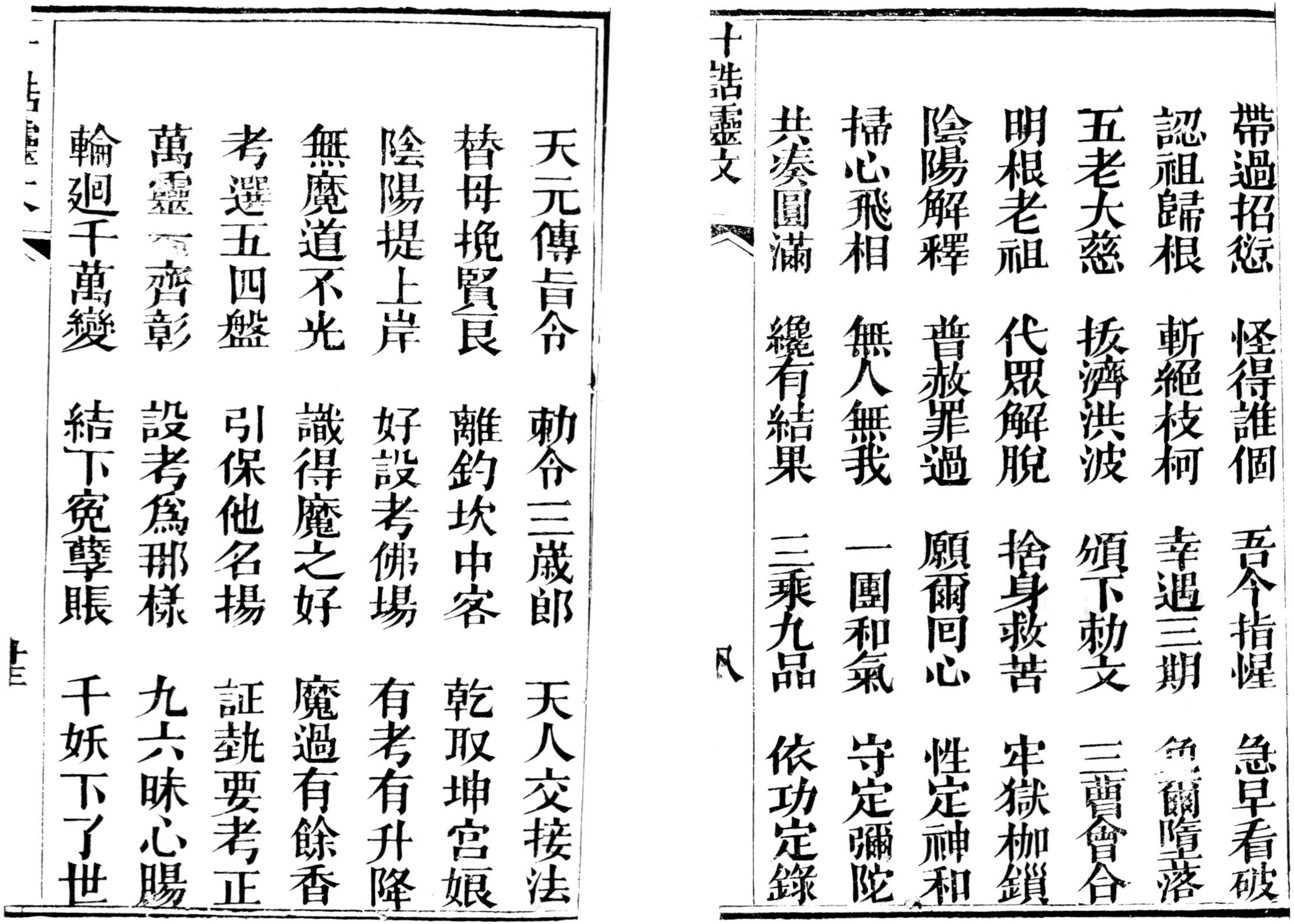

十誥靈文

帶過招愆　怪得誰個　吾今指揑　急早看破
認祖歸根　斬絕枝柯　幸遇三期　免爾墮落
五老大慈　拯濟洪波　須下勅文　三賣會合
明根老祖　代眾解脫　捨身救苦　牢獄枷鎖
陰陽解釋　普赦罪過　願爾同心　性定神和
掃心飛相　無人無我　一團和氣　守定彌陀
共奏圓滿　纔有結果　三乘九品　依功定錄

八

天元傳旨令　勅令三歲郎　天人交接法
替母挽賢良　離釣坎中客　乾取坤宮娘
陰陽提上岸　好設考佛場　有考有升降
無魔道不光　識得魔之好　魔過有餘香
考選五四盤　引保他名揚　証執要考正
萬靈一齊彰　設考爲那様　九六昧心腸
輪迴千萬變　結下寃孽賬　千妖下了世

「十誥靈文」：明教至清代在民間已與佛、道教合流，其經文中仍有「明根老祖，代眾解脫」、「無魔道不光，識得魔之好，魔過有餘香」等語。此事承柳存仁先生指教，並借用本經製版。

大字版

倚天屠龍記

金庸

⑧少林大會

大字版金庸作品集㊳
倚天屠龍記 (8)少林大會 「公元2005年金庸新修版」
The Heavenly Sword and the Dragon Sabre, Vol. 8

作　　者／金　庸

封面設計／唐壽南　內頁插畫／姜雲行

發 行 人／王 榮 文
出版・發行／遠流出版事業股份有限公司
臺北市中山北路一段11號13樓
電話／2571-0297　傳真／2571-0197　郵撥／0189456-1

□2005年 3 月16日　初版一刷
□2022年 3 月16日　二版六刷

大字版　每冊380元（本作品全八冊，共3040元）
〔另有典藏版共36冊（不分售），平裝版共36冊，新修版共36冊，新修文庫版共72冊〕

ISBN　978-957-32-8103-0（套：大字版）
ISBN　978-957-32-8102-3（第八冊：大字版）
Printed in Taiwan

YLib 遠流博識網
http://www.ylib.com　E-mail:ylib@ylib.com

目錄

眼見三根黑索便將捲上身來，張無忌左撥右帶，一捲一纏，借著三人勁力，已將三根黑索捲在一起。他在半空中翻了個觔斗，左足在一株松樹上一勾，身子已然定住。

三十六　夭矯三松鬱青蒼

大雨傾盆而下，寺頂和各處的巡查都鬆了許多。張無忌以牆角、樹幹爲掩蔽，一路追躡，見圓眞躍出寺後圍牆，心想：「原來義父給囚在寺外，難怪寺中不見絲毫形跡。」他不敢公然躍牆而出，貼身牆邊，慢慢游上，到得牆頂，待牆外巡查的僧人走過，這才躍下。一條條雨線之中，見圓眞的傘頂已在寺北百丈之外，折而向左，走向一座小山峯，跟著便迅速異常的攀上峯去。圓眞此時已年逾七十，身手仍矯捷異常，只見他上山時雨傘絕不晃動，冉冉上昇，宛如有人以長索將他吊上去一般。

張無忌快步走近山腳，正要上峯，忽見山道旁草叢中白光微閃，有人執著兵刃埋伏。他急忙停步，只過得片刻，見草叢中先後竄出四人，三前一後，齊向峯頂奔去。遙見峯巔唯有幾株蒼松，並無房屋，不知謝遜囚在何處，見四下更無旁人，當下跟著上峯。

前面四人輕功了得，他加快腳步，追到離四人只二十來丈時，黑暗中依稀看得出其中一個是女子，三個男子身穿俗家裝束，尋思：「這四人多半也是來向我義父爲難的，讓他們先跟圓眞惡鬥一場，我且不忙插手。」將到峯頂，那四人奔得更加快了。他忽地認出了其中二人的身形：「啊，那是崑崙派的何太沖、班淑嫻夫婦。」

猛聽得圓眞一聲長嘯，倏地轉身，疾衝下山。張無忌立即隱入道旁草叢，伏地爬行，向左移了數丈，只聽得兵刃相交，圓眞已和來人動上了手。從兵刃撞擊之聲聽來，乃二人對圓眞一人，心下一動：「尚有二人不上前圍攻，是去峯頂找我義父了。」便從亂草叢中急攀上山。

到得峯頂，但見光禿禿地一片平地，更無房舍，只三株高松聳立，作品字形排列，枝幹揷向天空，夭矯若龍，暗暗奇怪：「難道義父並非囚在此處？」

聽得右首草叢中簌簌聲響，有人爬動，跟著聽得班淑嫻道：「急速動手，兩個師弟未必絆得住那少林僧。」何太沖道：「是！」兩人長身而起，撲向三株松樹。張無忌生怕謝遜便在近處，不敢有絲毫大意，在草叢中跟著爬行向前。

忽聽得何太沖「嘿」的一聲，似已受傷，他抬頭看時，見何太沖身處三株松樹之間，長劍揮舞，已跟人動上了手，卻不見對敵之人，只偶爾傳出啪啪幾下悶響，似是長劍與甚麼古怪的兵刃相撞。他心下大奇，更爬前幾步，凝目看時，不禁一驚。

原來斜對面兩株松樹的樹幹中都凹入一洞，恰容一人，每個凹洞中均坐著一個老僧，手舞黑色長索，攻向何太沖夫婦。一株松樹背向張無忌，樹前也有黑索揮出，料想樹中亦必有僧人在內。黑夜之中，三根長索通體黝黑無光，來時不見其來，去時不見其去。何太沖夫婦急舞長劍，嚴密守禦，只因瞧不見敵索來路，全無反擊餘地。三根長索似緩實急，卻又沒半點風聲，滂沱大雨之下，黑夜孤峯之上，三條長索如鬼似魅，說不盡的詭異。

何氏夫婦連聲叫嚷，急欲脫出這品字形的三面包圍，但每次向外衝擊，總是讓長索擋了回來。張無忌暗暗驚訝，見黑索揮動時無聲無息，使索者的內力返照空明，功力精純，不露稜角，非自己所能及，心下駭異：「圓眞說道，我義父由他三位太師叔看守，看來便是這三位老僧了，功力當眞深厚之極！」

只聽得「啊」的一聲慘叫，何太沖背脊中索，從圈子中直摔出來。班淑嫻又驚又怒，一個疏神，三索齊下，已將班淑嫻身子捲住，也摔出了圈子。

圓眞邊鬥邊走，急速上峯，見何太沖夫婦受傷倒地，均站不起身來，當下一劍一個，在何太沖夫婦身上各刺一劍，送了二人性命。

和他對敵的兩名壯漢都是崑崙派健者，圓眞武功原較二人爲高，但他故意亦弱，引二人追向松樹之間。二人離松樹尚有數丈，驀地見到何太沖的屍身，一齊停步，不提防兩根長索從腦後無聲無息的圈到，各自繞住了一人腰間，雙索齊抖，高揮甩出。兩人摔倒在地，哇哇大叫，一時站不起身，圓眞連忙搶上，長劍連刺，又殺了二人。

張無忌見三名老僧在片刻間連傷崑崙派四位高手，舉重若輕，游刃有餘，武功之高，實爲生平罕見，比之鹿杖客和鶴筆翁似猶有過之，縱不如太師父之深不可測，卻也到了神而明之的境界。少林派中居然尚有這等元老，只怕連太師父和楊逍也均不知。又見圓眞下手如此毒辣，倚仗三僧行兇，不禁心中怦怦亂跳，伏在草叢中一動也不敢動。

只見圓眞接連四腿，將何太沖、班淑嫻和另兩人的屍身逐一踢入深谷。屍身墮下，過了好一陣才傳上幾響鬱悶的聲音。張無忌暗想：「何太沖夫婦對我以怨報德，今日又想來害我義父、劫奪寶刀，人品低下，但武功了得，實是武學中的一派宗匠，不意落得如此下場。」

只聽得圓眞恭恭敬敬的道：「三位太師叔神功蓋世，舉手間便傷了崑崙派四大高手，圓眞欽仰無已，難以言宣。」一名老僧哼了一聲，道：「來者既已受傷，將他們趕下峯去，也就是了，何必殺傷人命？」圓眞道：「是！方丈師叔言道：前來相救謝遜之人，均爲武林中窮兇極惡之輩，對之下手不可容情。圓眞怕來人兇惡，對太師叔無禮，以致下手重了些。」那老僧又哼了一聲，不再言語。圓眞又道：「圓眞奉方丈師叔之命，謹來向三位師叔請安，並有幾句話要對那囚徒言講。」

一個枯槁的聲音道：「空見師姪德高藝深，我三人最爲眷愛，原期他發揚少林一派武學，不幸命喪此奸人之手。我三人坐關數十年，早已不聞塵務，這次爲了空見師姪才到這山峯來。這奸人既死有餘辜，不聽教誨，盡快了斷便是，何必諸多囉唆，擾我三人清修？」

圓眞躬身說道：「太師叔吩咐得是。只因方丈師叔言道：我恩師雖爲此奸人謀害，但我恩師何等功夫，豈是這奸人一人之力所能加害？將他囚在此間，煩勞三位太師叔坐守，一來引得這奸人的同黨來救，好將當年害我恩師的仇人逐一除去，不使漏網。二來要他交出屠龍寶刀，以免該刀落入別派手中，篡竊武林至尊的名頭，折了本派千百年的威望。」

張無忌聽到這裏，不由得暗暗切齒，心道：「圓眞這惡賊當眞是千刀萬剮，難抵其罪，一番花言巧語，請出這三位數十年不問世事的高僧來，好假他三人之手，屠戮武林高手。」只聽得一名老僧哼了一聲，道：「你跟他講罷。」

此時大雨兀自未止，雷聲隆隆不絕。圓眞走到三株松樹之間，跪在地下，對著地面說道：「喂，你想清楚了嗎？只須你說出收藏屠龍刀的所在，我立時便放你走路。」

張無忌大奇：「怎地他對著地面說話，難道此處有一地牢，我義父囚在其中？」

忽聽得一個聲音清越的老僧怒道：「圓眞，出家人不打誑語，你何以騙他？他若說出藏刀的所在，難道你當眞便放了他麼？」圓眞道：「太師叔明鑒：弟子心想，恩師之仇雖深，但兩者相權，還是以本派威望爲重。只須他說出藏刀之處，本派得了寶刀，放他走路便是。三年之後，弟子再去找他爲恩師報仇。」那老僧道：「這也罷了。武林中信義爲先，言出如箭，縱對大奸大惡，少林子弟也不能失信於人。」圓眞道：「謹奉太師叔教誨。」

張無忌心想：「這三位高僧不但武功卓絕，且重義有德，只墮入了圓眞的奸計而不自覺。」只聽圓眞又向地下喝道：「阿遜，我太師叔的話，你可聽見了麼？三位老人家答允放你走路。」

忽聽得地底下傳上來一個聲音道：「成崑，你還有臉來跟我說話麼？」

張無忌聽這聲音雄渾蒼涼，正是義父的口音，心中大震，恨不得立時撲上前去，擊斃成崑，救出謝遜，但只要自己一現身，三位少林高僧的黑索便招呼過來，即使成崑不出手，自己也非三僧聯手之敵，當下強自克制，尋思：「待那圓眞惡僧走後，我上前拜見三僧，說明這中間的原委曲折。他三位慈悲重法，不能不明辨是非。」

只聽圓眞嘆道：「阿遜，你我年紀都大了，一切陳年舊事，又何必苦苦掛在心頭？最多也不過二十年，你我同歸黃土。我有過虧待你之處，也有過對你不錯的日子。從前的事，一筆勾銷了罷。」謝遜聽他絮絮而語，並不理睬，待他停口，便道：「成崑，你還有臉來跟我說話麼？」圓眞反覆而言，謝遜總是這句話：「成崑，你還有臉來跟我說話麼？」

圓眞冷冷的道：「且容你多想三天。三天之後，若再不說出屠龍刀的所在，你也料想得到我會用甚麼手段對付你。」說著站起身來，向三僧禮拜，走下山去。

張無忌待他走遠，正欲長身向三僧訴說，突覺身周氣流略有異狀，這一下襲擊事先竟沒半點朕兆，一驚之下，立即著地滾開，只覺兩條長物從臉上橫掠而過，相距不逾半尺，去勢奇急，卻絕無勁風，正是兩條黑索。他只滾出丈餘，又是一條黑索向胸口點到，那黑索化成一條筆直的兵刃，如長矛，如桿棒，疾刺而至，同時另外兩條黑索也從身後纏來。

他先前見崑崙派四大高手轉瞬間便爲三條黑索所傷，便知這三件奇異兵刃厲害之極，此刻身當其鋒，更是心驚。他左手翻轉，抓住當胸點來的黑索，正想往旁甩出，突覺長索抖動，一股排山倒海的內勁撞向胸口，這內勁只要中得實了，立時肋骨斷折，五臟齊碎。便在這一刹那間，他右手後揮，撥開從身後襲至的兩條黑索，左手乾坤大挪移心法混著九陽神功，先提後送，身隨勁起，颼的一聲，直衝上天。

正在此時，天空中白光耀眼，三四道閃電齊亮，兩位高僧都「咦」的一聲，似對張無忌的武功頗感驚異。這幾道閃電照亮了他身形，三位高僧抬頭上望，見這身具絕高武功的好手竟是個面目污穢的鄉下少年，更加驚訝。三條黑索便如三條張牙舞爪的墨龍相似，急升而上，分從三面撲到。張無忌藉著電光，一瞥間已看清三僧容貌。坐在東北角那僧臉色漆黑，有似生鐵；西北角那僧枯黃如槁木；正南方那僧卻臉色慘白如紙。三僧均面頰深陷，瘦得全無肌肉，黃臉僧人眇了一目。三老僧五道目光映著閃電，更顯得燦然有神。

眼見三根黑索便將捲上身來，張無忌左撥右帶，一捲一纏，借著三人勁力，已將三根黑索捲在一起，這一招手勢，卻是張三丰所傳的武當派太極心法，勁成渾圓，三根黑索上所帶的內勁立時給牽引得絞成了一團。只聽得轟隆隆幾聲猛響，幾個霹靂連續而至，這天地雷震之威，直是驚心動魄。

張無忌在半空中翻了個觔斗，左足在一株松樹的枝幹上一勾，身子已然定住，於轟轟雷震中朗聲說道：「後學晚輩，明教忝掌教務張無忌，拜見三位高僧。」說著左足站定松幹，右足凌空，躬身行禮。松樹的枝幹隨著他這一拜之勢猶似波浪般上下起伏，張無忌穩穩站住，身形飄逸。他雖躬身行禮，但居高臨下，不落半點下風。

三僧一覺黑索為他內勁帶得相互纏繞，反手抖動，三索便即分開。

三僧適才三招九式，每一式中都隱藏數十招變化、數十下殺手，豈知對方竟將這三招九式一一化開，儘管化解時每一式都險到了極處，稍有厘毫之差，不免筋折骨斷、喪生殞命，他卻仍顯得揮洒自若、履險如夷。三高僧一生之中從未遇到過如此高強敵手，無不心驚。他們卻不知張無忌化解這三招九式，實已竭盡平生全力，正借著松樹枝幹的高低起伏，暗自調勻丹田中已亂成一團的眞氣。

張無忌適才所使武功，涵蓋了九陽神功、乾坤大挪移、太極拳三大神功，而最後半空中一個觔斗，卻是聖火令上所刻心法。三位少林高僧雖身懷絕技，但坐關數十年，不聞世事，於他這四門功夫竟一門也沒見過，只隱約覺得他內勁和少林九陽功似是一路，但雄渾精微之處，又遠較少林派神功爲勝。待得聽他自行通名，竟是明教教主，三僧心中的欽佩和驚訝之情，登時化爲滿腔怒火。

那臉色慘白的老僧森然道：「老衲還道是何方高人，卻原來是魔教的大魔頭到了。老衲師兄弟三人坐關數十年，不意今日得與魔教教主相逢，實是生平之幸。」

張無忌聽他左一句「魔頭」，右一句「魔教」，顯是對本教惡感極深，不由得大是躊躇，不知如何開口申述才是。只聽那黃臉眇目的老僧說道：「魔教教主是陽頂天啊！怎麼是閣下了？」張無忌道：「陽教主逝世已很久了。小子無能，目前暫掌明教。」那黃臉老僧「啊」的一聲，不再說話，一聲驚呼之中，似是蘊藏著無限傷心失望。

張無忌心想：「他聽得陽教主逝世，極是難過，想來當年和陽教主定是交情甚深。義父是陽教主舊部，我且動以故人之情，再說出陽教主爲圓眞氣死的原由，且看如何？」便道：「大師想必識得陽教主了？」

黃臉老僧道：「自然識得。老衲若非識得大英雄陽頂天，何致成爲獨眼之人？我師兄弟三人，又何必坐這三十餘年的枯禪？」這幾句話說得平平淡淡，但其中所含的沉痛和怨毒顯然既深且巨。張無忌暗叫：「糟糕，糟糕。」從他話中聽來，這老僧的一隻眼睛便是壞在陽教主手中，而他師兄弟三人枯禪一坐數十年，痛下苦功，就是爲了要報此仇。這時得知大仇人已死，自不免大失所望了。

黃臉老僧忽然一聲清嘯，說道：「張教主，老衲法名渡厄，這位白臉師弟，法名渡劫，這位黑臉師弟，法名渡難。陽頂天既死，我三人的深仇大怨，只好著落在現任教主身上。我們師姪空見、空性二人又都死在貴教手下。你既來到此地，自是有恃無恐。數十年來的恩恩怨怨，咱們武功上作一了斷便是。」

張無忌道：「晚輩與貴派並無樑子，此來志在營救義父金毛獅王謝大俠。空見神僧雖爲我義父失手誤傷，這中間頗有曲折。至於空性神僧之死，與敝教全無瓜葛。三位前輩不可但聽一面之辭，尚請明辨是非。」

白臉老僧渡劫道：「依你說來，空性爲何人所害？」張無忌皺眉道：「據晚輩所知，空性神僧是死於朝廷汝陽王府的武士手下。」渡劫道：「汝陽王府的衆武士爲何人率領？」張無忌道：「汝陽王之女，名叫敏敏特穆爾，漢名趙敏。」渡劫道：「我聽圓眞言道，此女已和貴教聯手作了一路，她叛君叛父，投靠明教，此言是眞是假？」他辭鋒咄咄逼人，一步緊於一步。張無忌只得道：「不錯，她……她現下……現下已背叛朝廷，棄暗投明。」

渡劫朗聲道：「殺空見的，是魔教的金毛獅王謝遜；殺空性的，是魔教的趙敏。這個趙敏更攻破少林寺，將我合寺弟子一鼓擒去。最不可恕者，是魔教竟在本寺十六尊羅漢像上刻以侮辱之言。再加上我師兄的一隻眼珠、我三人合起來一百多年的枯禪。張教主，這筆帳不跟你算，卻跟誰算去？」

張無忌長嘆一聲，心想自己既承認收容趙敏，她以往的過惡，只有一古腦兒的承攬在自己身上，一瞬之間，深深明白了父親因愛妻昔年罪業而終至自刎的心情，至於陽教主和義父當年結下的仇怨，時至今日，渡劫之言不錯：我若不擔當，誰來擔當？

他身子挺直，勁貫足尖，那條起伏不已的枝幹突然定住，紋絲不動，朗聲說道：「三位老禪師既這麼說，晚輩無可逃責，一切罪愆，便由晚輩一人承當便是。但我義父傷及空見神僧，內中實有無數苦衷，還請三位老禪師明鑒。」

渡厄道：「你憑著甚麼，敢來爲謝遜說情？難道我師兄弟三人，便殺你不得麼？」張無忌心想事已至此，只有奮力一拚，便道：「晚輩以一敵三，萬萬不是三位對手，請那一位老禪師賜教？」渡劫道：「我們單打獨鬥，並無勝你把握。這等血海深仇，也不能講究江湖規矩了。好魔頭，下來領死罷。阿彌陀佛！」他一宣佛號，渡厄、渡難二僧齊聲道：「我佛慈悲！」三根黑索倏地飛起，疾向他身上捲來。

張無忌身子急沉，從三條黑索間竄下，雙足尚未著地，半空中身形已變，向渡難撲了過去。渡難左掌猛地翻出，一股勁風向他小腹擊去。張無忌轉身卸勁，以乾坤大挪移心法化開掌力，便在此時，渡厄和渡劫的兩根黑索同時捲到。張無忌滴溜溜轉了半個圈子。渡劫左掌猛揮，無聲無息的打了過來。張無忌在三株松樹之間見招拆招，驀地裏揮掌劈出，將數百顆黃豆大的雨點挾著一股勁風向渡厄飛了過去。渡厄側頭避讓，還是有數十顆打在臉上，竟隱隱生痛。他喝了一聲：「好小子！」黑索抖動，轉成兩個圓圈，從半空中蓋下。張無忌身如飛箭，避過索圈，疾向渡劫攻去。

他越鬥越心驚，只覺身周氣流在三條黑索和三股掌風激盪之下，竟似漸漸凝聚成膠一般。他自習成武功以來，從未遇到過如此高強的對手。三僧不但招數精巧，內勁更雄厚無比。張無忌初時七成守禦，尚有三成攻勢，鬥到二百餘招時，漸感體內眞氣不純，唯有只守不攻，以圖自保。

他的九陽神功本來用之不盡，愈使愈強，但這時每一招均須耗費極大內力，竟然漸感後勁不繼，這又是他自練成神功以來從所未歷。更拆數十招，尋思：「再鬥下去只有徒自送命。今日且自脫身，待去約得外公、楊左使、范右使、韋蝠王，咱們五人合力，定可勝得三僧，那時再來營救義父。」當下向渡厄急攻三招，待要搶出圈子，不料三條黑索所組成的圈子已如銅牆鐵壁，他數次衝擊，均遭擋回。

他心下大驚：「原來三僧聯手，有如一體，這等心意相通的功夫，世間當眞有人能做到麼？」他那知渡厄、渡劫、渡難三僧坐這三十餘年枯禪，最大功夫便用在「心意相通」之上，一人動念，其餘二人立即意會，此般心靈感應說來玄妙，但三人在斗室中相對三十餘年，專心致志以練感應，心意有如一體，雖屬難能，久練後亦可辦到。他又想：「這樣看來，縱然我約得外公等幾位高手同來，也未必能攻破他三人心意相通組成的堅壁。難道義父終究無法救出，我今日要命喪此地？」

他心中一急，精神略散，肩頭登時爲渡劫五指掃中，痛入骨髓，心道：「我死不足惜，義父的冤屈卻須申雪。義父一生高傲，既落入人手，決不肯以一言半語爲自己辯解。」便朗聲道：「三位老禪師，晚輩今日受困，大丈夫死則死耳，何足道哉？有一事卻須言明……」呼呼兩聲，兩條黑索分從左右襲到，張無忌左撥右帶，化開來勁，續道：「那圓眞俗家姓名，叫做成崑，外號混元霹靂手，乃我義父謝遜的業師……」

三高僧見他手上拆招化勁，同時吐聲說話，這等內功修爲實非自己所能，不由得更增忌憚。三僧認定明教是無惡不作的邪魔，這教主武功越高，爲害世人越大，見他身陷重圍，如能乘機除去，實屬無量功德。三僧並不答話，黑索和掌力加緊施爲。

張無忌續道：「在下奉告三位老禪師，這成崑的師妹，乃明教教主陽頂天的夫人。成崑一直對師妹有情，因情生妒，終於和明教結下了深仇大恨……」手上化解三僧來招，嘴裏原原本本的述說成崑如何處心積慮要摧毀明教，如何與陽夫人私通幽會以致激死陽頂天，如何假醉圖姦謝遜之妻、殺其全家，如何逼得謝遜亂殺武林人士，如何拜空見神僧為師、誘使空見身受謝遜一十三拳，如何失信不出，使空見飲恨而終。

渡厄等三僧越聽越心驚，這些事情似乎件件匪夷所思，但事事入情入理，無不若合符節。渡厄嘆道：「陽頂天原來是這樣死的？」手上的黑索首先緩了下來。

張無忌又道：「晚輩不知陽教主如何與渡厄大師結仇，只怕其中有奸人挑撥是非，此人多半便是這圓眞了。渡厄大師不妨回思往事，印證晚輩是否虛言相欺。」渡厄嗯的一聲，停索不發，沉吟道：「那也有些道理。老衲與陽頂天結仇，這成崑為我出了大力，後來他懇求拜老衲為師，老衲向來不收弟子，這才引薦他拜在空見師姪門下。如此說來，那是他有意安排的了？」張無忌道：「不特如此，目下他更覬覦少林寺掌門方丈之位，收羅黨羽，陰謀密計，要害了空聞方丈……」

這句話尚未說畢，突然間隆隆聲響，左首斜坡上滾落一塊巨大圓石，衝向三株松樹之間。渡厄喝道：「甚麼人？」黑索揮動，啪啪兩響，擊在圓石之上，只打得石屑飛舞。圓石後突然竄出一條人影，迅速無倫的撲向張無忌，寒光閃動，一柄短刀刺向他咽喉。

這一下來得突兀之極，張無忌正自全力擋架渡劫、渡難二僧的黑索，全沒防到竟會有人忽施偷襲，黑暗中只覺風聲颯然，短刀刃尖已刺到喉邊，危急中身子斜刺向旁射出，嗤的一聲響，刀尖已將他胸口衣服劃破了一條大縫，只須有厘毫之差，便是開膛破胸之禍。此人一擊不中，藉著那大石掩身，已滾出三僧黑索的圈子。

張無忌暗叫：「好險！」喝道：「成崑惡賊！有種的便跟我對質，想殺人滅口麼？」適才短刀那一刺，他雖未看清人形，但以對方身法之捷，出手之狠，內勁之強，而武功家數又與謝遜全是一路，除成崑外更無旁人。少林三僧的三條黑索猶如三隻大手，伸出去捲住了大石，一迴一揮，將那重達千斤的大石抬了起來，直摜出去，成崑卻已遠遠的下山去了。

渡厄道：「當眞是圓眞麼？」渡難道：「確然是他。」渡厄道：「若非他作賊心虛，何必……」

驀地裏四面八方呼嘯連連，撲上七八條人影，當先一人喝道：「少林和尙枉爲佛徒，殺害這許多人命，不怕罪孽麼？大夥兒齊上。」八人各挺兵刃，向松間三僧攻了上去。張無忌身在三僧之間，只見這八人中有三人持劍，其餘五人或刀或鞭，個個武學精強，霎時間便和三僧的黑索鬥在一起。

他看了一會，見那使劍三人的劍招，和數日前死在少林僧手下的西涼三劍乃是一路。西涼三劍身屬青海派，目前使劍的三人劍法精微，勁力雄渾，遠在西涼三劍之上，當是青海派中長輩的佼佼人物，這三人合力攻擊渡厄。另有三人合攻渡難，餘下二人則聯手對付渡劫。渡劫的對手雖只二人，但二人的武功卻比餘人又高出一籌。鬥了半晌，張無忌看出渡劫漸落下風，渡厄卻穩佔先手，以一敵三，兀自行有餘力。

又拆十餘招，渡厄看出渡劫應付維艱，黑索抖動，偷空向渡劫的兩名對手晃去。那二人身裁魁梧，黑鬚飄動，身手矯捷，一個使一對判官筆，另一個使打穴橛。渡厄和渡劫身在數丈之外，已隱然感到他二人兵刃上發出來的勁風，若給欺近身來，施展短兵刃的淩厲長處，勢必更爲厲害。青海派三人劍上受力一輕，慢慢又扳回劣勢。這麼一來，變成渡難以一敵三，渡厄、渡劫二僧則以二敵五，一時相持不下。

張無忌暗暗稱奇：「這八人的武功著實了得，實不在何太沖夫婦之下。除了三個是青海派外，其餘五人的門派來歷全然瞧不出來。可見天下之大，草莽間臥虎藏龍，不知隱伏著多少默默無聞的英雄好漢。」

十一人拆到一百餘招時，少林三僧的黑索漸漸收短。黑索一短，揮動時少耗內力，但攻敵時的靈動卻也減了幾分。更鬥數十招，三僧的黑索又縮短了六七尺。那兩名黑鬚老人越鬥越近，兵刃上的威力大增，尋瑕抵隙，步步進逼，竭力要撲到三僧身邊。但三僧黑索收短後守禦相應嚴密，三條黑索組成的圈子上似有無窮彈力，兩名黑鬚老人不住變招搶攻，總是給索圈彈開。這時三僧已聯成一氣，成為以三敵八之勢。

少林三僧奮力禦敵，心下都不禁叫苦，與這八人相鬥，再久也不致落敗，只須黑索再縮短八尺，便組成了「金剛伏魔圈」，別說八名敵人，便十六人、三十二人，也攻不進來，可是這圈子之中卻隱伏著一個心腹之患的強敵，這少年倘若出手，內外夾攻，立時便取了少林三僧的性命。三僧見他安坐不動，顯在等待良機，要讓自己三人和外敵拚到雙方筋疲力竭，他再來收漁人之利。這時三僧的內功已施展到了淋漓盡致，有心要長嘯向山下少林寺求援，卻開口不得，這當兒只要輕輕吐出一個字，立時氣血翻湧，縱非立時斃命，也必身受內傷，成為廢人。三僧心下自責過於托大，當強敵來攻之初，竟沒出聲通知本寺人眾，否則只要達摩堂或羅漢堂有幾名好手來援，便可克敵取勝。

這情勢張無忌自也早看出，這時要取三僧性命不過舉手之勞，但想大丈夫不可乘人之危，何況三僧只是受了圓眞瞞騙，並無大過，而殺了三僧後獨力應付來攻八敵，亦同樣艱難。他低下頭來，見一塊大巖石壓住地牢之口，只露出一縫，作為謝遜呼吸與傳遞食物之用，心想時機稍縱即逝，待得相鬥雙方分了勝敗，或少林寺有人來援，便救不了義父，便跪在石旁，雙掌推住巨石，使出乾坤大挪移心法，勁力到處，巨石緩緩移動。

巨石移開不到一尺，突然間背後風動勁到，渡難揮掌向他背心拍落。張無忌卸勁借力，啪的一聲響，背上衣衫碎了一大塊，在狂風暴雨之中片片作蝴蝶飛舞，但渡難這一掌的掌力卻給他傳到了巨石之上，隆隆一響，巨石立時又移開尺許。掌力雖已卸去，未受內傷，但初受之際，他全身力道正盡數用來推石，背心上也感劇痛難當。

渡難一掌虛耗，黑索上露出破綻，一名黑鬚老人立時搛進索圈，右手點穴橛向渡難左乳下打去。少林三僧的軟索擅於遠攻，不利近擊，渡難左手出掌，運勁逼開他點穴橛的一招。黑鬚老者左手食指疾伸，戳向渡難的「膻中穴」。渡難暗叫：「不好！」那料到敵人「一指禪」的點穴功夫竟比打穴橛尤爲厲害，危急之下，只得右手撤索，豎掌封擋，護住胸口，跟著拇指、食指、中指三指翻出，立時反攻。他雖擋住了敵人，但黑索離手，那使判官筆的老者便即搶前。少林三僧三索去其一，「金剛伏魔圈」已遭攻破。

突然之間，那條摔在地下的黑索索頭昂起，便如一條假死的毒蛇忽地反噬，呼嘯而出，向那使判官筆的老者面門點去，索頭未到，索上所挾勁風已令對方一陣氣窒。那老者急舉判官筆擋架，索筆相交，啪的一聲，雙臂酸麻，左手判官筆險些脫手飛出，右手判官筆給震得擊向地下山石，石屑紛飛，火花四濺。那條黑索展將開來，將青海派三劍又逼得退出丈許，「金剛伏魔圈」不但回復原狀，威力更勝於前。

少林三僧驚喜交集之下，只見黑索的另一端竟持在張無忌手中。他並未練過「金剛伏魔圈」功夫，說到心意相通、動念便知的配合無間，更遠遠不及渡難，但內力之剛猛，卻強得多了，黑索上所發出的內勁直如排山倒海一般，向著四面八方逼去。渡厄與渡劫的兩條黑索在旁相助，登時逼得索外七人連連倒退。

渡難專心致志對付那黑鬚老者，不論武功和內力修爲都勝了一籌，他坐在松樹穴中，並不起身，十指拍、戳、彈、勾、點、拂、擒、拿，數招之間，便令那黑鬚老者迭遇險招。那老者見同伴七人處境也均不利，一聲怒吼，躍出圈子。

張無忌將黑索往渡難手中一塞，俯身運起乾坤大挪移心法，又將壓在地牢上的巨石推開了尺許，對著露出來的洞穴叫道：「義父，孩兒無忌救援來遲，你能出來麼？」謝遜道：「我不出來。好孩子，你快快走罷！」張無忌大奇，道：「義父，你是給人點中了穴道，還是身有銬鍊？」不等謝遜回答，便即縱身躍入地牢，噗的一聲，水花濺起。原來幾個時辰的傾盆大雨，地牢中已積水齊腰，謝遜半個身子浸在水裏。

張無忌心中悲苦，伸手抱著謝遜，在他手足上一摸，並無銬鍊等物，再在他幾處主要穴道上一加推拿，似也非給人施了手腳，於是抱著他躍出地牢，坐在巨石上，張無忌道：「此時脫身，最好不過。義父，咱們走罷。」說著挽住他手臂，便欲拔步。

謝遜卻坐在石上，動也不動，抱膝說道：「孩子，我生平最大罪孽，是殺了空見大師。你義父倘若落入旁人之手，自當奮戰到底，但今日是囚在少林寺中，我甘心受戮，以抵償空見大師這條性命。」張無忌急道：「你失手傷了空見大師，那是成崑這惡賊奸計擺布，何況義父你全家血仇未報，豈能死在成崑手下？」

謝遜嘆道：「我這幾個月來，在這地牢中每日聽著三位高僧誦經唸佛，聽著山下寺中傳來的晨鐘暮鼓，回思往事，你義父手上染了這許多無辜之人的鮮血，委實百死難贖。唉，諸般惡因罪孽，我比成崑作得更多。好孩子，你別管我，自己快下山去罷。」

張無忌越聽越急，大聲道：「義父，你不肯走，我可要用強了。」說著轉過身來，抓住謝遜雙手，便往自己背上一負。只聽得山道上人聲喧嘩，有數人大聲叫道：「甚麼人到少林寺來撒野？」一陣踐水急奔之聲，十餘人搶上山來。

張無忌持住謝遜雙腿，正要起步，突然後心「大椎穴」酸痲，已給謝遜拿住了穴道，雙手無力，只得放開了他，急得幾乎要哭了出來，叫道：「義父，你……你何苦如此？」謝遜道：「好孩子，我所受冤屈，你已對三位高僧分說明白。我所作的罪孽，卻須由我自己身受報應。你再不去，我的仇怨又有誰來代我清算？」

張無忌心中一凜，但見十餘名少林僧各執禪杖戒刀，向那八人攻了上去。乒乒乓乓交手數合，那持判官筆的黑鬚老者情知再鬥下去，今日難逃公道，只是功敗垂成，給一個無名少年壞了大事，實大大不忿，朗聲喝道：「請問松間少年高姓大名，河間郝密、卜泰，願知是那一位高人橫加干預。」渡厄黑索一揚，說道：「明教張教主，當世罕見高手，河間雙煞怎地不知？」持判官筆的郝密「噫」的一聲，雙筆一揚，縱出圈子。其餘七人跟著退出。少林僧眾待要攔阻，但那八人武功了得，併肩一衝，一齊下山去了。

渡厄等三僧對謝遜與張無忌對答之言，盡數聽在耳裏，又想適才他就算不乘人之危，只須袖手旁觀，兩不相助，當卜泰破了「金剛伏魔圈」攻到身邊之時，以河間雙煞下手之辣，此刻三僧早已不在人世。三僧放下黑索，站起身來，向張無忌合什爲禮，齊聲道：「多感張教主大德。」張無忌急忙還禮，說道：「份所當爲，何足掛齒？」

渡厄道：「今日之事，老衲原當讓謝遜隨同張教主而去，適才張教主眞要救人，老衲須無力阻攔。只是老衲師兄弟三人奉本寺方丈法旨看守謝遜，佛前立下重誓，若非我三人性命不在，決不能放謝遜脫身。此事關涉本派千百年榮辱，還請張教主見諒。」

張無忌哼了一聲，並不回答。

渡厄又道：「老衲喪眼之仇，今日便算揭過了。張教主要救謝遜，可請隨時駕臨，只須破了老衲師兄弟三人的『金剛伏魔圈』，立時可陪獅王同去。張教主可多約幫手，車輪戰也好，一擁而上也好，我師兄弟只三人應戰。於張教主再度駕臨之前，老衲三人自當維護謝遜周全，決不容圓眞辱他一言半語、傷他一毫一髮。」

張無忌向謝遜望了一眼，黑暗中只見到他巨大的身影，長髮披肩，低首而立，似乎心中深自懺悔昔日罪愆，無復當年神威凜凜的雄風。張無忌淚水幾欲奪眶而出，尋思：「今日是打不過他們的了，義父又不肯走，只有約了外公、楊左使、范右使他們再來鬥過。這三條黑索組成的勁圈便和銅牆鐵壁相似，適才若不是渡難大師在我背上打了一掌，那卜泰便萬萬攻不進來。下次縱有外公和左右光明使相助，是否能夠破得，實未可知。唉，眼下也只有走一步算一步了。」便道：「既是如此，自當再來領教三位大師的高招。」回身抱著謝遜的腰，說道：「義父，孩兒走了。」

謝遜點點頭，撫摸他頭髮，說道：「你不必再來救我，我是決意不走的了。好孩子，盼你事事逢凶化吉，不負你爹娘和我的期望。你當學你爹爹，不可學你義父。」

張無忌道：「爹爹和義父都是英雄好漢，一般是光明磊落的大丈夫，都是孩兒的好榜樣。」說著躬身一拜，身形晃處，已自出了三株松樹圍成的圈子，向少林三僧一舉手，展開輕功，倏忽不見，但聽他清嘯之聲，片刻間已在里許之外。

山峯畔少林僧衆相顧駭然，早聞明教張教主武功卓絕，卻沒想到神妙至斯。

張無忌既見形跡已露，索性顯一手功夫，好教少林僧衆心生忌憚，善待謝遜。他這一聲清嘯鼓足了中氣，綿綿不絕，在大雷雨中飛揚而出，有若一條長龍行經空際。他足下施展全力，越奔越快，嘯聲也越來越響。少林寺中千餘僧衆齊在夢中驚醒，直至嘯聲漸去漸遠，方始紛紛議論。空聞、空智等知是張無忌到了，自不免平增一番憂慮。

張無忌奔出數里，突然道旁一株柳樹後有聲音叫道：「喂！」一人躍出，正是趙敏。

張無忌停嘯止步，伸手挽住了她，見她全身給大雨淋濕了，髮上臉上，水珠不斷流下。趙敏問道：「跟少林寺的和尚們動過手了？」張無忌道：「是。」趙敏道：「謝大俠怎樣了？有沒見到？」張無忌挽著她手臂，在大雨中緩步而行，將適才情事簡略的說了。

趙敏沉吟道：「你有沒問他當日在島上如何中毒失刀？」張無忌道：「我只想著怎地救他脫險，當時事勢緊急，沒空問到這些閒事。」趙敏嘆了口氣，不再作聲。張無忌道：「你不高興麼？」趙敏道：「在你是閒事，在我就是要緊事。好啦，等救出了謝大俠，再問也不遲。我只怕……」張無忌道：「怕甚麼？你躭心咱們救不了義父？」趙敏道：「明教比少林派強得多，要救謝大俠，終究辦得到。我就怕謝大俠決心一死以殉空見神僧。」張無忌也躭心著這件事，問道：「你說會麼？」趙敏道：「但願不會。」

二人一路說話，來到杜氏夫婦屋前。趙敏道：「你行跡已露，不能再瞞他們了。」

張無忌見茅舍之門半掩，便伸手推開，搖了搖身子，抖去些水濕，踏步進去，忽然聞到一陣血腥氣。他心下一驚，左手反掌將趙敏推到門外，黑暗中忽地有人伸手抓來。這一抓無聲無息，快捷無倫，待得驚覺，手指已觸到面頰。張無忌不及閃避，左足疾飛，逕踢那人胸口。那人反手勾轉，肘錘打向他腿上環跳穴，招數狠辣已極。張無忌只須縮腿避讓，敵人左手就挖去了他一對眼珠，當即提手虛抓，他料敵奇準，這麼抓去，剛好將敵人左手拿在掌中，便在此時，環跳穴上痲疼，立足不定，右腿跪倒。

他正要乘勢扭斷敵人手腕，只覺所握住的手掌溫軟柔滑，乃女子之手，心中一動，沒下重手，順勢抓住那人向外甩去，噗的一聲，右肩劇痛，已中了一刀。

那人急躍出屋，揮掌向趙敏臉上拍去。張無忌情知趙敏決然擋不了，忍痛縱起，也即揮掌拍出。雙掌相交，那人身子晃動，腳下踉蹌，借著這對掌之力，縱出數丈之外，便在黑暗中隱沒不見。

趙敏驚問：「是誰？」張無忌「嘿」了一聲，懷中火摺已爲大雨淋濕，打不了火，生怕右肩上敵人的短刀有毒，不即拔出，道：「你點亮了燈。」

趙敏到廚下取出火刀火石，點亮油燈，見到他肩頭的短刀，大吃一驚。張無忌見刃鋒上並未餵毒，笑道：「一些外傷，不相干。」當即拔出短刀，轉頭只見杜百當和易三娘縮身在屋角之中，顧不得止住傷口流血，搶上看時，二人已死去多時。

趙敏驚道：「我出去時，他二人還好好地！」張無忌點點頭，等趙敏爲他裹好傷口，拿起短刀看時，正是杜氏夫婦所使的兵刃，只見屋中樑上、柱上、桌上、地下，插滿了短刀，顯是敵人曾與杜氏夫婦一番劇鬥，將他夫婦的短刀一一打得出手，這才動手加害。趙敏駭然道：「這人武功厲害得很啊！」

適才摸黑相鬥，張無忌若非動念得快，料到那人要來抓自己眼珠，不但此時已成了瞎子，多半趙敏也已屍橫就地。再看杜百當夫婦的屍身時，只見胸口數十根肋骨根根斷成數截，連背後的肋骨也是如此，顯是爲一門極陰狠、極厲害的掌力所傷。他數經大敵，多歷凶險，但回思適才暗室中這三下兔起鶻落般的交手，不禁越想越驚。今晚兩場惡鬥，第一場以一敵三，歷時甚久，但驚心動魄之處，遠不如第二場瞬息間的三招兩式。

趙敏又問：「那是誰？」張無忌搖頭不答。趙敏突然間明白了，眼中流露出恐懼神色，呆了半晌，撲向他懷中，嚇得哭了出來。

兩人心下均知，若不是趙敏聽到張無忌嘯聲，大雨中奔出去迎接，因而逃過大難，那麼此刻死在屋角中的已不是兩人而是三人了。張無忌輕拍她背脊，柔聲安慰。趙敏道：「那人要殺的是我，先把杜氏夫婦殺了，躲在這裏對我暗算，決不是想傷你。」張無忌道：「這幾日中，你千萬不可離開我身邊。」沉吟片刻，又道：「不到一年之間，內力武功怎能進展如此迅速？當世除我之外，只怕沒人能護得你周全。」

次日清晨，張無忌拿了杜百當鋤地的鋤頭，挖了個深坑，將杜氏夫婦埋了，與趙敏一齊跪下來拜了幾拜，想起易三娘對待自己二人親厚慈愛，都不禁傷感。

忽聽得少林寺裏鐘聲噹噹不絕，遠遠傳來，聲音甚是緊急，接著東面一道青色煙花直衝上天，南方紅色、西方白色、北方黑色，數里外更升起黃色煙火。五道煙火將少林寺圍在中間。張無忌叫道：「明教五行旗齊到，正面跟少林派幹起來啦，咱們快去。」匆匆與趙敏換了衣服，洗去手臉的污泥，快步向少林寺奔去。

只行出數里，便見一隊白衣的明教教眾手執黃色小旗，向山上行去。

張無忌叫道：「顏旗使在麼？」厚土旗掌旗使顏垣聽到叫聲，回頭見是教主，大喜之下忙上前行禮參見。旗下教眾歡聲雷動，一齊拜伏。

顏垣稟告：明教羣豪得悉謝遜下落後，商議之下，均覺如等到重陽節天下英雄羣聚少林之時再來討人，就得與舉世羣雄爲敵，眼下既沒法稟明教主，只得權宜爲計，於重陽節之前由楊逍、范遙率領，盡集教中高手，來少林寺要人。料想大動干戈，多半難免，那倒也罷了，只到處尋不著教主，不免有羣龍無首之感。

教眾吹起號角，報知教主到來。過不多時，楊逍、范遙、殷天正、韋一笑、殷野王、周顛、彭瑩玉、說不得、鐵冠道人等人先後從各處到來，銳金、巨木、洪水、烈火四旗教眾則分四面圍住了少林寺。各人相見，盡皆大喜。楊逍與范遙謝過擅專之罪。

張無忌道：「各位不須過謙，大家齊心合力來救謝法王，原是本教兄弟大夥兒的義氣。本人心下感激萬分，有何怪罪？」將自己混入少林寺、昨晚已和渡厄等三僧動手的事簡略說了。眾人聽說一切都出於成崑的奸謀，無不氣憤。周顛和鐵冠道人更破口大罵。

張無忌道：「今日本教以堂堂之師，向少林方丈要人，最好別傷了和氣。萬不得已動手，咱們第一是救謝法王，第二是捉拿成崑，此外不可濫傷無辜。」眾人齊聲應諾。

周顛道：「咱們明教聲勢這等厲害，每人放一個屁，臭也臭死了他們。尤其我老周的臭屁，更加非同小可！」

張無忌向趙敏道：「敏妹，最好你喬裝一下，別讓少林寺僧衆認出身分，以免多生枝節。」當日她擄了少林衆僧囚在大都，與少林派已結下極深的怨仇。趙敏笑道：「顏大哥，我扮作你旗下的一名兄弟罷！」顏垣當即命本旗一名兄弟除下外袍，讓趙敏披上。趙敏奔入山後樹林，匆匆改扮，搽黑面頰，從林中出來時，已變成一個面目猙獰的黑瘦漢子。

號角吹動，明教羣豪列隊上山。少林寺中早已接到明教拜山的帖子，空智禪師率領僧衆在山亭中迎候。空智聽了圓眞之言，深信少林僧衆爲趙敏用計擒往大都囚禁，削斷手指，逼授武功，乃明教與汝陽王暗中勾結安排的奸計，後來張無忌出手相救，更屬假意賣好，另有陰謀。當下神色陰沉，合什行了一禮，甚麼話也不說。

張無忌抱拳道：「敝教有事向貴派奉懇，專誠上山拜見方丈神僧。」空智點點頭，說道：「請！」引著明教羣豪走向山門。空聞方丈率領達摩堂、羅漢堂、般若堂、戒律院各處首座高僧，在山門外迎接，請羣豪到大雄寶殿分賓主坐下，小沙彌送上清茶。

空聞和張無忌、楊逍、殷天正等人寒暄了幾句，便即默然。張無忌道：「方丈大師，我們無事不登三寶殿，特來求懇方丈瞧在武林一脈，開釋敝教謝法王，大恩日後必當補報。」空聞道：「阿彌陀佛，出家人慈悲爲本，戒嗔戒殺，原不該跟謝法王爲難。

不過老衲師兄空見命喪謝施主之手。張教主是一教之主，也當明白武林中的規矩。」

張無忌道：「此中另有緣故，可也怪不得謝法王。」於是將空見甘願受拳以化解武林中一場大冤孽的經過，原原本本的朗聲說了。殿上殿外的數千僧衆盡皆聽聞。空聞等只聽得一半，便即口宣佛號，一齊恭恭敬敬的站起。空聞目中含淚，顫聲道：「善哉，善哉！空見師兄以大願力行此大善舉，功德非小。」羣僧低聲唸經，對空見之仁俠高義，無不敬佩。明教羣豪也一齊站起，致欽仰之意。

張無忌詳細說畢當日經過，又道：「謝法王失手傷了空見神僧，至感後悔，但事後細細回想，此事的罪魁禍首，實是貴寺的圓眞大師。」他見圓眞不在殿上，說道：「請圓眞大師出來，當面對質，分辨是非。」

周顚插口道：「是啊，在光明頂上這禿驢裝假死，卻又活了過來，鬼鬼祟祟，是甚麼好東西了？快叫他滾出來。」那日他在光明頂上吃了圓眞大虧後，一直記恨。張無忌忙道：「周先生不可在方丈大師之前無禮。」周顚道：「我是罵圓眞那禿驢，又不是罵方丈那禿……」這「禿」字一出口，知道不對，急忙伸手按住自己嘴巴。

空智聽周顚出言無禮，更增惱怒，說道：「然則我空性師弟之死，張教主卻又如何解釋？」張無忌道：「空性神僧豪爽俠義，在下昔日在光明頂上有緣拜會，極是欽佩。空性大師曾和在下相約，日後相互切磋武學，豈知不幸身遭大難，在下深爲哀悼痛惜。

此是奸人暗算，實與敝教無涉。」

空智冷笑道：「張教主倒推得忒煞乾淨。然則汝陽王郡主與明教聯手之事，那也是假的了？」張無忌臉上一紅，道：「郡主與她父兄不洽，投身敝教。郡主往日對貴寺諸多不敬之處，在下自當命她上山拜佛，鄭重謝罪。」空智喝道：「張教主花言巧語，於事何補？你身爲一教之主，信口胡言，豈不令天下英雄恥笑？」

張無忌想到殺空性、擒衆僧之事，確是趙敏大大不該，雖與明教無涉，但她目下卻託身於己，可不能推委不理，正爲難間，鐵冠道人厲聲說道：「空智大師，我教主敬你是前輩高僧，給足了你面子，你可須知自重。我教主守信重義，豈能說一句假話？你辱我教主，便是辱我明教百萬之衆。縱使我教主寬洪大量，不予計較，我們做部屬的卻不能善罷干休。」此時明教教衆在淮泗、豫鄂一帶攻城掠地，招兵買馬，說是「百萬之衆」，確非浮誇。

空智冷笑道：「百萬之衆便怎地？莫非要將少林寺踏爲平地？魔教辱我少林，原非自今日始。我們失手被擒，囚於萬安寺中，只能怪自己粗心大意，自來邪正不兩立，那也沒有甚麼。你們來到我少林寺，在十六尊羅漢像的背上刻了十六個大字，嘿嘿，『先誅少林，再滅武當，惟我明教，武林稱王！』好威風，好煞氣！」

這十六個字，乃當日趙敏手下武士將少林僧衆擒去之後，以利刃刻在十六尊羅漢的背上。范遙一待衆人出寺，便即飛身回到羅漢堂，移轉十六尊羅漢像，仍背心向壁，以免趙敏嫁禍明教的陰謀得逞。後來楊逍等發覺，看過後仍將羅漢像移正，沒料想還是給少林僧衆知悉了。張無忌口才不佳，又想到這是趙敏的胡鬧，內心有愧，無言可答。

楊逍卻道：「空智大師的話，可教人不懂了。敝教張教主是武當弟子張五俠的公子，江湖上人盡皆知。我們就算再狂妄萬倍，也決不敢辱及教主的先人。張教主自己，又怎會刻甚麼『再滅武當』的字樣？兩位大師乃有德高僧，豈能於這小小道理也不明白？在下相信決無其事。」這幾句話振振有辭，立時令空智爲之語塞。

空聞方丈修爲日久，心性慈和，且終究以大局爲重，心知明教勢大，倘若雙方當眞動上了手，只怕傳之千百年的少林古刹不免要在自己手中毀去，便道：「各位空言爭論，於事無益，請隨老衲前赴羅漢堂，瞻仰羅漢法像，誰是誰非，便知端的。」張無忌心想：「一進羅漢堂，眞相便當場揭穿。」躊躇不答。楊逍卻道：「如此甚好。」張無忌不明其意，但想趙敏混在厚土旗教衆之中，並未進寺，當不致爲少林僧衆發覺，倒也不甚擔憂。

知客僧在前領路，一行人衆走進羅漢堂。空聞向羅漢像下拜，說道：「弟子驚動羅漢尊者法像，尚請原宥。」拜罷，吩咐六名弟子恭移金身。六名弟子依言上前，合什默祝幾句，然後三人一邊，分列兩旁，將第二尊羅漢像轉了過來。

只見那羅漢像背上已削得坦平，塗上了金漆，原來那個大大的「先」字，早已沒半點痕跡。這一來，不但空聞、空智等大吃一驚，張無忌也大出意料之外。

少林羣弟子一齊動手，將其餘各尊羅漢像一一轉過，背上卻那裏有一筆半劃？霎時之間，羣僧面面相覷，說不出話來。他們曾看得清清楚楚，十六尊羅漢像背上都刻得有字，拚起來是「先誅少林，再滅武當，惟我明教，武林稱王」等十六字，卻何以會突然不見？羅漢像背上金漆甚新，顯是剛塗上去的，但少林寺近數月來守衛何等嚴密，要剷去這十六尊羅漢像背上所刻字跡，再塗上金漆，實非易事，寺中僧衆怎能全無知覺？

張無忌轉過頭來，見韋一笑和范遙正相視而笑，心下恍然，那自是本教兄弟們作下了手腳，心想：「幹這事的人神通廣大，好生了得。」

楊逍見羣僧驚愕萬狀，便道：「貴寺福澤深厚，功德無量，十六位尊者金身完好無缺。料想正如空智大師所云，先前曾遭奸人損毀，但十六位阿羅漢顯靈，佛法無邊，立即自行補起，實乃可喜可賀。」說著便向羅漢像跪拜下去。張無忌等跟著一齊拜倒。

空聞、空智等雖不信羅漢顯靈、自行補起云云的鬼話，但料定必是明教暗中做了手腳，不論怎樣，總是向本寺補過致歉，各人心中存著的氣惱不由得均消解了三分，而對衆魔頭神出鬼沒的手段，卻又有三分佩服，三分驚懼。

空聞道：「羅漢像既已完好如初，此事不必再提。」揮手命羣弟子推羅漢像轉身，又道：「聽說昨晚渡厄師叔和張教主訂下了約會，只須張教主破得我三位師叔的『金剛伏魔圈』，任憑將謝施主帶走。」張無忌道：「不錯，渡厄大師確有此言。但在下深佩三位高僧武功高深，自知不是敵手，昨晚已折在三位高僧手下，敗軍之將，何敢言勇？」空聞道：「阿彌陀佛，張教主言重了。昨晚勝負未分，更兼教主仁俠爲懷，於我三位師叔危急之際，出手相助。三位師叔深感高義，對教主讚譽不已。」

楊逍、范遙等聽張無忌說過渡厄等三僧武功精妙，均盼一見。殷天正道：「既然少林衆高僧執意於武學上一見高低，教主，咱們不自量力，只好領教少林派絕學。好在咱們是爲相救謝兄弟，實逼處此，無可奈何，並非膽敢到領袖武林的少林寺來撒野。」

張無忌對外公之言向來極是尊重，又想除此之外，也別無善法，便道：「弟兄們聽到在下頌揚三位高僧神功蓋世，都說三位高僧坐關數十年，武林中誰也不知，今日大夥兒有幸拜見，實是生平之幸。」空智舉手道：「請！」領著羣豪走向寺後山峯。

明教洪水旗下教衆在掌旗使唐洋率領之下，列陣布在山峯腳邊，聲勢甚壯。空聞等視若無睹，逕行上峯。空聞、空智合什走向松樹之旁，躬身稟報。

渡厄道：「陽頂天的仇怨已於昨晚化解，羅漢像的事今日也揭過了，好得很，好得很！張教主，你們幾位上來動手？」楊逍等見三僧身形矮小瘦削，嵌在松樹幹中，便像是三具殭屍人乾，但幾句話卻說得山谷鳴響，顯是內力深厚之極，不由得聳然動容。

張無忌尋思：「昨晚我孤身一人，鬥他三人不過，咱們今日人多，倘若一擁而上，一來施展不開，二來倚多爲勝，也折了本教威風。多了不好，少了不成，咱們三個對他三個，最是公平。」便道：「昨晚在下見識到三位高僧神功，衷心欽佩，原不敢再在三位面前出醜。但謝法王跟在下有父子之恩，與衆兄弟有朋友之義，我們縱然不自量力，卻也非救他不可。在下想請兩位教中兄弟相助，以三對三，平手領教。」

渡厄淡淡的道：「張教主不必過謙。貴教倘若再有一位武功和教主不相伯仲的，那麼只須兩位聯手，便能殺了我們三個老禿。但若老衲所料不錯，如教主這等身手之人，只怕舉世再沒第二位，那麼還是人多一些，一齊上來的好。」

周顛、鐵冠道人等你瞧瞧我，我瞧瞧你，都想這老禿驢好生狂妄，竟將天下英雄視若無物，只語氣之中總算自承不及張教主，說舉世無人能與教主平手，倒還算客氣。周顛張嘴欲語，說不得手快，伸掌擋在他口前。

張無忌道：「敝教雖是旁門左道，不足與貴派名門抗衡，但數百年的基業，也有一些人才。在下因緣時會，暫代教主之職，其實論到才識武功，敝教中勝於在下者，又豈少了？韋蝠王，請你將這份名帖呈上三位高僧。」說著取出一張名帖，上面自張無忌、楊逍、范遙、殷天正、韋一笑以下，書就此次拜山羣豪的姓名。

韋一笑知道教主要自己顯示一下當世無雙的輕功，好教少林羣僧不敢小覷了明教中的人物，當下躬身應諾，接過名帖，身子並未站直，竟不轉身，便即反彈而出，猶如一溜輕煙，相隔十餘丈間，便飄到了三株松樹之間，雙掌翻轉，將名帖送交渡厄。

渡厄等三僧見他一晃之間，便即到了自己跟前，輕功之佳，實從所未見，何況他是倒退反彈，那更屬匪夷所思，不由得讚道：「好輕功！」

少林羣僧個個是識貨的，登時采聲雷動。明教羣豪雖均知韋一笑輕功了得，但這般倒退反彈的身手，卻也是初次見到，不過各人不便稱讚自家人，儘管心中佩服，卻都默不作聲。只周顛一人鼓掌大讚。

渡厄微微欠身，伸手接過名帖，他右手五根手指一搭到名帖，韋一笑全身一痳，如受雷震，胸口發熱，身子幾欲軟倒。他大驚之下，忙運功支撐。渡厄已將名帖取過，從名帖上傳來的這一股內勁也即消失。韋一笑臉色立變，暗想這眇目老僧的內勁當眞深不可測，不敢多所逗留，躬身斜讓，從一片長草上滑了過來，回到張無忌身旁。這一門「草上飛」的輕功雖非特異，但練到這般猶如淩虛飄行，那也是神乎其技的了。

空聞、空智等均想：「此人輕功造詣竟至如此地步，固是得了高人傳授，但也出於天賦，看來他是天生異稟，旁人就算畢生苦練，也決計到不了這等境界。」

渡厄說道：「張教主說貴教由三人下場，除了教主與這位韋蝠王外，還有那一位前來指教？」張無忌道：「韋蝠王已領教過大師的內勁神功，在下想請明教左右光明使者相助。」渡厄心中一動：「這少年好銳利的眼光，適才我隔帖傳勁，只一瞬間之事，居然讓他看了出來。甚麼左右光明使者，難道比這姓韋的武功更高麼？」他坐關年久，於楊逍的名頭竟沒聽見過，至於范遙，則長年來隱姓埋名，旁人原也不知。

楊范二人聽得教主提及自己名字，當即踏前一步，躬身道：「謹遵教主號令。」張無忌道：「三位高僧使的是軟兵刃，咱們用甚麼兵刃好？」張、楊、范三人平時臨敵均是空手，今日面對勁敵，可不能托大不用兵刃，三人一法通，萬法通，甚麼兵刃都能使用，張無忌此言，乃是就著二人方便。楊逍道：「聽由教主吩咐便是。」

張無忌微一沉吟，心想：「昨晚河間雙煞以短攻長，倒也頗佔便宜。」便從懷中取出六枚聖火令來，將四枚分給了楊范二人，說道：「咱們上少林寺拜山，不敢攜帶兵器，這是本教鎮教之寶，大家對付著使罷。」楊范二人躬身接過，請示方略。

空智突然大聲道：「苦頭陀，咱們在萬安寺中結下的樑子豈能就此揭過？來來來，待老衲先領教你的高招。老衲今日沒服十香軟筋散，各人手下見眞章罷。」他受囚萬安寺的怨氣未曾發洩，今日見到范遙，一直盡力抑制心下怒火，此刻再也忍耐不住了。

范遙淡淡一笑，說道：「在下奉教主號令，向三位高僧領教，大師要報昔日之仇，待此事過後，在下如幸而不死，再行奉陪。」空智從身旁弟子手中接過長劍，喝道：

「你不自量力，要和我三位師叔動手，不死也必重傷。我這仇是報不了啦！」范遙笑道：「我死在令師叔手下，也是一樣。」空智冷笑道：「明教之中，既除閣下之外更無別位高手，那也罷了。」

他這句話原是激將之計，明教羣豪豈有不知？但覺若嚥了這口氣下去，倒教少林派將本教瞧得小了。以位望而論，范遙之下便是白眉鷹王殷天正。張無忌覺得外公年邁，不便請他出手，便想請舅父殷野王出馬。殷天正已踏上一步，說道：「教主，屬下殷天正討令。」張無忌道：「外公年邁，便請舅舅……」殷天正道：「我年紀再大，也大不過這三位高僧。少林派有碩德耆宿，我明教便沒老將麼？」

張無忌知外公武功深湛，不在楊逍、范遙之下，比舅舅高出甚多，倘若由他出戰，當多幾分把握，說道：「好，范右使留些力氣，待會向空智神僧領教，便請外公相助孩兒。」

殷天正道：「遵命！」從范遙手中接過了聖火雙令。

空聞方丈朗聲道：「三位師叔，這位殷老英雄人稱白眉鷹王，當年自創天鷹教，獨力與六大門派相抗衡，實是了不起的英雄好漢。這位楊先生，內功外功俱臻化境，是明教中的第一流人物，崑崙、峨嵋兩派的高手，曾有不少敗在他手下。」

渡劫乾笑數聲，說道：「幸會，幸會！且看少林門下弟子，卻又身手如何？」三僧黑索一抖，猶似三條墨龍一般，圍成了三層圈子。

張無忌昨晚與三僧動手時伸手不見五指，全憑黑索上的勁氣辨認敵方兵刃來路，此時方當午初，艷陽照空，連三僧臉上每一條皺紋都瞧得清清楚楚。他倒轉聖火令，抱拳躬身，說道：「得罪了！」側身便攻了上去。楊逍飛身向左。殷天正大喝一聲，右手舉起聖火令往渡難的黑索上擊落。「噹嗚」一響，索令相擊。這兩件奇形兵刃相互碰撞，發出的聲音也十分古怪。兩人手臂都是一震，心道：「好厲害！」均知是遇到了生平罕逢的勁敵。

張無忌尋思：「三高僧黑索結圈，招數嚴密，我等雖三人聯手，也決非三五百招之內所能攻破，且耗費三僧的內勁，徐尋破綻。」見黑索探到身前，便以聖火令與之硬碰硬的對攻。

鬥到一頓飯時分，張無忌等三人已將索圈壓得縮小了丈許圓徑。然而三僧的索圈縮小，抗力越強，三人每攻前一步，便比之前要多花幾倍力氣。楊逍與殷天正越鬥越駭異，起初尚是以三敵三的局面，到得半個時辰之後，楊殷二人漸漸支持不住，成爲二人合鬥渡難。張無忌卻一人對付渡厄、渡劫二僧。

殷天正走的全是剛猛路子。楊逍卻忽柔忽剛，變化無方。六人之中，以楊逍的武功最爲好看，兩枚聖火令在他手中盤旋飛舞，忽而成劍，忽而爲刀，忽而作短槍刺、打、掃、擊，忽而當判官筆點、戳、捺、挑，更有時左手匕首、右手水刺，忽地又變成右手鋼鞭、左手鐵尺，百忙中尚自雙令互擊，發出啞啞之聲以擾亂敵人心神。相鬥甫及四百招，已連變了二十二般兵刃，每般兵刃均是兩套招式，一共四十四套招式。

空智於少林派七十二絕藝得其十一，范遙自負於天下武學無所不窺，此刻見楊逍神技一至於斯，都不由得暗自歎服。周顛與楊逍素有嫌隙，曾數次和他爭鬥，此刻越看越覺慚愧：「楊逍這龜兒子原來一直讓著我。先前我只道他武功只比我稍高，每次動手，總是碰巧運氣好，這才勝了我一招半式。豈知我周顛跟他龜兒子差著這麼老大一橛。」

但不論楊逍如何變招，渡難一條黑索分敵二人，仍絲毫不落下風。衆人只見殷天正頭上白霧升起，知他內力已發揮到了極致，一件白布長袍慢慢鼓起，衣內充滿了氣流。他每踏出一步，腳底便是一個足印，鬥到將近一個時辰，三株松樹外已讓他踏出了一圈足印。陡然之間，殷天正將右手聖火令交於左手，將渡難的黑索一壓，右手一招劈空掌向他擊了過去。渡難左手一起，五指虛抓，握成空拳，也揮掌劈出。

空聞、空智等一齊「噫」了一聲，聲音中充滿了驚訝佩服之情。原來渡難還他這一掌，乃少林七十二絕藝之一的「須彌山掌」。這門掌力極難練成，那不必說了，縱然練成了，每次出掌，也須坐馬運氣，凝神良久，始能將內勁聚於丹田，那知渡難要出掌便出掌，一動念間就將「須彌山掌」拍了出來，跟著黑索抖動，又向楊逍撲擊而至。

但渡難以「須彌山掌」與殷天正對掌，黑索上的勁力便弱了一大半。他以巧補弱，使得黑索滾動飛舞，宛若靈蛇亂顫，楊逍的兩根聖火令也變化無窮。旁觀衆人大半去瞧他二人相鬥。殷天正凝神提氣，一掌掌的拍出，忽而跨前兩步，忽而又倒退兩步。那邊張無忌以一敵二，三人的招式都平淡無奇，所有拚鬥都在內勁上施展。這般拚鬥比之殷天正鬥力和楊逍鬥巧，其實更加凶險，只要內勁爲對方一逼上岔路，縱非立時氣絕身亡，也不免走火入魔，脫力癱瘓。只不過這等比拚，唯有身歷其境的局中人方知甘苦，旁觀者武功再高，也沒法從他三人的招式中辨認出來。

眼見太陽由偏東而當頭直射，更漸漸偏西。空聞、空智、范遙、韋一笑等高手這時已看出了雙方勝負之機。但見殷天正頭頂的白氣越來越濃，而渡劫坐在其中的那棵大松樹枝幹上針葉不住搖晃顫動，當知渡厄和渡劫二僧功力究有高下，鬥到此時，渡劫背靠松樹，須得借助大樹之力，方能與張無忌的九陽神功相抗。倘若殷天正先支持不住，那便是明教輸了，如若渡劫先一步難以抵擋，則是少林派落敗。

出手相鬥的六人更加明白這中間的關鍵所在。殷天正與渡難比拚掌力，拚到三十餘掌之後，自知終非敵手，心想：「我們今日之事，以救謝兄弟爲重。我個人勝負榮辱，何足道哉？何況輸在少林派前輩高人手下，也不能說是損了白眉鷹王的威名。」當下拚得一掌，便退出半步，拚到十餘掌後，已退到丈許之外。那知「須彌山掌」乃少林派七十二絕藝之一，渡難在這掌法上浸淫數十載，威力非同小可，殷天正退一步，渡難的掌力跟著進擊一步，勁力竟不以路程拉遠而稍衰。

楊逍尋思：「這少林僧果真了得，我聖火令上招數再變，終究也奈何不了他。殷白眉獨受內勁，時候長了只怕支持不住。」兩枚聖火令一合，想要夾住黑索，跟他也來個硬碰硬的鬥力，以分殷天正重擔。不料聖火令剛要夾到黑索，渡難手腕抖動，黑索索頭直昂上來，撞向楊逍面門。楊逍心念如電，聖火令脫手，向渡難胸口急擲過去，雙掌翻過，已抓住索頭，轉過身來，一招「倒曳九牛尾」，猛力向外急拉。

渡難見他兵刃出手，當作暗器般打來，勁道猛極，左手上肘沉落，壓向飛襲左胸的聖火令，卻見另一枚突然間中道轉向，呼的一聲，斜刺射向渡劫。這六人中以楊逍最工心計，他這兩枚聖火令攻渡難的乃是虛招，攻渡劫的那枚方用上了全身內勁。

渡劫正與張無忌全力相抗，眼見渡難對付楊殷二人已穩佔上風，那想得到楊逍竟會忽出奇招，以此怪異的手法偷襲，一驚之下，聖火令已到面門。渡劫心神微亂，輕輕伸起兩指，將那枚聖火令夾住。但其時他與張無忌正全神貫注的比拚內勁，那容得這麼分心轉勁，霎時之間，他存身其內的大松樹搖晃不止，樹上松針紛紛下墮，便如半空中下了一陣急雨。張無忌一覺對方破綻大露，這乾坤大挪移心法最擅於尋瑕抵隙，他右手指上五股勁氣，登時絲絲作響，疾攻過去。片刻間啪啪有聲，渡劫那棵松樹上一根根小枝也震得落了下來。渡厄眼見勢危，霍地站起，身形微晃，已到了渡劫身旁，伸左手搭在他肩頭。渡劫得師兄相助，方得重行穩住。

那邊廂渡難與殷天正、楊逍也已到了各以眞力相拚、生死決於俄頃的地步。楊逍拉著黑索一端，奮力扯奪，殷天正卻以破山碎碑的雄渾掌力，不絕向渡難抵壓過去。兩大高手一拉一推，兩股勁力恰恰相反，渡難身處其間，不免吃力萬分，但仍未現敗象。

旁觀的明敎羣豪和少林僧衆眼見這等情景，情知這場拚鬥下來，不僅分出勝敗而已，六大高手之中只怕有半數要命喪當場。偌大一座山峯上，刹時間竟沒半點聲息，羣雄泰半汗濕衣背，人人提心吊膽，爲己方擔憂。

便在這萬籟俱寂之際，忽聽得三株松樹之間的地底下，一個低沉的聲音說起話來：「楊左使、殷大哥、無忌孩兒，我謝遜雙手染滿血跡，早已死有餘辜。今日你們爲救我而來，與少林寺三位高僧爭鬥，倘若雙方再有損傷，謝遜更罪上加罪。無忌孩兒，你快快率同本敎兄弟，退出少林寺去。否則我立時自絕經脈，以免多增罪孽。」正是謝遜以「獅子吼」神功在地牢中說話。當年他在王盤山島上，用獅子吼震死震暈各幫各派無數豪士，此刻並非以神功傷人，聲音雖低沉，衆人耳鼓仍震得嗡嗡作響，相顧失色。

張無忌心知義父言出如山，決不肯爲了一己脫困，致令旁人再有損傷，眼前情勢，倘若力拚到底，自己雖可無恙，但外公、楊逍、渡劫、渡難四人必定不免，正躊躇間，只聽謝遜大聲喝道：「無忌，你還不去麼？」

張無忌道：「是！謹遵義父吩咐。」他退後一步，朗聲道：「三位高僧武功神妙，今日明教無力攻破，他日再行領教。外公、楊左使，咱們收手罷！」說著勁氣一收，將渡厄、渡劫二僧黑索上所發出的內勁一彈而回。

楊逍與殷天正聽到他的號令，苦於正與渡難全力相拚，沒法收手，若收回內勁，立時便爲渡難的勁氣所傷，渡難此刻也是欲罷不能。張無忌走到殷天正之前，雙掌揮出，接過了渡難與殷天正分從左右襲來的掌力，跟著伸出聖火令，搭在渡難的黑索中端。黑索正給楊逍與渡難拉得如繃緊了的弓弦一般。張無忌的聖火令一搭上，乾坤大挪移神功登時將兩端傳來的猛勁化解了。黑索軟軟垂下，落在地下，楊逍手快，一把搶起。

渡難臉色一變，正欲發話，楊逍雙手捧著黑索，走近幾步，說道：「奉還大師兵刃。」渡劫已知他心意，將身旁的聖火令拾了起來，交還給他。

自經適才這一戰，三位少林高僧已收起先前的狂傲之心，知道拚將下去勢必兩敗俱傷，己方三人實無法佔得上風。渡厄說道：「老衲閉關數十年，重得見識當世賢豪，至感欣幸。張教主，貴教英才濟濟，閣下更出類拔萃，唯望以此大好身手多爲蒼生造福，不作傷天害理之事。」張無忌躬身道：「多謝大師指教，敝教決不敢胡作非爲。」渡厄道：「我師兄弟三人，在此恭候張教主大駕三度蒞臨。」張無忌道：「不敢，然而自當再來領教。謝法王是在下義父，恩同親生。」渡厄長嘆一聲，閉目不語。

張無忌率同楊逍諸人，拱手與空聞、空智等人作別，走下山去。彭瑩玉傳出訊號，撤回五行旗人衆。巨木旗和厚土旗教衆於離寺五里外倚山搭了十餘座木棚，以供衆人住宿。

張無忌悶悶不樂，心想本教之中，無人的武功能比楊逍與外公更高，就算換上范遙與韋一笑，也不過和今日的局面相若，天下那裏更去找一兩位勝於他們的高手，來破這「金剛伏魔圈」？彭瑩玉猜中他心事，說道：「教主，你怎地忘了張眞人？」

張無忌躊躇道：「倘若我太師父肯下山相助，和我二人聯手，破這『金剛伏魔圈』定可辦到。但此舉大傷少林、武當兩派和氣，太師父未必肯允。再則太師父一百多歲的年紀，武學修爲雖已爐火純青，究竟年紀衰邁，若有失閃，如何是好？」

突然之間，殷天正站起身來，哈哈笑道：「張眞人如肯下山，定然馬到成功，妙極，妙極！」乾笑幾聲，張大了口，聲音忽然啞了。

羣豪見他笑容滿臉，直挺挺的站著，都覺奇怪。楊逍道：「殷兄，你想張眞人能下山出手麼？」他連問兩次，殷天正只是不答，身子也一動不動。張無忌大驚，伸手搭他脈膊，不料心脈早停，竟已氣絕身亡。原來他當日在光明頂獨鬥六派羣豪，苦苦支撐，眞元已受大損，適才苦戰渡難，又耗竭了全部力氣，加之年事已高，竟然油盡燈枯。

張無忌抱著他屍身，哭叫：「外公！」殷野王搶了上來，更呼天搶地的大哭。羣豪念及同教的義氣，無不愴然淚下。訊息傳出，明教中有許多教衆原屬天鷹教旗下，登時哭聲震動山谷。

這數日間，羣豪忙著料理殷天正的喪事。各路武林人物也絡繹上山。這些人仰慕殷天正的威名，不少人到木棚中他靈前弔祭。空聞、空智等已親自前來祭過，隨後又派了三十六名僧人，爲殷天正做法事超度。但三十六名僧人只唸了幾句經，便給殷野王手執哭喪棒轟了出去。周顛更在一旁大罵：「少林禿驢，假仁假義！」

張無忌憂心如搗，和楊逍、彭瑩玉、趙敏等商議數次，始終不得善法。趙敏曾想設法將「十香軟筋散」下在渡厄三僧的飲食之中，又說要去召鹿杖客、鶴筆翁二人來和張無忌聯手，但張無忌和楊逍等均覺不妥。

這天是殷天正去世的頭七，張無忌率領教中羣豪，在靈位前陳祭致哀。趙敏青衣素裙，爲殷天正服了一半喪服。致祭完畢，明教焚燒了靈位，行了明教的聖火禮節，恭送靈柩下山。殷野王跪拜辭謝，護送先父靈柩回歸江南安葬。明教喪葬禮俗本與中土傳統大異，但傳入中土既久，中國教徒多遵用千年來的中土習俗。

這日午後，山下教衆來報，明教濠泗一支的龍鳳兵馬，在朱元璋的率領之下，趕來登封，要聽奉張教主指揮，進攻少林寺相救謝法王。前來的兵馬共有二萬餘人，聲勢十分浩大。張無忌又驚又喜，與楊逍等商議，均覺這般人多勢衆，雖不合武林規矩，但可令少林寺心生畏懼，不敢提前加害謝法王。張無忌當下率領左右光明使等人移步登封，命朱元璋傳令下去，就地駐紮兵馬，不可驚擾了少林寺和各門派人衆。張無忌等在一家酒樓中設宴，爲朱元璋等人接風洗塵，詳談別來情由。

隨同朱元璋來參謁教主的有大將湯和、鄧愈、馮勝等人。問起軍情，得知滁州明教義軍近年來節節勝利，韓山童不幸戰死，劉福通統帥大軍，擁韓林兒稱帝，以亳州爲國都，國號「宋」，稱爲「龍鳳皇帝」。聖火令大戒雖禁止教衆稱王稱帝，但當攻戰之際，爲了號召民心，則誇大名號也所不禁。好在韓林兒爲人仁厚，一向服從總壇，料來不致造成教內分裂。

韓林兒手下另一支挺有力量的兵馬，大將是郭子興，自稱滁陽王，朱元璋、徐達等都歸於他的麾下，朱元璋的妻子便是郭子興的養女，不久郭子興去世，他的部衆歸其長子郭天叙統領。郭天叙是都元帥，張天佑任右副元帥，朱元璋任左副元帥。郭天叙領了大軍渡長江，攻陷了太平，再攻集慶路，手下將領陳野光叛變，殺了郭天叙和張天佑，朱元璋率領徐達等人平定叛亂，自任都元帥，攻陷了集慶路（南京），改名應天，宋國遷都應天府。朱元璋功大，官居平章政事，封吳國公，掌握宋國政權。這次他來參見張無忌，便是以韓林兒爲名，向總壇稟告。這時劉福通見朱元璋勢大，自己在宋國受到排擠，已自率部隊西進，陳友諒投到了他部下，稱爲西路紅巾軍，擴展也甚成功。

酒過三巡，張無忌在席上誇奬朱元璋等一行立功甚巨。朱元璋站起身來，雙手捧著一杯酒，恭恭敬敬的呈到張無忌面前，說道：「恭喜教主從海外迎回謝法王和屠龍刀，眼下謝法王雖暫且失陷在少林寺中，但我教有教主、左右光明使以及諸位英俠領頭，必能救出謝法王，奪回屠龍刀。從此我明教號令天下，莫敢不從！殺盡韃子，還我河山，當是指顧間的事了。」

張無忌乾了一杯，說道：「當年與朱大哥在鳳陽相交，想不到竟有今日！」羣豪哈哈大笑，意興甚豪。

朱元璋卻不坐下，手指坐在臨桌的趙敏，說道：「屬下聽說，這位郡主娘娘棄暗投明，背棄了父兄，甘願終身依靠教主，本來是可喜可賀的大好事，但屬下有一事心中不明，要請教主指點。」說到這裏，本來滿臉歡容，忽爾轉得神色儼然。張無忌道：「大家是自己人，朱大哥坦率直言便是。」朱元璋道：「小人見識胡塗，出言有不到之處，還請教主原宥。」張無忌道：「大夥兒都是光明磊落的好漢子，事無不可對人言。朱大哥但說不妨。」

朱元璋道：「屬下這番話，衆兄弟平日已議論紛紛，也不是屬下一人心頭的話。這位郡主娘娘是蒙古人，他父親是執掌朝廷兵馬、聲威赫赫的汝陽王。我漢人義軍，不知有幾千幾萬人死在她爹爹刀下。我義軍的好兄弟、好朋友，人人要殺她爹爹報仇。咱們濠泗的十幾萬義軍，要請教主回答一句話：到底在教主心中，是這位蒙古的郡主娘娘要緊呢，還是明教十數萬兄弟的性命要緊？」這番話說得斯文恭謹，但卻聲勢洶洶，勢道逼人。

楊逍、范遙等人聽了這番話，早想到朱元璋是挾著近來反元大勝之威，帶了自己的兵馬，竟欲逼去張無忌的明教教主之位。他料想趙敏得罪的人多，他如出言逼宮，明教衆首領未必會支持張無忌這年輕教主。而且趙敏爲汝陽王之女，汝陽王殺戮抗元義軍，手上血債累累，朱元璋以此爲辭，明教首領縱欲支持張無忌，也乏理據，大義有虧。

張無忌也已料到朱元璋的用意，一時不知如何回答。朱元璋又道：「兄弟們都說，教主倘若顧念天下蒼生，重視夷夏之防，應與郡主娘娘一刀兩斷。教主在郡主與明教兄弟之間，只能擇一爲友，親此則敵彼，親彼則敵此！」

張無忌道：「朱大哥說那裏話來？明教自敝人張無忌以下，直至初入教的教友，人人曾對明尊聖火立下重誓，我明教教衆頭顱可拋，頸血可濺，全心全意，誓將蒙元趕回漠北，還我大漢河山，重整金甌。若違此誓，明尊決不寬恕！」在座羣豪一齊叫道：「教主，說得好！」

朱元璋道：「如此說來，教主決意與郡主一刀兩斷，終身不再相見了？」張無忌搖頭道：「不是！驅趕蒙元，我志不變。以趙敏爲妻，我志亦不變。趙姑娘雖是蒙古女子，但早已脫離父兄，她對我說得淸淸楚楚，她嫁鷄隨鷄，嫁狗隨狗，我幹甚麼，她也幹甚麼。」朱元璋搖頭道：「教主，咱們幹的可是殺官造反的大事。教主信得過這位郡主娘娘，我們成千成萬的兄弟可信不過。難道郡主娘娘事到臨頭，也肯大義滅親、手刃父兄嗎？」

張無忌見他這等神態，心下好生難決，倘若明教內鬨，朱元璋等幾個義軍頭領當然不是自己對手，但如殺了朱元璋等人，濠泗義軍不免元氣大傷，只怕元軍乘勢反撲，反元的大好形勢不免毀於一旦。何況聖火令中諄諄告誡，明教兄弟絕不可自相殘殺。

他嘆了口氣，對朱元璋道：「明教決心造朝廷的反，那是說甚麼也不變的。但我們只盼將蒙古人趕回大漠去，請他們回自己的老家，不到中土來佔我漢人的江山土地，不把我漢人當作奴隸來使用欺壓。明教是『趕韃子』，不是『殺韃子』！明教是從波斯傳來的，大家見過明尊的畫像，他是黃頭髮、黃鬍子、高鼻子、綠眼睛的外國夷人，但他老人家引導咱們行善去惡、爲明驅暗，咱們就拜明尊，聽明尊的教訓。咱們只求自由自在，不讓外族人來佔我們的國土子女、田地財物，我們也決不佔他們的國土。大夥兒做的是把蒙古人趕回蒙古去。」

趙敏本來一直在旁默不作聲的聽著，忽然站起身來，昂然道：「朱大哥，你不用躭心！我是蒙古人，那是改不來的。不用你們來趕，我自己退出中土，返回蒙古，這一生一世永不再踏入中土一步！」張無忌、楊逍、范遙、韋一笑等都是一驚。

周顛卻兀自躭心，問道：「趙姑娘，你回去蒙古，此後永不踏入中土一步，你捨得我們教主麼？」趙敏微笑道：「我決不破誓。我心裏不捨得，又有甚麼法子？卻不知你們教主捨不捨得我？」說著眼望別處，更不轉向張無忌。

張無忌心下感激，情知趙敏立下此誓，全是爲了不讓自己爲難。明教羣豪均覺此誓雖不能說兩全其美，畢竟是顧全了大局。又覺倘若眞能將蒙古人趕回大漠，我中土重光，倒不是非得將韃子殺光了不可。何況明教之中，天地風雷四門，「雷」字門一門教衆，全是非漢族的蒙古人、回紇人、吐蕃人，以及形形色色的色目人，數百年來大家相處無間，曾同生死、共患難，豈能將其中的「韃子」盡數殺了？范遙等心想教主必定會跟趙姑娘同去蒙古，但那是以後的事，一切將來再說。

周顛大聲道：「朱兄弟，趙姑娘既已這麼說了，衆兄弟可再沒異議了吧？」朱元璋見楊逍等首腦均站在教主這一邊，只得道：「多謝教主顧全兄弟之義。」

張無忌心想朱元璋等帶頭之人雖得暫且安撫，但他帶來二萬餘兵馬，只怕不少人聽了他的說辭，對趙敏兀自不放心。當下帶同楊逍、范遙、五散人、五旗使諸人，前往義軍駐紮之處，購買了酒肉犒勞兵士，在軍帳中會見衆軍官。張無忌重申「趕韃子」而非

「殺韃子」之意，又申明自己只是暫代教主，救出謝法王後，當遵陽前教主遺命，請謝法王攝教主之位。

只見一個濃眉大眼、神情英挺的青年軍官朗聲說道：「啓稟教主：教主仁義待人，爲本教立下大功，人人死心塌地的服您，你如去職不幹，大傷衆兄弟之心。咱們跟韃子拚命血戰，雖說是爲了天下百姓，但老實說，大夥兒是爲您老人家拚命。謝法王爲人當然是極好的，否則也得不到陽前教主的信任，他又是您老的義父。不過謝法王和天下英豪結怨甚深，還是請教主勉爲其難，爲了我教中興，繼續爲我教首領。就算您老人家當眞想退隱林下，專研武學，不想給俗務煩擾，也請教主另選賢能，指定一位衆望所歸、已爲本教立下大功之人來出任教主，那就人人悅服，紛爭不起，明教不致爲了教內雄才互爭主位而再陷入你砍我殺的大劫，不但見笑於天下英雄，且不免給蒙元乘機反撲。」

張無忌認得他是朱元璋手下大將李文忠，他是朱元璋的外甥，朱元璋曾收他爲義子，改名「朱文忠」，自是朱元璋的得力親信。他年紀輕輕，武功既不了得，在教內也無威望，只不過在戰陣中頗立戰功而已，但挺立席前，侃侃而言，足見事先早有預備。

張無忌道：「李兄弟，你口中所說那位衆望所歸、已爲本教立下大功之人，不知是誰？」李文忠道：「教主只須出得營帳，向帳外兄弟們問一聲，大夥兒就會回答教主的話，那可不是小將胡言向教主瞎說的。」

張無忌向楊逍、范遙兩人望了一眼，走到營帳之外，廣場上明教義軍一排排的行列整齊，身上頂盔貫甲，手中明晃晃的持了刀槍，見到張無忌出來，帶隊的將領齊聲吆喝：「參見教主！明尊佑護教主！」衆兵士把刀槍往地下一頓，砰的一聲大響，數萬人一齊躬身行禮，齊聲喝道：「參見教主！明尊佑護教主！」張無忌抱拳還禮，朗聲道：「明尊佑護衆位兄弟！」

張無忌心想：「大家都是明尊座下的好兄弟，禍福同當，生死與共，這等精鋭之師，實可收復河山。」朗聲問道：「適才李文忠將軍言道，本教有一位衆望所歸、已爲本教立下大功的人物，請問說的是那一位？」衆兵將齊聲高叫：「是吳國公朱元璋，吳國公朱元璋！」一齊聲吶喊，聲音當眞地動山搖。

張無忌回頭一瞧楊逍、范遙，只見二人垂手在下，都緩緩搖手。張無忌會意，轉頭向衆兵將道：「有這樣一位好兄弟，眞是我教的大福份。我知道啦！大家散了隊喝酒罷！」衆兵將躬身道：「謝教主！」張無忌朗聲道：「請吳國公朱元璋兄弟相見。」一名將軍躬身道：「啓稟教主：應天府軍情緊急，吳國公已即速啓程回應天去了，命屬下向教主恕罪。」張無忌點頭道：「朱兄弟馬不停蹄，勤勞軍事，何罪之有？」

他回入帳內，湯和、鄧愈、李文忠等都說奉吳國公之召，要趕回應天作戰，紛紛向張無忌請罪告辭。張無忌點頭道：「各位先用飽了酒飯，回到應天，請代我向韓兄弟問好。新教主一事乃是大事，大夥兒須得從長計議。祝各位旗開得勝，馬到成功！各位帶兵，務須善待百姓，方不負了我教報國救民的宗旨！」衆將應諾，用罷酒飯，行禮告辭，各帶兵馬離去。

張無忌等一行人返回木棚，商量適才的情事。周顚首先叫了起來：「朱元璋那廝想做教主，他這麼幹，可不是要造反嗎？韋蝠王，咱們快馬趕在頭上，一刀將那廝砍了，瞧他造不造得成反？」范遙道：「朱元璋手下兵馬人數衆多，攻城略地的本事不小，適才那李文忠奉了朱元璋之命來向教主示威，倒也神氣得很。周兄，我若上前扭他脖子，這麼喀喇一聲，他還能胡說八道、大言不慚麼？」

周顚哈哈大笑，叫道：「妙極，妙極！剛才你怎不給這小子就這麼契列喀喇媽巴擦？嘟嘟，嗚嗚，波波！」范遙問道：「周兄，那嗚嗚，波波，又是甚麼神奇武功？」周顚笑道：「這個你就不懂了，嗚嗚，波波，不是武功，是那小子給你扭斷了脖子，痛得屎滾尿流，上面下面發出來的怪聲！」

楊逍道：「我們要殺他，自然不費吹灰之力。不過朱元璋招兵買馬，攻佔州縣，只殺得蒙元半壁江山煙塵滾滾，我大漢的河山，差不多有一半讓他們光復了。這是眞正的大功勞。咱們歃血爲盟，共舉義旗，爲來爲去，還不是就爲了這件大事。朱元璋、李文忠這些人是殺不得的，就算他們背叛明教，只要他們眞能光復大漢江山，將蒙古韃子趕回去，咱們還是不能動他們一分一毫。」

張無忌點頭道：「不錯！與大漢江山相比，明教爲輕；與大漢千萬百姓相比，明教的教衆爲輕。明教敗後可以再興，我大漢江山倘若給異族佔了去，要再奪回可就千難萬難了。」

楊逍、范遙、韋一笑、五散人等先後站起，各人都是畢生謀幹大事之人，大局的孰輕孰重，心念一轉，便即了然，均覺如以明教爲重，江山爲輕，不免是心懷自私，非大英雄、大豪傑的仁俠心懷。

彭瑩玉說道：「教主這番金玉良言，眞正打進了我心坎中去。不論是誰，只要他能率領天下豪傑，驅趕胡虜，我彭和尙都服他的。他要做明教教主、要做皇帝，彭和尙都擁了他。」

張無忌道：「彭大師所言極是！咱們當前要務，是將謝法王營救出來。朱元璋如想做教主，只要他能趕走蒙元，還我大漢江山，我就讓他做。」周顚「呸」的一聲，說道：「我瞧這個下巴抄起、滿臉黑痣的傢伙，說甚麼也不像教主，做個小嘍囉倒還差不多！」

一百名洪水旗教衆手持噴筒，一百股水箭射出。羣雄只聞到一陣猛烈酸臭，二十頭惡狼一遇水箭，立時跌倒，狂叫悲嗥，頃刻間皮破肉爛，變成了一團團焦炭。

三十七　天下英雄莫能當

彈指間重陽正日已到，張無忌率領明教羣豪，來到少林寺中。少林寺前殿後殿、左廂右廂，到處擠滿了四方英雄好漢。各路武林人物之中，有的與謝遜有仇，處心積慮的要殺之報仇雪恨；有的覬覦屠龍刀，痴心妄想奪得寶刀，成為武林至尊；有的是相互間有私人恩怨，要乘機作一了斷；大多數卻為瞧熱鬧而來。少林寺中派出百餘名知客僧接待，引著在寺中各處休息。

武當派只到了俞蓮舟和殷梨亭二人。張無忌上前拜見，請問張三丰安好。俞蓮舟悄聲問道：「你可曾聽到青書與陳友諒的訊息？」張無忌將別來情由簡略說了，告知陳友諒已去漢陽，投了西路紅巾軍的首領徐壽輝；宋青書則不知去向。

這次宋遠橋、張松溪二人所以不至，便是為了在山上護師保觀，以防奸謀。俞蓮舟又說起宋遠橋自親耳聽到獨子的逆謀之後，傷心憂急，飲食大減，身子幾乎瘦了一半，卻又瞞著師尊，不敢說起此事，恐貽師父之憂。張無忌道：「但盼宋師哥迷途知返，即速悔悟，和宋大師伯父子團圓。」俞蓮舟道：「話雖如此，但這逆賊害死莫七弟，可決計饒他不得。」說著恨恨不已。

此後一個時辰中，各路英雄越聚越多，那日攻打金剛伏魔圈的河間雙煞、青海派諸劍客也都到了。華山派、崆峒派、崑崙派均有高手赴會，只峨嵋派無人上山。

張無忌深盼能見到周芷若，向她解釋那日不得已之情，然而想像到她的臉色目光，心下惴惴，深自惶慚。明教羣豪聚在西廂的一座偏殿之中，並不和各路英雄交談。明教怨家太多，仇人見面，只怕大會未開，先已和四方怨家打了個落花流水。

午時將屆，寺中知客僧肅請羣雄來到山右的一片大廣場上。那本是寺僧種菜的數百畝菜園，這時已然壓平，搭起了數十座大木棚。羣豪隨著知客僧引導入座。各門派幫會中人數眾多的自佔一棚，人數較少的則合坐一棚。

彭瑩玉將場上傑出之士的來歷，一一稟告張無忌知曉。羣豪畢集，洵是盛會，許多向來極少在江湖上行走的山林隱逸，這時也紛紛現身。彭瑩玉點查之下，場上不計明教，已有四千六百餘人。張無忌、楊逍等見與會人眾，多半是敵非友，均感憂慮。

眾賓客坐定後，少林羣僧分批出來，按著空、圓、慧、法、相、莊各字輩，與羣雄見禮，最後是空智神僧，身後跟著達摩堂九老僧。

空智走到廣場正中，合什行禮，口宣佛號，說道：「今日得蒙天下英雄賞臉降臨，少林派至感光寵。只敝寺方丈師兄突患急病，無緣得會俊賢，命老衲鄭重致歉。」

張無忌微覺奇怪：「那日空聞大師到外公靈前弔祭，臉上絕無病容，精神矍鑠，他這等內功深厚之人，怎能突然害病？難道是受了傷？」四下打量，不見圓眞和陳友諒，心想：「那晚我向渡厄等三位高僧揭破圓眞的奸謀，不知寺中是否已予處置？空聞大師忽地稱病，是否與此事有關？」

南宋末年，郭靖、黃蓉夫婦曾先後在大勝關及襄陽邀集天下豪傑，共商抗禦蒙古入侵的大計，此後將近百年，直至今日方始再有英雄大會，原是江湖上第一等盛事，但主持者忽然患病，羣雄不由得均感掃興。

只聽空智又道：「明教金毛獅王謝遜爲禍武林，罪孽深重，幸而得爲敝寺所擒。少林派不敢自專，恭請各位望重武林之士，共商處置之策。」他本來生得愁眉苦臉，這時說話更沒精打采，說畢便即合什退下。

東南角上站起一人，身形魁梧，一把黑白相間的鬍鬚隨風飛舞，四顧羣雄，雙目炯炯有神，形相威嚴。彭瑩玉告知張無忌，這人是山東老拳師夏冑。只聽他聲若洪鐘，說道：「這謝遜作惡多端，貴派竟能擒來，造福武林，實非淺鮮。空聞、空智兩位神僧太過謙抑，這等惡人，立時一刀殺卻，也就是了，何必再問旁人？今日既是天下英雄聚會，咱們此會便叫作屠獅大會。將這謝遜凌遲處死，每人吃他一口肉，飲他一口血，爲無辜死在他手下的朋友們報仇，豈不痛快？」他的親兄弟爲謝遜所殺，心積怨毒，數十年來只想找謝遜報仇。此言一出，四周便有數百人隨聲附和，都說及早殺了爲是。

混亂之中，忽聽得一個陰惻惻的聲音說道：「謝遜是明教的護教法王，少林派倘若不怕得罪明教，早就一刀將他殺了，何必邀大夥兒來此分擔罪責？我說夏大哥哪，你有點老胡塗啦，做兄弟的勸你一句，還是明哲保身的爲是。」這番話說得陰陽怪氣，但傳在衆人耳中，仍清清楚楚。衆人齊往聲音來處瞧去，卻不見是誰。顯然那人身裁矮小，說話時又不站起，坐在人叢之中，誰也見他不到。

夏冑大聲道：「是『醉不死』司徒兄弟麼？那謝遜與俺有殺弟之仇，大丈夫一人做事一人當，請少林衆高僧將他牽將出來，老夫一刀將他殺了。魔教衆魔頭找上身來，儘管衝著俺山東姓夏的便是。」

人叢中那人又陰惻惻的一笑，說道：「夏大哥，江湖上人人皆知，那把武林至尊的屠龍刀，乃落在謝遜手中。少林派既得謝遜，豈有不得寶刀之理？人家殺謝遜是賓，揚刀立威才是頭等大事。我說空智大師哪，你也不用裝模作樣啦，痛痛快快的將那屠龍寶刀捧將出來，讓大夥兒開開眼界是正經。你少林派千百年來就是武林中的頭兒腦兒，有此刀不為多，無此刀不為少，總之乃武林至尊就是了。」

彭瑩玉低聲對張無忌道：「說話這人叫作『醉不死』司徒千鍾。此人玩世不恭，聽說不拜師，不收徒，不屬任何門派幫會，生平極少與人動手，誰也不知他武功底細，說起話來冷嘲熱諷，倒往往一語中的。」

只聽場中七八人跟著道：「此言有理。請少林派取出屠龍刀來，讓大夥兒瞧瞧。」

空智緩緩說道：「屠龍刀不在敝寺，老衲一生之中也從來沒見過，不知世上是不是眞有這麼一把刀子。」羣雄一聽，立時紛紛議論，廣場上一片嘈雜，與會諸人原先都認定此會必與屠龍刀有莫大關連，豈知空智竟一口否認，誰都大出意料之外。

空智身後跟著九名老僧，均身披大紅袈裟。待羣雄嘈雜之聲稍息，九僧中一名老僧踏上兩步，朗聲說道：「屠龍刀本在謝遜手中，但敝派擒到他之時，那刀卻不在他身邊。本寺方丈以此乃武林大事，曾詳加盤查。謝遜倔強頑惡，堅不吐實。今日英雄盛會，一來是商酌如何處置謝遜，二來是向衆家英雄打聽那屠龍刀的下落。那一位得知音訊的，便請明言。」羣豪面面相覷，誰都接不上口。

司徒千鍾又陰陽怪氣的說道：「武林中多年來有言道：『武林至尊，寶刀屠龍。號令天下，莫敢不從。倚天不出，誰與爭鋒？』除了屠龍刀，還有倚天劍。這柄倚天寶劍哪，本來聽說是在峨嵋派手中，可是西域光明頂一戰，從此不知所終。今日此會雖叫英雄大會，峨嵋派的英雌們難道就不能來麼？」衆人聽到最後這句話，鬨然大笑。

轟笑聲中，一名知客僧大聲報道：「丐幫史幫主，率領丐幫諸長老、諸弟子到。」張無忌聽到「史幫主」三字，心下大奇：「丐幫史火龍幫主早死在圓眞手下，如何又出來一位史幫主？」

空智說道：「有請！」丐幫是江湖上第一大幫會，他親自迎了出去。

只見一列人快步向廣場走來，約莫一百五十餘人，都是衣衫襤褸的漢子，丐幫近年來聲勢雖已不如往時，畢竟百足之蟲，死而不僵，在江湖上仍有極大潛力，羣雄誰也不敢輕視，大半站起身來。

但見當先是兩名老年丐者，張無忌認得是傳功長老和執法長老。兩名老丐身後，是個十二三歲的醜陋女童，鼻孔朝天，闊口中露出兩枚大大門牙，正是史火龍之女史紅石。她手持丐幫幫主信物打狗棒。史紅石之後是掌棒龍頭、掌缽龍頭，其後依次是八袋長老、七袋弟子、六袋弟子。

空智見持打狗棒的是個女童，心下躊躇，不知幫主是誰，該當向誰說話才是，只得合什行禮，含糊道：「少林僧衆恭迎丐幫羣雄大駕。」

羣丐一齊抱拳還禮。傳功長老說道：「敝幫史前幫主不幸歸天，衆長老公決，立史幫主的小姐史紅石史姑娘爲幫主，這一位便是敝幫新幫主。」說著伸手向史紅石一擸。

空智和羣雄都是一怔，心想江湖上向來有言道：「明教、丐幫、少林派」，各教門以明教居首，天下幫會推丐幫爲尊，武學門派則以少林派爲第一。明教立了個二十餘歲的少年張無忌當教主，已令人嘖嘖稱奇，不料丐幫更推這樣一個小女孩作幫主，若非丐幫長老親口說出，當眞誰也不能相信。當年黃蓉以少女而爲丐幫幫主，雖說曾有先例，但其時黃蓉究竟也比眼前這小女孩大了好幾歲，而且是前幫主洪七公之徒、桃花島黃島主之女，大有來頭。

空智雖大感詫異，卻也不缺禮數，合什道：「少林門下空智，參見史幫主。」史紅石福了福還禮，囁囁嚅嚅的對答不出。傳功長老道：「敝幫幫主年幼，一切幫務，暫由兄弟及執法長老二人代理。空智神僧乃前輩大德，多禮甚不敢當。」兩人謙虛了幾句。知客僧引著羣丐入木棚就座。

丐幫人數衆多，半晌方始坐定。張無忌見羣丐人人戴孝，臉上均有悲憤之色，有些弟子背上的布袋之中更有物蠕蠕而動，顯是有所爲而來，心下暗喜，剛跟楊逍說得一句：「咱們到了一批好幫手。」只見傳功、執法二長老引著史紅石，來到明教棚前。

傳功長老抱拳行禮，說道：「張教主，金毛獅王失陷，敝幫有好大干係，我們今日寧可性命不在，也要贖我們的罪愆；再者也是爲我們史故幫主報仇雪恨。丐幫上下，齊聽張教主號令。」張無忌急忙還禮，說道：「不敢當。」傳功長老這番話中氣充沛，說得甚是響亮，顯是有意要讓廣場上人人聽見。他幾句話說畢，丐幫衆弟子一齊站起，大聲說道：「謹奉明教張教主號令，赴湯蹈火，在所不辭。」

羣雄都是一楞：「丐幫幾時跟明教結成了死黨啦？」除了極少在江湖行走的隱逸之外，衆人均知丐幫與明教多年來相互攻殺，前年丐幫參與圍攻光明頂之役，血戰中雙方死傷均衆，最後攻上光明頂的丐幫幫衆幾乎全軍覆沒。此刻傳功長老卻公然聲言全幫齊奉張無忌號令，又說要爲史前幫主報仇雪恨云云，誰都摸不著頭腦。

傳功長老回過身來，大聲說道：「我丐幫與少林派向來無怨無仇，敝幫一直尊重少林派是武林第一大門派，縱有些微嫌隙，我們也必儘量克制忍讓，從來不敢有所得罪。敝幫自史前幫主以下，好生佩服少林四大神僧德高望重，足爲武人的表率楷模。史前幫主歸隱已久，靜居養病，數十年來不與江湖人士往還，不知何故，竟遭少林高僧毒手……」他說到這裏，廣場上衆人一齊「啊」的一聲驚呼，連空智也大出意料之外。

只聽傳功長老接著說道：「我們今日到此，是要當著天下英雄之前，請空聞方丈指點迷津。我們史前幫主到底在甚麼事上得罪了少林派，以致少林高僧害死史前幫主之後，對寡婦孤女也要趕盡殺絕，連史夫人也保不了性命？」

空智合什說道：「阿彌陀佛，史幫主不幸仙逝，老衲此刻才首次聽到訊息。長老口口聲聲說是敝派弟子所爲，只怕其中大有誤會，還請長老言明當時詳情。」

傳功長老道：「少林派千百年來是武林中的泰山北斗，我們豈敢誣賴？便請貴寺一位高僧、一位俗家子弟出來對質。」空智道：「長老吩咐，自當遵命。不知長老要命那二人出來？」傳功長老道：「是……」突然張口結舌，啞口無聲。

空智一驚，急忙搶前，抓住他右腕，竟覺脈息已停。空智更驚，叫道：「長老，長老！」看他顏面時，只見眉心正中有一顆香頭般的細黑點，竟是要害中了絕毒暗器。空智大聲道：「各位英雄明鑒，這位丐幫長老中了絕毒暗器，不幸身亡。我少林派可決計不使這等陰狠的暗器。」

丐幫幫眾大譁，數十人搶到傳功長老的屍身旁。掌缽龍頭從懷中取出一塊吸鐵石，放在傳功長老眉心，吸出一枚細如牛毛、長纔寸許的鋼針。

丐幫諸長老情知空智之言不虛，這等陰毒暗器，名門正派的少林派是決計不使的，然而在光天化日、衆目睽睽之下，竟然有人發暗器偷襲，沒一人能予察覺，此事之怪，實不可思議。執法長老等均想，傳功長老南向而立，暗器必是從南方射來，其時向南陽光耀眼，傳功長老又心情憤激，以至全沒提防這等極度細微的暗器。

站在南首最前面的是空智，他身後全部是少林僧人。衆長老怒目向空智身後瞧去，見九名身披大紅袈裟的老僧都雙目半閉，垂眉而立，這九僧之後是一排排黃衣僧人、灰衣僧人，無法分辨是誰施了暗算，然兇手必是少林僧人，絕無可疑。執法長老朗聲長笑，淚珠卻滾滾而下，說道：「空智大師還說我們冤枉了少林派，眼下之事，更有何話說？」掌棒龍頭最是性急，手中鐵棒一揚，喝道：「今日跟少林派拚了！」但聽得嗆啷嗆啷兵刃亂響，丐幫幫衆紛紛取出兵刃，擁入場心。

空智臉色慘然，回頭向著少林羣僧，緩緩說道：「本寺自達摩老祖建下基業，千百年來歷世僧侶勤修佛法，精持戒律，雖因學武防身，致與江湖英豪來往，然而從來不敢做何傷天害理之事。方丈師兄和我早勘破世情，豈再戀此紅塵……」他目光從羣僧臉上逐一望去，說道：「這枚毒針是誰所發？大丈夫敢做敢當，站了出來。」

數百名少林僧無一接口，有的說：「阿彌陀佛，罪過，罪過！」

張無忌心念一動，想起了一件舊事：昔年他母親殷素素喬裝他父親張翠山模樣，以毒針殺死少林僧，令他父親含冤莫白。但天鷹教的銀針與此鋼針形狀大不相同，針上毒性也截然有異，從傳功長老的死狀看來，針上劇毒似是得自西域的毒蟲「心一跳」。所謂「心一跳」，是說蟲身劇毒一與熱血相觸，中毒者的心臟只跳得一跳，便即停止。他早知史火龍是圓眞所殺，又知少林羣僧中隱伏圓眞黨羽，所以發針害死傳功長老，當是要阻止他說出圓眞的名字。只當時人人瞧著傳功長老，以致無人察覺發針者是誰。

掌棒龍頭大聲道：「殺害史幫主的兇手是誰，丐幫數萬弟子無一不知。你們想殺人滅口嗎？哼，哼！除非將天下丐幫弟子個個殺了。這個殺人的和尚，便是圓眞……」

掌缽龍頭忽地飛身搶在他面前，鐵缽一舉，叮的一聲輕響，將一枚鋼針接在缽中。這枚鋼針仍不知從何方射來，但掌缽龍頭一直全神貫注的戒備，陽光下只見藍光微一閃爍，便搶上舉缽接過，只要稍慢得半步，掌棒龍頭勢必又死於非命。

空智身形稍挫，繞到了達摩堂九僧身後，砰的一聲，將左起第四名老僧踢了出來，跟著一把抓住他後領提起，說道：「空如，原來是你，你也跟圓眞勾結在一起了。」右手拉住他僧衣前襟往下一扯，嗤的一聲響，衣襟破裂，露出腰間一個小小鋼筒，筒頭有一細孔。人人盡皆恍然：這鋼筒中自必裝有強力彈簧，只須伸手在懷中一按筒上機括，孔中便射出餵毒鋼針，發射這暗器不須抬臂揮手，即使二人相對而立，只隔數尺，也看不出對方發射暗器。

掌棒龍頭悲憤交集，提起鐵棒橫掃過去，將空如打得腦漿迸裂而死。這空如和四大神僧同輩，輩份武功均高，只因遭空智擒住後拿著脈穴，掙扎不得，掌棒龍頭鐵棒掃來，他竟無法躲閃。羣雄又齊聲驚叫。

空智一呆，向掌棒龍頭怒目而視，心道：「你這人忒也魯莽，也不問個淸楚。」

正混亂間，廣場外忽然快步走進四名玄衣女尼，各執拂塵，朗聲說道：「峨嵋派掌門人周芷若，率領門下弟子，拜見少林寺空聞方丈。」

空智放下空如的屍身，說道：「請進！」不動聲色的迎了出去。達摩堂牖下的八名老僧仍跟在他身後，於適才一幕慘劇，盡皆有如視而不見，全不縈懷。

四名女尼行禮後倒退，轉身回出，飄然而來，飄然而去，難得的是四人齊進齊退，宛似一人，腳下更輕盈翩逸，有如行雲流水，凌波步虛。

張無忌聽得周芷若到來，登時滿臉通紅，偷眼向趙敏看去。趙敏也正望著他，二人目光相觸，趙敏眼色中似笑非笑，嘴角微斜，似有輕蔑之意，也不知是嘲笑張無忌狼狽失措，還是瞧不起峨嵋派虛張聲勢。

峨嵋派眾女俠卻不同丐幫般自行來到廣場，直待空智率同羣僧出迎，這才列隊而進，但見八九十名女弟子一色玄衣，其中大半是落髮的女尼，一小半是老年、中年、妙齡女子。女弟子走完，相距丈餘，一個秀麗絕俗的青衫女郎緩步而前，正是峨嵋派掌門周芷若。張無忌見她容顏清減，頗見憔悴之色，心下又憐惜，又慚愧。

在周芷若身後相隔數丈，則是二十餘名男弟子，身穿玄色長袍，大多彬彬儒雅，不類別派的武林人物那麼雄健飛揚。每名男弟子手中都提著一隻木盒，或長或短。百餘名峨嵋人眾身上和手中均不帶兵刃，兵器顯然都盛在木盒之中。羣雄心中暗讚：「峨嵋派甚是知禮，兵刃不露，那是敬重少林派之意了。」

張無忌待峨嵋派眾人坐定，走到木棚之前，向周芷若長揖到地，含羞帶愧，說道：

「周掌門，張無忌請罪來了。」

峨嵋派中十餘名女弟子霍地站起，個個柳眉倒豎，滿臉怒色。

周芷若萬福回禮，說道：「不敢，張教主何須多禮？別來安好。」臉色平靜，也不知她是喜是怒。張無忌心下怔忡不定，說道：「周掌門，那日我爲了急於相救義父，致誤大禮，心中好生過意不去。」

周芷若道：「聽說謝老爺子失陷在少林寺中，張教主英雄蓋世，想必已經救出來了。」張無忌臉上一紅，說道：「少林派衆高僧武功深湛，明教已輸了一仗，我外公不幸因此仙逝。」周芷若道：「殷老爺子一世英雄，可惜，可惜！」

張無忌見她絲毫不露喜怒之色，不知她心意如何，自己每一句話，都讓她一個軟釘子碰了回來，當眞老大沒趣。但轉念便想，與她成婚那日，自己竟當著無數賓客隨趙敏而去，當時她心中的難過，比之今日自己的小小沒趣豈止千倍萬倍，於是說道：「待會相救義父，還望念在昔日之情，賜予援手。」說了這幾句話，心念忽動：「這半年多來她功力大進，那日喜堂之上，連范右使這等身手，也只一招之間便給她逼開。敏妹學兼各派之所長，更險些爲她斃於當場。而擊斃杜百當、易三娘夫婦那日，更是……更是……想來凡接任峨嵋掌門之人，她派中另有密傳的武功祕笈。她悟性高於滅絕師太，以致青出於藍，更勝於藍。倘若她肯和我聯手，只怕便能攻破金剛伏魔圈了。」想到這裏，不禁喜形於色，說道：「芷若，我有一事相求。」

周芷若臉色忽然一板，說道：「張教主，請你自重，時至今日，豈可再用舊時稱謂。」一伸手向身後一招，說道：「青書，你過來，將咱們的事向張教主說說。」

只見一個滿臉虬髯的漢子走了過來，抱拳道：「張教主，你好。」張無忌聽聲音正是宋青書，凝目細瞧，認出果然是他，只不過他大加化裝，扮得又老又醜，遮掩了本來面目，便抱拳道：「原來是宋師哥，一向安好。」宋青書微微一笑，道：「說起來還得多謝張教主才是。那日你正要與內子成婚，偏生臨時反悔……」張無忌大吃一驚，顫聲問道：「甚麼？」宋青書道：「我這段美滿姻緣，倒要多謝張教主作成了。」

霎時之間，張無忌猶似五雷轟頂，呆呆站著，眼中瞧出來一片白茫茫地，耳中聽到無數雜亂的聲音，卻半點不知旁人在說些甚麼，過了良久，只覺有人挽住他臂膀，說道：「教主，請回去罷！」張無忌定了定神，一斜眼，見挽住自己手臂的乃是范遙。

張無忌對趙敏雖情根深種，但總想自己與周芷若已有婚姻之約，當日為了營救義父，迫不得已才隨趙敏而去，料想周芷若溫柔和順，自己與她感情深厚，只須向她坦誠說明其中情由，再大大的賠個不是，定能得她原恕，或能再締良緣。眼前這女子明明是自己的未婚妻子，豈知一怒之下，竟然嫁了宋青書，對自己棄之如遺，這時心中的痛楚，可遠甚於昔時在光明頂上讓她刺了一劍。

他回過頭來，只見周芷若伸出皓白如玉的纖手，向宋青書招了招。宋青書得意洋洋的走到她身旁，挨著她坐了，嘴角邊似笑非笑，向張無忌道：「我們成親之時，並沒大撒帖子，驚動旁人。這杯喜酒，日後還該補請閣下。」

張無忌想說一句「多謝了」，但喉頭竟似啞了，這三個字竟說不出口。

范遙拉著他臂膀，說道：「教主，這種人別去理他。」宋青書哈哈一笑，道：「范右使，這杯喜酒，屆時也少不了你。」范遙在地下吐了口唾沫，橫眉冷笑，說道：「你定能請得成喜酒嗎？」

張無忌嘆了一口氣，挽著范遙的手臂黯然走開。

這時候丐幫的掌棒龍頭大著嗓子，正與一名少林僧爭得甚是激烈。張無忌與周芷若、宋青書、范遙這些言語，是在西北角峨嵋派的木棚前所說，並沒惹人注意。羣雄一直都在聽丐幫與少林派的爭執。

張無忌回到明教的木棚中坐定，兀自神不守舍，隱隱約約似乎聽到那穿大紅袈裟的少林僧說道：「我說圓眞師兄和陳友諒都不在本寺，貴幫定然不信。貴幫傳功長老不幸喪命，敝派空如師叔已然抵命，還有甚麼說的？」

掌棒龍頭道：「你說圓眞和陳友諒不在，誰信得過你！除非讓我們搜上一搜。」那少林僧冷笑道：「閣下要想搜查少林寺，未免狂妄了一點罷？區區一個丐幫，未必有此能耐。」掌棒龍頭怒道：「你瞧不起丐幫，好，我先領教領教。」那少林僧道：「千百年來，也不知曾有多少英雄好漢駕臨少林，仗著老祖慈悲，少林寺卻也沒讓人挑了。」他二人越說越僵，眼看就要動手。空智坐在一旁，卻不干預。

忽聽得司徒千鍾陰陽怪氣的聲音說道：「今日天下英雄齊集少林，有的遠從千里之外趕來，難道是爲了瞧丐幫報仇來麼？」夏冑道：「不錯。丐幫與少林派的樑子，暫請擱在一旁，慢慢算帳不遲，咱們先料理了謝遜那奸賊再說。」掌棒龍頭怒道：「你嘴裏可別不乾不淨，金毛獅王謝大俠，乃明教護教法王之一，甚麼奸賊不奸賊的？」夏冑聲若洪鐘，大聲道：「你怕明教，俺可不怕明教。似謝遜這等狼心狗肺的奸賊，難道還尊他一聲英雄俠士麼？」

楊逍走到廣場正中，抱拳團團一禮，說道：「在下明教光明左使楊逍，有一言要向天下英雄分說。敝教謝獅王昔年殺傷無辜，確有不是之處……」

夏冑道：「哼，人都給他殺了，憑你輕描淡寫的幾句話，便能讓死人復生麼？」

楊逍昂然道：「咱們行走江湖，過的是刀頭上舐血的日子，活到今日，那一個手上不帶著幾條人命？武功強的，多殺幾人，學藝不精的，命喪人手。要是每殺一個人都要抵命，嘿嘿，這廣場上數千位英雄好漢，留下來的只怕寥寥無幾了。夏老英雄，你一生之中，從沒殺過人麼？」

其時天下大亂，四方擾攘，武林人士行走江湖，若非殺人，便是被殺，頗難獨善其身。手上不帶絲毫血漬者，除少林派、峨嵋派少數僧尼外，可說罕有。這山東大豪夏冑生性暴躁，殺人傷人不計其數，楊逍這句話登時將他問得啞口無言。他呆了一呆，才道：「歹人該殺，好人便不該殺。這謝遜和明教的衆魔頭一模一樣，專做傷天害理之事，俺恨不得千刀萬剮，食其肉而寢其皮。哼哼，姓楊的，俺瞧你也不是好東西！」他明知明教中厲害的人物甚多，但今日既要殺謝遜爲弟報仇，勢必與明教血戰一場不可，因此言語中再也不留絲毫餘地。

明教木棚中一人尖聲尖氣的說道：「夏冑，你說俺是不是好東西？」

夏冑向說話之人瞧去，見他削腮尖嘴，臉上灰撲撲地沒半分血色，不知他是何等樣人物，喝道：「俺不知你是誰。既是魔教的魔頭，自然也不是甚麼好東西了。」司徒千鍾插口道：「夏兄，這一位你也不識得麼？那是明教四大法王之一的青翼蝠王。」夏冑道：「呸，呸！吸血魔鬼！」

突然之間，羣雄眼前一花，只見韋一笑已欺到夏冑身前。他二人相隔十餘丈，不知韋一笑如何在頃刻間竟一閃即至。韋一笑提起手來，噼噼啪啪四響，打了他四個耳光，手肘挺出，已撞中他小腹上穴道。夏冑武功本來也非泛泛，韋一笑若憑眞實功夫與他相鬥，也得拆到五十招後方能取勝，但韋一笑的輕身功夫實在太怪，如鬼如魅，攻了他個措手不及，夏冑待要招架，已著了道兒。

羣雄驚呼聲中，明教木棚中又是一條白影竄出，身法雖不及韋一笑那麼有如驚雷閃電，卻也疾逾奔馬。那白影來到夏冑身前，一隻布袋張開，兜頭罩下，將他裹入布袋，往肩頭一抗，羣雄這才看清，乃是個笑嘻嘻的僧人，正是布袋和尚說不得。說不得笑道：「你是好東西，和尚揹回家去，慢慢煮來吃了！」負著夏冑，輕飄飄地回歸木棚。

這一場詭異之極的怪事倏然而起，倏然而止，夏冑身旁雖有十來個好友和弟子，但對方二人來去實在太快，誰都不及救援。待得韋一笑和說不得回歸木棚就座，那十來人才拔出兵刃，趕到明教棚前，紛紛喝罵要人。說不得拉開布袋之口，笑道：「你們都給我回去，安安靜靜的坐著，大會一完，我自會放他。你們不聽話麼，和尚就在這布袋中撒一泡尿，拉一頓屎，就算最客氣，也得放幾個臭屁。你們信是不信？」一面說，一面便伸手作勢去解褲帶。那十餘人氣得臉色或青或黃，但想明教這一干人無惡不作，說得出做得到，要憑武力奪人是辦不到的了，倘若這賊禿眞在夏冑頭上撒一泡尿，夏老英雄非自殺不可。各人你看著我，我看著你，只得垂頭喪氣的回去。

旁觀羣雄既駭異，又好笑。上山之時，本來個個興高采烈，要看如何屠戮謝遜，此刻見了明教二豪的身手，這才覺得今日之會大是凶險，縱然殺得謝遜，只怕這廣場上也非染滿鮮血、伏屍遍地不可，不由得均感慄慄自危。

只見一個矮矮胖胖、滿臉紅光、長著個酒糟大鼻的五十餘歲老者走出來，旁人指指點點，此人便是適才接連說話的「醉不死」司徒千鍾。他左手拿著隻酒杯，右手提著個酒葫蘆，搖頭晃腦的走到廣場中心，說道：「今日當眞有好大的熱鬧瞧，有的要殺謝遜，有的要救謝遜，可是說來說去，這謝遜到底是否眞在少林寺，卻是老大一個疑團。我說空智大師哪，你不如將金毛獅王請了出來，先讓大夥兒見上一見。然後要殺要救的雙方，各憑眞實本領，結結實實的打上一場，豈不有趣？」他這番話一說，廣場上羣雄倒有一大半轟然叫好。

楊逍心想：「謝獅王怨家太多。明教縱與丐幫聯手，也不足與天下英雄相抗，不如從屠龍刀上著眼，攪成個羣相爭鬥的局面。」朗聲說道：「衆位英雄今日齊聚少林，一來是與謝獅王各有恩怨未了，二來嘛，嘿嘿，只怕也想見識見識這把屠龍寶刀。倘若依司徒先生所說，大夥兒一場混戰，那麼這把寶刀歸誰所有呢？」

羣雄一聽，均覺有理，這數千人之中，眞正與謝遜有血海深仇的也不過百餘人而已，其餘衆人一想到那「武林至尊」四字，都禁不住怦然心動。

一個黑鬚老者站了起來，說道：「那屠龍刀現下是在何人手中，還請楊左使示下。」楊逍道：「此節在下不明，正要請教空智禪師。」

空智搖了搖頭，默然不語。羣雄均暗暗不滿：「少林派是大會主人，但空聞方丈臨時裝病不出，這空智禪師卻又是一副不死不活的神氣，不知在弄甚麼玄虛。」

一個身穿青葛長袍的中年漢子站起身來，說道：「空智禪師雖說不知，謝獅王必定知道的。咱們請他出來，問他一問。然後各憑手底玩藝兒見眞章，誰的武功天下第一，那麼名副其實，自然而然的是『武林至尊』，不管這把刀是在誰手中，都該交與這位武林至尊。依我說啊，大夥兒先議定了這節，免得事後爭執。若有誰不服，天下英雄羣起而攻之。衆位意下如何？」

張無忌認得這說話之人，正是那晚圍攻金剛伏魔圈的青海派三高手之一。

司徒千鍾道：「那不是打擂台麼，我瞧有點兒大大的不妥。」那青袍漢子冷然道：「有何不妥？依閣下之見，不比武，是要比酒量了？那一個千鍾不醉，那一個醉而不死，便是武林至尊了？」衆人轟然大笑，有人怪聲說道：「這還比個甚麼？這位武林至尊嘛，自然是『醉不死』司徒先生！」

司徒千鍾斜過葫蘆，倒了一杯酒仰脖子喝了，一本正經的道：「不敢，不敢！要說到『酒林至尊』，我『醉不死』或許還有三分指望，至於『武林至尊』哪，哈哈，不敢當啊，不敢當！」對那青袍漢子道：「閣下既提此議，武學上自有超凡入聖的造詣，在下眼拙，卻不知閣下尊姓大名。」

那漢子冷冷的道：「在下是青海派葉長青，喝酒本事和裝丑角的玩藝，都不及閣下。」言下之意，自是說武功上的修爲，只怕要比閣下強得多了。

司徒千鍾側頭想了半晌，說道：「青海派，沒聽說過。葉長青，嗯嗯，沒聽見過。」

衆人暗想：「這司徒老兒好大膽子，侮辱葉長青一人那也罷了，他竟敢侮辱青海一派，難道他身後有甚麼強大的靠山？還是跟青海派有何解不開的仇怨？單憑這兩句話，青海派只怕立時便要出手。」只有深知司徒千鍾平素爲人的，才知他孤身一人，並沒靠山，跟青海派也沒甚麼樑子，只是生性狂妄，喜歡口舌招尤，雖一生曾因此而吃了不少苦頭，卻始終改不了這脾氣。

葉長青心中殺機已起，臉上卻不動聲色，說道：「青海派與葉某原本藉藉無名，難怪閣下不知。閣下既說比武之議不妥，比灌黃湯嘛，閣下又是喝遍天下無敵手，那便如何是好，倒要請教。」

司徒千鍾道：「要說喝遍天下無敵手，此事談何容易，當眞談何容易？想當年我在濟南府……」正要嘮嘮叨叨的說下去，人叢中有人喝道：「醉不死，別在這兒發酒瘋啦，大夥兒沒空聽你胡說八道。」又有人道：「到底謝遜的事怎樣？屠龍刀的事怎樣？」另有人道：「空智禪師，你是今日英雄大會的主人，叫咱們這麼乾耗著，算是怎麼一會子事？」衆人你一言，我一語，都是催司徒千鍾別再囉唆，要空智拿句話出來。

這些人在人叢中紛紛呼喝，或遠或近，聲音來自四面八方。司徒千鍾朗聲道：「江陵府黑風寨的鍾老大，你的黑沙拳雖然厲害，未必便及得上謝獅王的七傷拳。鄱陽湖的水底金鰲侯兄弟，那謝獅王的武功水陸俱能，你別欺他不會水底功夫，何況人家還有一位紫衫龍王沒出面呢，嘿嘿，鰲魚豈是龍王之比？青陽山的吳三郎，你是使劍的，便奪到屠龍刀，你又不會使，瞎起個甚麼勁……」這人說話瘋瘋顛顛，卻另有過人之能，相識既廣，耳音又是絕佳，從一片嘈雜的人聲之中，居然將一個個說話之人指名道姓的叫了出來，無一有誤。羣雄見他顯了這手功夫，卻也忍不住喝采。

空智身後一名老僧站起身來，說道：「少林派忝為主人，不巧方丈突患重病，盛會主持無人，倒讓各位見笑了。謝遜和屠龍刀二事，其實一而二，二而一，儘可合併辦理。適才青海派這位葉施主說得甚是有理。與會羣雄，英才濟濟，只須各人露上一手，最後那一位藝壓當場，謝遜歸他處置，屠龍刀也由他執掌，羣雄歸心，豈不是好？」

張無忌問彭瑩玉這僧人是誰。彭瑩玉搖頭道：「屬下不知。這僧人並未參與圍攻光明頂之役，可是他搶在空智大師的前頭說話，似乎在寺中位份不低。」趙敏低聲道：「這人十九是圓眞一黨。我猜想空聞方丈已落入圓眞手中，空智大師受了這羣叛徒挾制，以致委靡氣沮。」

張無忌心中一凜，問道：「彭大師以為如何？」彭瑩玉道：「郡主的猜測頗有道理。只是少林寺中高手如雲，圓眞竟敢公然犯上作亂，膾子忒也大了。」張無忌道：「圓眞布置已久。第一次想瓦解本教，第二次意圖控制丐幫，兩次奸謀均功敗垂成。這一次我想他是要做少林派的掌門方丈。」趙敏道：「單是做掌門方丈，也還不夠。」張無忌道：「少林派是武林中的第一門派，做到掌門方丈，已然登峯造極，可不能再高了。」趙敏道：「武林至尊呢？不是更高於少林派的掌門方丈麼？」張無忌一呆，道：「他想做武林至尊？」

趙敏道：「無忌哥哥，周姊姊嫁了旁人，你神魂不定，甚麼事也不會想了。」張無忌讓她說中了心事，臉上一紅，心道：「張無忌，你不可只管顧念兒女之情，將今日營救義父的大事擱在一旁。」定了定神，心想圓眞深謀遠慮，今日這英雄大會，也正是他一力促成的，其中定有奸謀，趙敏或能洞悉，便道：「敏妹，你猜圓眞有何詭計？」趙敏道：「圓眞此人極工心計，智謀百出……」

周顚一直在旁聽著他二人低聲說話，終於忍不住插口：「郡主娘娘，你也是極工心計，智謀百出，我看不輸於圓眞。」趙敏笑道：「過獎了。」周顚道：「不是過獎……」彭瑩玉道：「周兄，你別打斷郡主的話。」周顚怒道：「你先別打斷我的話……」彭瑩玉笑了笑，不再說話，知道跟他糾纏下去，爭上一兩個時辰也不希奇，還是乘早收口的乾淨。周顚道：「你怎麼不說話了？」彭瑩玉道：「你叫我別打斷你的話，我就不打斷你的話。」周顛道：「可是你已經打斷過了。」彭瑩玉道：「那你再接下去說就是。」周顛道：「我忘了，說不下去啦。」

趙敏笑了笑，道：「我想圓眞倘若單想做少林寺方丈，不必請天下英雄來此。謝大俠旣已落入他手中，何必又要叫羣雄比武爭奪？無忌哥哥，說到武功之強，只怕當今之世，沒人及得上你，此節圓眞不會不知。他決不能這般好心，安排下英雄大會，讓你技勝羣雄，成爲武林至尊，然後將謝大俠和屠龍刀獻上給你。」

張無忌、彭瑩玉、周顛三人一齊點頭，問道：「你猜他有何詭計？」

楊逍走到張無忌身旁，插口道：「我也一直在想，圓眞這廝奸謀定是不小……」周顛忍不住又道：「圓眞是本教的大對頭，郡主娘娘，以前你也是本教的大對頭。圓眞這廝詭計百出，郡主娘娘，你也是詭計百出。你兩個兒半斤八兩，倒有點兒差不多。不過有兩樣你不及他，有一樣他不及你。」楊逍問道：「郡主甚麼事及不上圓眞？」周顛道：「武功不及、手段毒辣不及。」楊逍又問：「甚麼事勝過了他？」周顛微笑道：「花容月貌，遠遠勝過！」

趙敏微微一笑，道：「多謝周先生稱讚。倘若我是圓眞，我該當如何圖謀呢？嗯，第一，我要勸空聞方丈大撒英雄帖，請得天下英雄來到少林寺。空聞方丈深解佛法，原是個慈悲和平之人，自來不喜多事，但我只須提起空見和空性兩位神僧，空聞方丈念著師兄弟之情，自必允可。再者，少林派要是殺了謝大俠，和明教仇深似海，以他一派之力，未必擋得住明教的傾力進攻，但如往天下英雄頭上一推，明教總不能將與會的數千好漢一古腦兒的都給宰了。」衆人點頭稱是。

趙敏又道：「英雄大會一開成，我自己也不露臉，叫人以謝大俠與屠龍刀為餌，鼓動羣雄自相爭鬥殘殺。明教勢必與羣雄為敵，鬥到後來，不論誰勝誰敗，明教的衆高手少說也當損折一半，元氣大傷。」張無忌道：「正是。此節我原也想到了，但義父對我恩重如山，又是本教的護教法王，咱們豈能坐視不救？唉，咱們上山沒幾天，外公已然仙逝，圓眞這廝定是躲在暗中拍手稱快。」

趙敏道：「鬥到最後，武功第一的名號多半是張教主所得，於是少林羣僧說道：『張教主技壓羣雄，實乃可敬可賀，本寺謹將謝大俠交於張教主，請張教主到寺後山峯頂上親去迎取便是。』於是大夥兒一齊來到峯頂，張教主便須獨力去破那金剛伏魔圈。倘若旁人上前相助，圓眞的黨羽便道：『技壓羣雄的是明教張教主，跟旁人可不相干，閣下還是站在一旁的為妙。』張教主奪得這武功天下第一的名頭，就算身上毫不帶傷，也不知已耗了多少內力神功，到那時如何是這三位老僧之敵？結果謝大俠不但救不出，反而自己死在三株蒼松之間。冷月淒風，伴著一代大俠張無忌的屍首，豈不妙哉？」

羣豪聽到這裏，都臉上變色，心想這番話確非危言聳聽，張無忌血性過人，不論多麼艱苦危難，總是非救謝遜不可，縱然送了自己性命，也決無反悔。圓眞此計看準了張無忌的性子，教他明知是刀山油鍋，也要跳將進去。

趙敏嘆了口氣，說道：「這麼一來，明教是毀定了。圓眞再使奸計，毒死空聞，卻將罪名推在空智大師頭上，這一著安排起來十分容易，只須證據揑造得確實，不由得少林僧衆不信。於是各黨羽全力推舉，他老人家順理成章的當上了方丈。他老人家一聲號令，羣雄圍攻明教，以多勝少，聚而殲之。那時候武功天下第一的名號，除了他老人家之外，只怕旁人也爭奪不去。屠龍刀不出現便罷，若在江湖上現了蹤跡，天下英雄人人皆知，這把寶刀的正主兒，乃是少林寺方丈圓眞神僧。寶刀的得主若不給他老人家送去，只怕多有不便哪！」

她說得聲音甚低，只聚在木棚這一角中的幾個人聽到。這番話一說完，周顚伸手在大腿上用力一拍，叫道：「正是，正是！好大的奸謀！」他這幾句話卻十分響亮，廣場上倒有一大半人都聽到了，各人的眼光一齊望到明教的木棚來。

司徒千鍾問道：「是甚麼奸謀？說給老夫聽聽成不成？」周顚道：「這話是不能說的。老子一心想挑撥離間，要天下英雄自相殘殺，拚個你死我活，這話要是說了出來，豈不是不靈了麼？」司徒千鍾笑道：「妙極，妙極！卻不知如何挑撥離間，願聞其詳。」周顚大聲道：「我心中有一個陰謀毒計，卻假意說道：屠龍刀是在老子這裏，那一個武功最強，老子就將屠龍刀給他……」司徒千鍾叫道：「好計策！好陰謀！那便如何？」

趙敏與張無忌對望了一眼，均想：「這酒鬼跟我們無親無故，倒幫忙得緊。」

周顛大聲說道：「你想這屠龍寶刀號稱『武林至尊』，那一個不想出全力爭奪？於是瘋子給酒鬼殺了，酒鬼給和尚殺了。和尚給道士殺了，道士給姑娘殺了，姑娘給大漢殺了……殺了個屍橫遍野，血流成河，天下英雄死了個十之八九，嗚呼哀哉，不亦樂乎！」羣雄一聽，都怵然心驚，均想這人說話雖瘋瘋顛顛，這番話卻實爲至理。

崆峒派的二老宗維俠站起身來，說道：「這位周先生言之有理。咱們明人不說暗話，各家各派對這把屠龍刀麼，都不免有點兒眼紅，可是爲了一把刀子鬧得個身敗名裂，甚至是全派覆滅，可有點兒犯不著。我想大夥兒得想個計較，以武會友，點到爲止，雖分勝敗，卻不傷和氣。各位以爲如何？」光明頂一役，張無忌以德報怨，爲他治好了因練七傷拳而蓄積的內傷，後來又蒙張無忌救出萬安寺，崆峒派這次上少林寺來，原有相助明教之意。

司徒千鍾笑道：「我瞧你好大的個兒，卻是怕死。既不帶彩，又不傷命，這場比武又有甚麼看頭？」崆峒派的四老常敬之怒道：「要傷你這酒鬼，那也不用叫你帶彩。」司徒千鍾道：「我酒鬼不過說句玩話，常四先生何必這麼大火氣？誰不知崆峒派的七傷拳殺人不見血。少林寺的空見神僧，不也死在七傷拳之下麼？我司徒酒鬼這幾根老骨頭，如何是空見神僧之比？」羣雄均想：「這酒鬼出口便傷人，既得罪崆峒派，又損了少林派。他在江湖上打滾，居然給他混到這大把年紀還不死，倒也是奇事一樁。」

宗維俠卻不去睬他，朗聲道：「依在下之見，每一門派、每一幫會教門，各推兩位高手出來，分別較量武藝。最後那一派武功最高，謝大俠與屠龍刀便都憑他處置。」羣雄轟然鼓掌，都說這法子最妙。

張無忌留心看空智身後的少林羣僧，大都皺起眉頭，頗有不悅之色，心想：「當年敏妹尚在汝陽王府之時，圓眞若不直屬她手下，便當是汝陽王或王保保的重要左右手，必與她互有連繫，但范右使卻不預知。所有對付明教及武林羣雄的計謀，敏妹與圓眞必定共同計議，此刻敏妹識穿圓眞的奸謀，點破他挑撥羣雄自相殘殺之計，倒也並不希奇。」

一個白面微鬚的中年漢子站起身來，手搖描金摺扇，神情瀟洒，說道：「在下很覺得宗二俠此議甚是。咱們比武較量之時，雖說點到爲止，但兵刃拳腳上不生眼睛，若有失手，那也是各安天命。哈，同門同派的師友，可不許出來挑戰報復，哈，否則糾纏不清，勢必鬥個沒有了局。」羣雄都道：「不錯，正該如此。」

司徒千鍾尖著嗓子，說道：「這一位兄台好英俊的人物，說話又哈聲哈氣的，想必是湘南衡陽府的歐陽兄台了？」那人摺扇搖了兩搖，笑道：「不敢，正是區區，你捧我一句，再損我一句，剛好抵過。」司徒千鍾道：「歐陽兄和我好像都是孤魂野鬼，不屬甚麼幫會門派。我好酒，你好色，咱哥兒倆合創個『酒色派』，咱們酒色派兩大高手併肩子齊上，會一會天下衆高手如何？」羣雄哈哈大笑，覺這司徒千鍾不住的插科打諢，逗人樂子，令會場平添不少笑聲，減卻了不少暗中潛伏的戾氣。

彭瑩玉向張無忌說道，這白臉的漢子名叫歐陽牧之，一共娶了十二名姬妾，他武功雖強，卻極少闖蕩江湖，整日價倚紅偎翠，享那溫柔之樂。

歐陽牧之笑道：「若跟你聯手組派，我這副身家可不夠你喝酒。各位，說到比武較藝，咱們可得推舉幾位年高德卲、衆望所歸的前輩出來作公證才是。以免你說你贏，我說我贏，爭執個不休。」司徒千鍾笑道：「輸贏自己不知道麼？誰似你這般胡賴不要臉？」

宗維俠道：「還是推舉幾位公證人的好，少林派是主人，空智大師自然是一位了。」司徒千鍾指著說不得的布袋道：「我推舉山東大俠夏胄夏老英雄。」

說不得提起布袋，向司徒千鍾擲了過去，笑道：「公證人來啦！」司徒千鍾抛下葫蘆酒杯，抱住布袋，便去解布袋上的繩子，不料說不得打繩結的本事另有一功，那綑縛袋口的繩子又是金絲混和魚鰾所纏成，司徒千鍾用盡力氣，始終沒法解開。說不得哈哈大笑，縱身而前，左手提起布袋，拿到自己背後，右手接著，十根手指扭了幾扭，又提到身前，就這麼在身前身後兜了個圈子，布袋上的繩結已然鬆開。他倒轉袋子抖動，夏胄滾了出來。司徒千鍾忙伸手解開他穴道。

夏胄在黑漆一團的袋中悶了半天，突然間陽光耀眼，又見廣場上成千對眼睛都望著自己，不由得羞愧欲死，翻身拔出身邊短劍，便往自己胸口插落。

司徒千鍾夾手奪過，笑道：「勝敗乃兵家常事，夏大哥何必如此心拙？」人叢中一個矮矮胖胖的漢子大聲說道：「這位布袋中的大俠，只怕沒資格做公證人，我推舉長白山的孫老爺子。」又有一個中年婦人說道：「浙東雙義威震江南，他兩兄弟正直無私，正好作公證人。」羣雄你一言，我一語，霎時之間推舉了十餘人出來，均是江湖上頗具聲望的豪傑。

突然峨嵋派中一個中年尼姑冷冷的道：「推舉甚麼公證人了？壓根兒便用不著。」她話聲並不十分響亮，但清清楚楚的鑽入各人耳中，顯然內力修爲頗是了得。司徒千鍾笑道：「請教這位師太，何以不用公證人？」那尼姑道：「二人相鬥，活的是贏，死的便輸。閻王爺是公證人。」眾人聽了這幾句冷森森的話，背上均感到一片涼意。

司徒千鍾道：「咱們以武會友，又沒深仇大冤，何必動手便判生死？出家人慈悲爲本，這位師太之言，也不怕佛祖嗔怪麼？」

那尼姑冷冷道：「你跟旁人說話胡言亂語，在峨嵋弟子跟前，可得給我規矩些。」

司徒千鍾拾起葫蘆酒杯，斟了一杯酒，笑道：「嘖嘖嘖！好厲害的峨嵋派。常言道：好男不與女鬥，好酒鬼不與尼姑鬥！」舉起酒杯，放到唇邊。

突然間颼颼兩響，破空之聲大作，兩枚小小念珠激射而至，一枚打中酒杯，一枚打中葫蘆，跟著又是一枚射至，正中他胸口。只聽得嘭嘭嘭三聲巨響，三枚念珠炸了開來，葫蘆酒杯登時粉碎，司徒千鍾胸口炸了個大洞。他身子為炸力撞動，向後摔出數丈，全身衣服立時著火。夏胄上前撲打，只見司徒千鍾已然氣絕，臉上兀自帶著笑意。可見那三枚念珠飛射爆炸之速，司徒千鍾直至臨死，絲毫沒想到大禍已然臨頭。

這一下奇變猶如晴空打了個焦雷，羣雄中不乏見多識廣之士，可是誰也沒見過如此迅速厲害的暗器。

周顛叫道：「乖乖不得了！這是甚麼暗器？」楊逍低聲道：「聽說西域大食國有人從中國學得造火藥之法，製出一種暗器，叫作『霹靂雷火彈』，中藏烈性火藥，以強力彈簧機括發射。看來這尼姑所用，便是這傢伙了。」

夏胄將司徒千鍾燒得焦黑的屍身抗在肩頭，朗聲道：「這位司徒兄弟雖然口頭上尖酸刻薄些，只不過生性滑稽，心地卻甚仁厚，一生之中，從沒做過甚麼傷天害理之事。今日天下英雄在此，可有那一位能說他幹過何等惡行？」羣雄盡皆默然。夏胄指著那尼姑，憤然道：「峨嵋派號稱是俠義道名門正派，豈知竟會使用這等歹毒暗器。武林中雖說力強者勝，卻也走不過一個『理』字。請問這位師太上下？」

那尼姑道：「我叫靜迦。這位袋中大俠在此指手劃腳，意欲如何？」

夏冑慘然道：「姓夏的學藝不精，慘受明教諸魔頭的凌辱，那是姓夏的本領不濟，卻不損在下一生俠義之名。靜迦師太，你如此狠毒，對得起貴派祖師郭襄郭女俠麼？」

峨嵋派羣弟子聽他提到創派祖師的名諱，一齊站起。

靜迦兩條長眉斜斜豎起，喝道：「本派祖師的名諱，豈是你這混蛋隨便叫得的？」夏冑道：「你峨嵋弟子多行不義，玷辱祖師的名頭。別說郭女俠，便滅絕師太當年，縱然心狠手辣，劍底卻也不誅無罪之人。似你這等濫殺無辜，你掌門人竟然縱容不管。嘿嘿，峨嵋派今後還想在江湖上立足麼？」靜迦道：「你再胡言半句，這酒鬼便是你的榜樣。」夏冑正氣凜然，大踏步走上三步，說道：「峨嵋掌門若不清理門戶，峨嵋派自此將爲天下英雄所不齒。」

羣雄與峨嵋弟子數千道目光，一齊望向周芷若，卻見她向靜迦緩緩點了點頭。嘭嘭兩聲巨響過去，靜迦手中霹靂雷火彈射出，夏冑的胸口和小腹各炸了一洞，衣衫著火。但他極其倔強，雖已氣絕，身子兀自直立不倒，肩頭也仍抗著司徒千鍾的屍體。

羣雄面面相覷，都驚得呆了。過了片刻，數百人大聲鼓噪，責罵峨嵋派的不是。

韋一笑和說不得對視一眼，點了點頭，兩人奔到夏冑的屍身之前，跪地拜倒。說不得朗聲道：「夏老英雄，我二人不知你英雄仁義，適才多有得罪。好教我兄弟羞愧無地。」二人提起手掌，啪啪啪啪幾響，各自打了自己幾下耳光，四邊臉頰登時紅腫。二人撲熄了兩具屍身上的火燄，抱入明教木棚。

張無忌見周芷若突然變得如此狠心，好生難過。

羣雄鼓噪聲中，周芷若在宋青書耳邊低聲說了幾句話。宋青書點了點頭，緩步走到廣場正中，朗聲說道：「今日羣雄相聚，原不是詩酒風流之會，前來調琴鼓瑟，論文聯句。既動到兵刃拳腳，就保不定死傷。這位夏老英雄適才言道，司徒先生平生未有歹行，責備本派靜迦師太濫傷無辜。衆位英雄復又羣相鼓噪，似有不滿本派之意。兄弟倒要請教：咱們今日比武較量，是否先得查明各人的品行德性？大聖大賢，便傷害不得，窮兇極惡之輩，就不妨任意殺戮？」羣雄一時語塞，均覺他的話倒也並非無理。

宋青書又道：「若說這屠龍刀乃有德者居之，咱們何必再提『比武較量』四字？不如大家齊去曲阜大成先聖孔夫子廟中，恭請孔聖人的後代收下。但若說到這個『武』字，較量之際只顧生死勝敗，恐怕顧不得對方是『無辜』還是『有辜』了。」

羣雄中便有人說道：「不錯，刀槍無眼，咱們原就說過不能尋仇報復。」

俞蓮舟和殷梨亭聽著宋青書的說話，口音越聽越熟悉，但見他滿臉短鬚，又口口聲聲「本派、本派」，顯是峨嵋派的男弟子，不由得大起疑竇。俞蓮舟站起問道：「請教閣下尊姓大名。」宋青書見到二師叔，積威之下，不禁有些害怕，窒了一窒，才道：

「無名後輩，不勞俞二俠下問。」

俞蓮舟厲聲道：「閣下不住口的說『比武較量』，想必武學上有過人造詣了。我師父幼時曾受貴派郭女俠大恩，累有嚴訓，武當弟子不得與峨嵋派動手。在下要問個明白，閣下是否眞是峨嵋弟子，姓甚名誰？大丈夫光明磊落，何事須得隱瞞？」

周芷若拂塵微舉，說道：「俞二俠，本座也不必瞞你。此人是本座夫君，姓宋名青書，原本系出武當，此刻卻已轉入峨嵋門下。俞二俠有何說話，只管衝著本座言講便是。」她這幾句話聲音清朗，冷冷說來，猶如水激寒冰、風動碎玉，加之容貌淸麗，出塵如仙，廣場上數千豪傑，誰都不作一聲，人人凝氣屏息的傾聽。

宋青書伸手在臉上一抹，拉去黏著的短鬚，一整衣冠，登時成爲一個臉如冠玉的英俊青年。羣雄一看之下，心中暗暗喝采：「好一對神仙美眷！」

俞蓮舟想起他戕害七弟莫聲谷的罪行，不由得氣憤塡膺，但他一向生性深沉，近年來年事漸高，修爲日益精湛，心下雖然狂怒，臉上仍淡淡的，只雙目神光如電，往宋青書臉上掃去。宋青書心下慚愧，不由得低下頭去。

周芷若道：「外子脫離武當，投入峨嵋，今日當著天下英雄之前，正式布示。俞二俠，張眞人顧念舊日情誼，不許武當弟子與本派爲敵，那是他老人家的義氣，可也正是他老人家保全武當派威名的聰明之處。」

殷梨亭再也忍耐不住，跳了出來，指著周芷若道：「周掌門，你年幼時遭遇危難，是我師父相救，薦你到峨嵋門下。雖然我師施恩不望報，可是你今日言語之中，顯是說我武當派浪得虛名，遠不及峨嵋派子弟，這……你……可對得住我師父麼？」

周芷若淡淡一笑，說道：「武當諸俠威震江湖，俱有真才實學。宋大俠更是我的公公。本座豈敢說各位浪得虛名？至於武當、峨嵋兩派，各有所傳，各有所學，也難說誰高誰低。昔年本派郭祖師有恩於張真人，張真人後來有恩於本座，那就兩相抵過，咱們誰也不欠誰的情。俞二俠、殷六俠，武當弟子不得與峨嵋派動手的規矩，咱們就此免了罷。」

廣場四周木棚之中，羣雄竊竊私議：「這年輕掌門人好大的口氣，聽她言中之意，似乎峨嵋派拿得穩定能勝過武當派。俞二俠內功外功俱已登峯造極，當今之世，極少有人是他敵手。難道峨嵋派單憑一件厲害歹毒的暗器，便想獨霸江湖麼？」

殷梨亭心中激動，想到七弟莫聲谷慘死，忍不住流下淚來，叫道：「青書……青書！你……你何以害死你……你七叔……」說到「七叔」兩字，突然放聲大哭。

羣雄面面相覷，好不奇怪：「武當殷六俠多大的聲名，怎地竟會當衆大哭？」

俞蓮舟走上前去，挽住殷梨亭右臂，朗聲說道：「天下英雄聽著，武當不幸，出了宋青書這叛逆弟子。在下的七師弟莫聲谷，便給這逆徒……」

突然間颼颼兩響，破空聲甚厲，兩枚「霹靂雷火彈」向俞蓮舟胸口急射過來。

張無忌大叫一聲「啊喲！」待要撲將上去搶救，但那雷火彈去得實在太快，說到便到，他事先又絲毫沒想到峨嵋派竟會驀然偷襲，他身法再快，也已不及趕到。

這一下俞蓮舟也頗出意外，倘若側身急避，那雷火彈飛將過去，勢必傷了不少丐幫弟子。他想這雷火彈是對付自己而來，爲的是要殺人滅口，以免當衆暴露宋青書犯上叛父的罪行，自己如閃身避難，不免害死無辜。就這麼心念如電的一閃，兩枚雷火彈已先後射到，俞蓮舟雙掌翻轉，使出太極拳中一招「雲手」，雙掌柔到了極處，空明若虛，將兩枚霹靂雷火彈射來的急勁盡數化去，輕輕托在掌心。只見他雙掌向天，平托胸前，兩枚雷火彈在他掌心快速無倫的滴溜溜亂轉。

羣雄紛紛站起，數千道目光齊集於他兩隻手心，每個人的心似乎都停了跳動，生怕這兩枚活物一般的雷火彈隨時都會炸將開來。

這太極拳的柔勁乃天下武學中至柔的功夫，眞所謂「一羽不能加，蠅蟲不能落」，由黏而虛，隨曲就伸，以「耄耋御衆之形」，而致「英雄所向無敵」。俞蓮舟近年來勤修苦練，已深得張三丰眞傳，適才見司徒千鍾和夏胄先後在此彈下喪命，知此彈觸物即炸，厲害無比，無可奈何之下，只得冒險以平生絕學一擋，果然柔能克剛，兩枚雷火彈爲他掌心的柔勁制住，就似鑽入了一片黏稠之物當中，只急速旋轉，卻不爆炸。

但聽得颼颼兩聲，峨嵋派中又有兩枚雷火彈向他擲來。

殷梨亭站在師兄身旁，當即雙掌揚動，迎著雷火彈接去，待得手掌與雷火彈將觸未觸之際，施出太極拳中「攬雀尾式」，將雷火彈輕輕攏住，腳下「金鷄獨立式」，左足著地，右足懸空，全身急轉，宛似一枚陀螺。

他精於劍術，太極拳上造詣不如師兄深厚，眼見師兄接那兩枚雷火彈頗爲吃力，自己掌力只要稍有半分用得實了，那歹毒暗器立時便會爆炸，於是全身急轉，雙掌虛帶雷火彈，在空中一圈圈的轉動，以化去擲來的勁力。俞蓮舟掌心化勁，殷梨亭則是空中化勁，在武功上稍遜半籌，但一眼望去，卻是他急速轉身的身法好看得多。他轉到三十餘轉時，四面八方采聲雷動，雷火彈勁力也已漸趨衰竭。

豈知颼颼聲響，又是八枚雷火彈擲了過來。俞蓮舟與殷梨亭齊聲暴喝，各將手中的雷火彈擲將出去。武當弟子練有一項接器打器的絕技，接到敵人的暗器之後，反擲出去，能夠以一打二、以二擊三。他二人擲出四枚雷火彈，互相撞擊，將對面八枚雷火彈一齊擊中。廣場上嘭嘭之聲震耳欲聾，黑煙瀰漫，鼻中聞到的盡是硝磺火藥之氣。

俞殷二人擲出雷火彈後，立即縱身後躍，退至十餘丈外，以防峨嵋派再接再厲，層出不窮的將雷火彈擲將過來，終究難以抵擋。

羣雄見到這雷火彈如此厲害，無不駭然，心想當世除武當派這兩位高手之外，只怕沒幾個能接得住，雖然輕功極佳之人可閃身躲避，但若擲彈之人以「滿天花雨」手法打出，使數枚雷火彈互相碰撞，一經爆炸，身法再快也躲閃不了。

華山派木棚中一個身裁高大之人站了起來，朗聲說道：「峨嵋派與人較量武功，就是這般倚多爲勝麼？」此人是華山二老之一的高老者，當年在光明頂上，曾與何太沖夫婦聯手和張無忌相鬥。

峨嵋派的靜迦說道：「武功之道千變萬化，力強者勝，力弱者敗。咱們又不是迂腐騰騰的讀書人，事事要講規矩道理，天下也沒這麼多規矩道理好講。」

羣雄見峨嵋派雖大都是女流之輩，但其蠻不講理，竟遠勝於男子。華山派的高老者和她們理論，卻也不敢走近，只站在自己木棚中，隔得遠遠地說話，生怕對方將霸氣無雙的霹靂雷火彈擲將過來。他提高聲音說道：「看來峨嵋派今後得改個名兒，不如叫做『爆仗派』，霹靂啪啦，或是叫作『老天爺放大屁派』！」羣雄哈哈大笑。峨嵋羣弟子甚爲惱怒，但他站得遠了，卻奈何他不得。高老者終其一生，從此再也不敢走近峨嵋派十丈之內。

張無忌心想：「芷若嫁給宋師哥，實非本心所願，想當日她和我流落海外，雙棲孤島，何等親愛？我二人山盟海誓，互不相負，言猶在耳，豈能毀之於一旦？這都是我實在太對不起她，竟在拜堂成親的大喜之日，當著滿堂賓客之前，和敏妹雙雙出走。芷若是一派掌門，千金之體，我這般欺負凌辱於她，怎不敎她切齒惱恨？今日峨嵋派倒行逆施，實皆種因於我。」心下越來越不安，又從木棚中出來，走到峨嵋派之前，向周芷若道：「周掌門，種種都是我對你不起。宋師哥害死莫七叔，此事終須作個了斷。我瞧宋師哥不如隨同俞二伯、殷六叔回返武當，向宋大伯領罪的爲是。」

周芷若冷笑道：「張敎主，我先前還道你是個好漢子，只不過行事胡塗而已，不料竟是卑鄙小人。大丈夫一人作事一身當，你害死莫七俠，何以將罪名推在外子頭上？」

張無忌大吃一驚，道：「你……你說我害死莫七叔？我……那有此事？」

周芷若道：「害死武當莫七俠之事，全是朝廷紹敏郡主從中設計安排，你何不叫她出來，跟天下英雄對質？」

張無忌心想：「敏妹得罪了六大門派，這場中她的仇人只怕比我義父還多，如何能讓她露面？芷若抓住了這個關節，便來誣陷我和敏妹。唉，千錯萬錯，總是那日我在婚禮中捨她而去的不是。」牙齒咬著下唇，轉身便走。忽聽得峨嵋派中一人大聲道：「想不到明教張敎主竟是如此懦怯小人，見到我們霹靂雷火彈的厲害，夾了尾巴便逃。」張無忌停了腳步，卻不回頭，心道：「我也不必去瞧這話是誰說的，峨嵋派不論如何辱罵，我都罪有應得。」聽得身後嘲笑之聲越來越響，張無忌不再理會，回歸明敎木棚。

楊逍冷笑道：「霹靂雷火彈彫蟲小技，何足道哉？既奈何不了武當二俠，自亦奈何不了武當嫡傳的張教主。你們峨嵋派借助器械逞能，且讓你們見識見識我明教的器械。」左手一揮，一名白衣童子雙手奉上一個小小木架，架上插滿了十餘面五色小旗。楊逍執起一面白旗，右手一揚，白旗落在廣場中心，插入地下。

羣雄見那白旗連桿不到二尺，旗上繡著個明教的火燄記號，不知他鬧甚麼玄虛。便在此時，楊逍身後一人揮出一枚火箭，急升上天，在半空中散出一道白煙。

只聽得腳步聲響，一隊頭裹白布的明教教眾奔進廣場，共是五百人，每人彎弓搭箭，颼颼聲響，五百枝長箭整整齊齊的插在白旗周圍，排成一個圓圈，正是吳勁草統率下的銳金旗人眾。

羣雄未及喝采，銳金旗教眾已拔出背後標槍，搶上十幾步，揮手擲出，五百枝標槍一齊插在箭圈之內。眾人跟著又搶上十數步，拔出腰間短斧。羣雄眼前光芒閃動，五百柄短斧呼嘯而前，砍在地下，排成一圈。短斧、標槍、長箭，三般兵刃圍成三個圈子，各不相混。任你武功通天，在這一千五百件長短兵刃的夾擊之下，霎息間便成肉泥。

銳金旗當年在西域與峨嵋派一場惡戰，損折極重，連掌旗使莊錚也死在滅絕師太的倚天劍下，其後痛定思痛，排了這個無堅不摧的陣勢出來。近年來明教聲勢大盛，五行旗各旗相應擴充，銳金旗下教眾已有二萬餘人。這五百名投槍、擲斧、射箭之士，乃從二萬餘人中精選出來，武功本已有相當根柢，再在明師指點下練得年餘，已成爲一支可上戰場、可作陣鬥的勁旅。五行旗隸屬於明教總壇，不歸朱元璋、徐壽輝等指揮。

羣雄相顧失色，均想：「明教楊左使這枝白色小旗擲向何處，這一千五百件兵刃便跟著投向何處。峨嵋派的霹靂雷火彈再厲害，傷人終究有限，擲出十枚，就算每一枚都打中，也不過傷得十人，如何是明教銳金旗之比？」又想：「倘若明教突然反臉，將我們聚而殲之，那便如何？今日赴會的好漢雖人人武功高強，卻是一批烏合之衆，可不比明教的精銳之師習練已久，指揮下得心應手。」羣雄心下惴惴不安，竟沒對銳金旗顯示的精妙功夫喝采。

楊逍又舉起一面白旗，向身後揮了幾下。銳金旗五百名教衆拔起羽箭槍斧，奔到明教木棚之前，躬身向張無忌行禮，隨即返身奔出廣場。

楊逍一面青旗擲出，插在白旗之旁，青煙火箭升天，廣場旁腳步聲沉重，五百名巨木旗教衆青布包頭，每十人抬一根巨木，快步奔來。每根巨木均有千餘斤重量，木上裝有鐵環，各人挽住一隻鐵環，腳下步子甚爲整齊。突然間一聲吆喝，五十根巨木同時拋擲出手，有的高，有的低，有的在左，有的在右，但每根巨木飛出，迎面必有一根巨木對準了撞到，五十根巨木竟沒一根落空。

但聽得砰砰砰砰巨響不絕，五十根巨木分成二十五對，相互衝撞。每根巨木都重逾千斤，撞擊聲勢驚人，倘若青旗附近有人站著，不論縱高躍低，左閃右避，總免不了給巨木撞到。巨木旗這路陣法，乃從攻城戰法中演化出來，攻城者抬了大木，衝擊城門，再堅固的城門也會給巨木撞開。血肉之軀在這許多大木衝擊之下，豈不立成肉泥？

巨木旗五百名教眾待木材撞後落地，搶上前去抓住木材上的鐵環，回身奔出，相距十餘丈之遙，只待發令者再度擲出青旗，又可二次抬木撞擊。楊逍揮青旗命巨木旗退出，右手一揮，一面紅色小旗擲入廣場。

但見頭裹青巾的明教教眾退開，紅煙火箭升起，五百名頭裹紅巾的烈火旗教眾搶進場來。各人手持噴筒，一陣噴射，廣場中心滿布黑黝黝的稠油。烈火旗掌旗使揮手擲出一枚硫磺火彈，石油遇火，登時烈燄奔騰，燒了起來。明教總壇光明頂附近盛產石油，石中日夜不停有油噴出，遇火即燃。烈火旗人眾每人背負鐵箱，箱中盛滿石油，噴油焚燒，人所難當。

烈火旗退出廣場後，楊逍黑旗飛處，五百名頭裹黑巾的洪水旗下教眾搶進廣場。這洪水旗所攜傢什，共是二十部水龍，又有噴筒、提桶之屬，前面十人推著十輛木車。掌旗使唐洋呼喝號令，木車打開，放出二十頭餓狼，張牙舞爪，在廣場上奔躍咆哮，便欲四散咬人。羣雄大奇，心想這些惡狼跟「洪水」兩字有何干係？只聽得唐洋喝道：「噴水！」一百名教眾手持陶質噴筒，一百股水箭向惡狼身上射了過去。羣雄鼻中只聞到一陣猛烈酸臭，那二十頭惡狼一遇水箭，立時跌倒，狂叫悲嗥，頃刻間皮破肉爛，變成一團團焦炭。原來洪水旗所噴水箭，乃是劇毒的腐蝕藥水，係從硫磺、硝石等類藥物中提煉製成。

羣雄見了這等驚心動魄的情狀，不由得毛骨悚然，均想：「這些毒水倘若不是射向羣狼，卻是射在我身上，那便如何？」

洪水旗教眾提起二十部水龍上的龍頭，虛擬作勢，對著羣狼，顯而易見，水龍中也裝滿了毒水，若加發射，不但水盛，且可及遠。楊逍揮起黑旗收兵。洪水旗下教眾拉動水龍出場。當水龍迴轉之時，水龍口轉到那一方，那一方的豪傑便忍不住臉上變色。

接著楊逍擲出一面小小黃旗。一羣頭裹黃巾的明教徒走進廣場，各人手持鐵鏟，推著一車車泥沙石灰，人數卻比金、木、水、火四旗少得多，只約一百人。這一百人圍成個圈子，同時舉鏟往地下猛擊，突然間轟的一聲大響，塵土飛揚，廣場中心陷落，露出一個徑長三四丈的大洞。跟著大洞四周泥土紛紛跳動，鑽出一個個頭戴鐵盔、手持鐵鏟的漢子來。四百條大漢驀地裏從地底鑽出，羣雄都大吃一驚，齊聲呼叫。

原來這四百名教眾早就從遠處打了地道，鑽到廣場中心的地底，挖掘大洞，以木板木條撐住，藏身其間，厚土旗掌旗使顏垣發出號令，四百名教眾同時抽開木條，整塊地面便陷了下去。地底教眾跟著破土而出。這一來，狼屍、石油、焦土等物一齊落入地底。一百名教眾揮動鐵鏟，在大洞上空虛擊三下。倘若有人跌入洞中後想要躍上逃命，勢必給這一百柄鐵鏟擊落。跟著一車車石灰、鐵沙、石子倒入洞中，片刻間便將大洞和數百個小洞填平。五百柄鐵鏟此起彼落，好看已極。掌旗使一聲令下，五百名教眾齊向張無忌行禮。廣場中心填了鐵沙石灰，平滑如鏡，比先前更加堅硬得多。羣雄心中明白：「倘若我站在廣場中心，口出侮慢明教之言，此刻已遭活埋在地底了。」

這一來，明教五行旗小加操演，大顯神威，旁觀羣雄無不駭然失色，各人均知近年來明教在淮泗豫鄂諸地造反，攻城略地，連敗元軍，現下他們是將兵法戰陣之學用於武林豪士間的羣毆，人數既眾，部勒又嚴，加之習練有素，任何江湖門派莫能與抗。

楊逍收兵之後，將插著小旗的木架交與身後童子，冷冷的瞧著周芷若，一言不發，但這無言之意卻十分清楚：「憑你峨嵋派百餘名男女弟子，就算霹靂雷火彈再厲害，能敵得過我明教訓練精熟的五行旗麼？」

廣場上羣雄各人想著各人的心事，一時寂靜無聲。

過了好一會，空智身後一名老僧站起身來，說道：「適才明教操演行軍打仗的陣法，模樣倒是好看，但到底管不管用，能不能制勝克敵，咱們不是元帥將軍，學的也不是孫吳兵法，只怕誰也說不上來……」眾人均知他這幾句話乃違心之論，只不過煞一煞明教的威風，將五行旗的厲害輕輕一言帶過。

周顛叫道：「要知管不管用，那也容易得很，少林寺派些大和尚出來試上一試，身上淋些毒水、燒些毒火，便見分曉了。」

那老僧置之不理，繼續說自己的話：「咱們今日是天下英雄之會，各門各派志在觀摩切磋武學上的修爲，還是照先前幾位施主們所言，大家較量武功，藝高者勝。咱們講究的是單打獨鬥，說到倚多爲勝，武林中沒聽說有這個規矩。」

歐陽牧之道：「倚多爲勝，武林中確沒這個規矩，然則霹靂雷火彈、毒火、毒水這些玩意兒，許不許用？」那老僧微一沉吟，說道：「下場比試的人要用暗器，那是可以的。有些朋友喜歡在暗器上加些毒藥毒水，那也沒法禁止。但若旁人偷襲，卻是壞了大會的規矩，大夥兒須得羣起而攻之。衆位意下如何？」羣雄中一大半轟然叫好，都說該當如此。

崆峒派唐文亮道：「在下另有一言，不論何人連勝兩陣之後，便須下場休息，以便恢復內力元氣。否則車輪戰的幹將起來，任你通天本事，也不能一口氣從頭勝到尾。再者，各門各派各幫各會之中，如已有二人敗陣，不得再派人上場，否則的話，咱們這裏數千英雄，每個人都出手打上一架，只怕三個月也打不完。少林寺糧草再豐，可也得給大夥兒吃喝窮了，一百年元氣難復。」衆人轟笑聲中，均說這兩條規矩有理。

明教羣豪均知唐文亮感激張無忌當年在光明頂上接骨、萬安寺中救命的恩德，有心盼他得勝，獨冠羣雄，是以提出這兩條規矩，意在幫他節省力氣。彭瑩玉笑道：「唐老三倒識大體，看來崆峒派今日幫咱們幫定啦。咱們除教主外，另由那一位出陣？」

明教衆高手都躍躍欲試，只是均知這件事擔當重大，須得竭盡全力，先將與會的英雄打敗一大半，留給教主的強敵越少越好，他才能保留力氣，以竟全功。倘若只勝得寥寥數人，便讓人打敗，留下一副重擔給教主獨挑，自己損折威名事小，卻不免負累了本教、謝遜、和教主。再者倘若貿然請纓，不免自以爲除教主外本人武功最強，傷了同教間的義氣，是以誰都默不出聲。

周顚道：「教主，我周顚不是怕死，只不過武功夠不上頂尖，出去徒然獻醜。」

張無忌一個個瞧過去，心想：「楊左使、范右使、韋蝠王、布袋師父諸位各負絕藝，均可去得。其中范右使武學最博，不論對手是何家數，他都有取勝之道，還是請范右使出馬的爲是。」便道：「本來各位兄弟任誰去都一樣，但楊左使曾隨我攻打金剛伏魔圈，韋蝠王與布袋大師曾生擒夏冑，都已出過力氣。這一次想請范右使出手。」

范遙大喜，躬身道：「遵命！多謝教主看重！」

明教羣雄素知范遙武功了得，均無異言。趙敏卻道：「范大師，我求你一件事，你肯答允麼？」范遙道：「郡主但有所命，自當遵從。」趙敏道：「少林派空智大師與你的樑子未解，倘若你跟他先鬥了上來，勝敗之數，未易逆料，縱然勝得了他，那也筋疲力盡了。」范遙點了點頭，心知空智神僧成名數十年，看上去愁眉苦臉、一副短命夭折之相，其實內功外功俱臻上乘。

趙敏道：「你不妨去跟他訂個約會，言明日後再到大都萬安寺去單打獨鬥，一決勝負。」楊逍和范遙齊聲道：「妙計，妙計！」均知空智與范遙一訂約後，今日便不能動手，趙敏此計，實是給明教去了個強敵。

其時各處木棚之中，各門派幫會的羣雄正自交頭接耳，推舉本派出戰人選。有幾處木棚中更有人大聲爭鬧，顯是對人選意見不一。

范遙走到主棚之前站定，向空智一抱拳，說道：「空智大師，請問你肯不肯再上大都萬安寺走一遭？」空智一聽到「萬安寺」三字，那是他生平奇恥大辱，登時臉上皺紋更加深了，細小的眼縫中神光湛湛，說道：「幹甚麼？」范遙道：「空智大師德高望重，在下也算薄有虛名，今日較量，倘若你勝了我，江湖上便道強龍不壓地頭蛇，大師只不過佔了地利之便。如在下僥倖得勝一招半式，無知之輩加油添醬，只怕要說苦頭陀上得少林寺來，打敗了寺中數一數二的高手。先前大師在萬安寺遭困，那是中了藥石之毒，與武功強弱無關，絲毫不損大師威名。明年元宵佳節月明之夕，在下再在萬安寺討教大師幾手絕藝。」

空智對范遙的武功也頗爲忌憚，加之寺中方有大變，實無心緒與他動手，聽他言語在理，又給自己大大佔了身分，心下也甚歡喜，當即點頭道：「好，明年正月十五，咱們在萬安寺相會，不見不散。」

范遙抱拳施了一禮，便即退下。他走了七八步，只聽空智緩緩說道：「范施主，今日你一心要救金毛獅王，不敢和我動手，是也不是？」范遙一凜，立定了腳步，心想：「這和尚畢竟識穿了我們的用心。」回頭哈哈一笑，說道：「大師內功外功俱臻上乘，向大師討教，勝負之數在下全無成算。」空智微笑道：「老衲也是一般，要勝得施主，可沒半分把握。」

兩人相視點頭，突然之間，心頭都浮上英雄重英雄、好漢惜好漢之情。

周芷若軟鞭迴過，疾風暴雨般向殷梨亭攻擊。殷梨亭太極劍法吞吐開合，陰陽動靜，實已得到了張三丰平時所指點的絕詣，面臨生死關頭，已將劍法中的精要都儘量發揮了出來。

三十八　君子可欺之以方

廣場中人聲漸靜，空智身後那達摩堂老僧朗聲道：「咱們便依衆英雄議定的規矩，起手比武。刀槍拳腳無眼，格殺不論，各安天命。最後那一個門派幫會武功最強，謝遜和屠龍刀都歸其所有。」張無忌眉頭微皺，心道：「這和尚生怕旁人下手不重，唯恐各派怨仇結得不深，那裏是空見、空聞這些神僧們的慈悲心腸？」

既議定每人勝得兩場，便須下來休息，先比遲比已沒多大分別，登時便有人出來叫陣，有人上前挑戰，片刻間場中有六人分成三對較量。趙敏自在萬安寺習得六大門派的絕藝後，修爲雖然尚淺，識見卻已不凡，站在張無忌與范遙之間，低聲議論六人的武功優劣，猜測誰勝誰敗，居然說得頭頭是道。只一盞茶時分，三對中已有兩對分了輸贏，只有一對尚在纏鬥，跟著又有人向勝者挑戰，仍是六人分爲三對相鬥的局面。新上場的兩對分別動上了兵刃。如此上上落落，大都有人流血受傷，方始分出勝敗。

張無忌心想：「如此相鬥，各幫各派非大傷和氣不可，任何一派敗在對方手中，即使沒人喪命受傷，日後仍會輾轉報復，豈非釀成自相殘殺的極大災禍？」

只見場中丐幫的執法長老一掌將華山派的矮老者劈得口噴鮮血。華山派高老者破口大罵：「臭叫化，爛叫化！」縱身出來，便欲向丐幫執法長老挑戰。矮老者抓住他手臂，低聲道：「師弟，你鬥他不過，咱們暫且咽下這口氣。」高老者怒道：「鬥不過也要鬥！」嘴裏雖這般說，其實深知師兄的武藝與自己招數相同而修為較深，師兄尚且敗陣，自己也非輸不可，給矮老者拉著，不住口的亂罵，卻回入了木棚。

接著那執法長老又勝了「梅花刀」的掌門人，連勝兩陣，得意洋洋的退回。如此你來我往，廣場上比試了兩個多時辰，紅日偏西，出戰之人武功也越來越強。許多人本來雄心勃勃，滿心要在英雄大會中吐氣揚眉、人前逞威，但一見到旁人武功，才知自己原來不過是井底之蛙，不登泰山，不知天地之大，就此不敢出場。

到得申牌時分，丐幫的掌缽龍頭出場挑戰，將湘西排教中的彭四娘打了個大觔斗。彭四娘的衫子背後裂開了一條大縫，羞慚無地的退下。丐幫的掌棒龍頭眼望峨嵋派人衆，冷笑道：「女娘們能有甚麼眞實本領？不是靠了刀劍之利，便得靠暗器古怪，這位彭四娘練到這等功夫，那也是極不容易的了。」

周芷若低聲向宋青書說了幾句，宋青書點了點頭，緩步出場，向掌缽龍頭拱手道：「龍頭大哥，我領教你的高招。」

掌缽龍頭一見宋青書，登時氣得臉上發青，大聲道：「姓宋的，你這奸賊奉了陳友諒之命，混入我丐幫。害死史幫主的陰謀，你這奸賊必定有份。今日你還有臉來見我麼？」宋青書冷笑道：「江湖上混跡敵窩，刺探機密，乃是常事，只怪你們這羣化子瞎了眼睛，識不出宋大爺的本來面目。」掌缽龍頭大罵：「你連你親生老子的武當派也能背叛，甚麼事做不出來？你對父不孝，將來對妻也必不義。峨嵋派非在你手中栽個大觔斗不可。」宋青書怒得臉上無半點血色，道：「你放屁放完了麼？」

掌缽龍頭更不打話，呼的一掌便擊了過去。宋青書迴身卸開，反手輕拂，以峨嵋派的「金頂綿掌」相抗。掌缽龍頭惱他混入丐幫，騙過衆人，手下招招殺著，狠辣異常，竟是性命相搏，已非尋常的比武較量。

掌缽龍頭在丐幫中位份僅次於幫主及傳功、執法二長老，掌底造詣大是不凡。宋青書是武當派第三代弟子中的佼佼人物，但初習峨嵋派的「金頂綿掌」，究竟不甚純熟，掌法中的精微奧妙變化施展不出來。他鬥到四五十合之後，已迭逢險招，自然而然的便以武當派「綿掌」拆解。這是他自幼浸潤的武功，已練了二十餘年，得心應手，威力甚強，與峨嵋派「金頂綿掌」外表上有些彷彿，運勁拆招的法門卻大不相同。

旁人不明就裏，還道他漸漸挽回頹勢。殷梨亭卻越看越怒，叫道：「宋青書，你這小子好不要臉！你反出武當，如何還用武當派的功夫救命？你不要你爹爹，怎地卻要你爹爹所傳的武功？」

宋青書臉上一紅，叫道：「武當派的功夫有甚麼稀罕？你看清楚了！」左手突然在掌缽龍頭眼前上圈下鉤、左旋右轉，連變七八般花樣，驀地裏右手疾伸，噗的一響，五根手指直插入掌缽龍頭的腦門。旁觀羣雄一怔之間，只見他五根手指血淋淋的提起，掌缽龍頭翻身栽倒，立時氣絕。宋青書冷笑道：「武當派有這功夫麼？」

羣雄驚叫聲中，丐幫中同時搶上八人，兩人扶起掌缽龍頭屍身，其餘六人便向宋青書攻去。那六人均是丐幫好手，其中四人還拿著兵刃，霎時間宋青書便險象環生。

空智大師身後一名胖大和尚高聲喝道：「丐幫諸君以衆欺寡，這不是壞了今日英雄大會的規矩麼？」

執法長老叫道：「各人且退，讓本座爲掌缽龍頭報仇。」丐幫羣弟子向後躍開，抬起掌缽龍頭屍身，退歸木棚，人人滿臉憤容，向宋青書怒目而視。

旁觀羣雄均想：「雖說比武較量之際格殺不論，但這姓宋的出手卻也忒煞毒辣。」

這時張無忌心中所想到的，只是趙敏肩頭的五個爪孔，以及那晚茅舍中杜百當夫婦屍橫就地的可怖情景，顫聲問道：「楊左使，峨嵋派何以有這門邪惡武功？」楊逍搖頭道：「屬下從沒見過這等功夫。峨嵋派創派祖師郭女俠外號『小東邪』，她外公黃島主號稱『東邪』，峨嵋派武功中若帶三分邪氣，卻也不奇。」

二人說話之間，宋青書已與執法長老鬥在一起。執法長老身形瘦小，行動快捷之極，十根手指如鉤如錐，以鷹爪功與宋青書對攻，看來他也擅長指功，也要用手指在宋青書天靈蓋上戳出五個窟窿，爲掌缽龍頭報仇。宋青書初時仍以「金頂綿掌」功夫和他拆解，鬥到深澗處，執法長老喝一聲：「小狗賊！」左手五指已搭上了宋青書腦門，便要透勁而入。宋青書右手疾伸，噗的一聲響，五根手指已抓斷了他喉管。

執法長老向前撲倒，左手勁力未衰，插入土中，血流滿地，登時氣絕。

周芷若打個手勢，八名峨嵋派女弟子各持長劍，縱身而出，每兩名弟子背靠背的分佔四方，將宋青書圍在中間，丐幫若再上前動手，立時便是羣毆的局面。

一名達摩堂老僧朗聲說道：「羅漢堂下三十六弟子聽令！」手掌拍擊三下，三十六名身披黃袍的少林僧躍將出來，十八名手執禪杖，十八名手執戒刀，前前後後，散在廣場各處，似陣法又不似陣法，已守住了各處扼要所在。

那老僧說道：「奉空智首座法諭，羅漢堂三十六弟子監管英雄大會的規矩。今日大會中比武較量，倘若有人恃衆欺寡，便是天下武林的公敵。我少林寺忝爲主人，須當維繫公道。三十六弟子嚴加查察，不論何人犯規，當場便予格殺，決不容情。」三十六名少林僧轟然答應，虎視眈眈的望著廣場中心。這麼一來，峨嵋派防護在先，少林派監視於旁，丐幫眾弟子雖羣情悲憤，卻也不敢貿然上前動手，只高聲怒罵，將執法長老的屍身抬了下來。

趙敏向范遙低聲道：「苦大師，沒想到峨嵋派尚有這手絕招，當日萬安寺中，滅絕師太寧死不肯出塔比武，只怕就是爲此。」范遙搖了搖頭，心下苦思拆解這一招的法子。他呆了半晌，忽向張無忌道：「教主，屬下向你請教一路武功。」雙掌按在桌上，伸出左手一根食指，右手一根食指，一前一後，靈活無比的連動七下，低聲道：「我雙臂如此連攻，只須纏到了這小子的手臂，內力運出，便能震斷他手臂關節，他指力再厲害，也教他無法施展。」張無忌也伸出雙手食指，左鉤右搭，道：「小心他以指力戳你手臂。」范遙點頭稱是，道：「我以擒拿手抓他手腕，十八路鴛鴦連環腿踢他下盤。」張無忌道：「猛攻八十一招，叫他沒法喘息。」

他二人四根手指此進彼退，快速無倫的攻拒來去。范遙忽然微笑道：「教主這幾下太過神妙，這小子除指力之外，武功有限，這幾招料他施展不出。」張無忌微微一笑，道：「他施展不出這三招，那麼范右使你已然勝了。」左手食指轉了兩個圓圈，右手食指突從圈中穿出，鉤住了范遙的手指，微笑不語。

范遙一怔之下，大喜道：「多謝教主指點。這四招匪夷所思，大開屬下茅塞，我眞恨不得拜你爲師。」張無忌道：「這是我太師父所傳太極拳法中的『亂環訣』，要旨是在左手所劃的幾個圓圈。這姓宋的雖出自武當，料他未能悟到這些精微之處。」

范遙成竹在胸，已有制勝宋青書的把握，只宋青書連勝兩場，按規矩應當退下休息，須得待他再度出場，才上前挑戰。

趙敏微微一笑，神情愉悅，走到一旁。張無忌走到她身邊，低聲問道：「敏妹，甚麼事這等歡喜？」趙敏玉頰暈紅，低下了頭，道：「你傳授范右使這幾招武功，只讓他震斷宋青書的手臂，卻不教他取了那姓宋的性命，我好開心啊。」張無忌道：「宋青書雖多行不義，終究是我大師伯的獨生愛兒，該當由我大師伯自行處分才是。我若叫范右使取了他性命，可對不起大師伯。」趙敏笑道：「你殺了他，周姊姊成了寡婦，你重收覆水，豈不甚佳？」張無忌笑道：「你許不許我？」趙敏微笑道：「我是求之不得，等你再三心兩意之時，好讓她用手指在你胸口戳上五個窟窿。」

當張無忌與范遙拆招、與趙敏說笑之際，宋青書已在峨嵋八女衛護下退回茅棚。羣雄見到他適才五指殺人這兩場驚心動魄的狠鬥，都不禁心寒，不願出來以身犯險。

過了片刻，宋青書又飄然出場，抱拳道：「在下休息已畢，更有那一位英雄賜教。」

范遙叫道：「讓我領敎峨嵋派絕學。」正要縱身而出，突然一個灰影一晃，站在宋青書身前，向范遙道：「范大師，請讓我一讓。」此人氣度凝重，雙足不丁不八而站，抱元守一，正是武當二俠俞蓮舟。范遙見他已然搶出，又知他是教主的師伯，自不便與他相爭，說道：「范某今日有幸，得觀俞二俠武當神技。」俞蓮舟道：「不敢。」

宋青書從小就怕這位師叔，但見他屏息運氣，嚴陣臨敵，心知今日之事，已不再是武當山上授藝拆招，而是生死相搏，雖然他已另行學得奇門武功，終究不免膽怯。

俞蓮舟抱拳道：「宋少俠請！」這一行禮，口中又如此稱呼，那是明明白白的顯示，他對宋青書不敢有絲毫輕視，卻也已無半分香火之情。宋青書一言不發，躬身行了一禮。俞蓮舟呼的一掌，迎面劈去。

俞蓮舟成名三十餘年，武林中親眼見過他一顯身手的卻寥寥無幾，直至今日，才見他以雙掌柔勁化去霹靂雷火彈無堅不摧的狠勢，功力之純，世所罕有。衆人素知武當派武功要旨是以柔克剛，太極拳招式緩慢而變化精微，豈知俞蓮舟雙掌如風，招式奇快，頃刻間宋青書腰腿間已分別中了一腿一掌。

宋青書大駭：「太師父和爹爹都要我做武當派第三代掌門，決不會有甚麼武功祕而不授。俞二叔這套快拳快腿，招式我都學過的，但出招怎能如此之快，豈不犯了本門功夫的大忌？可偏生又這等厲害！」待要施展周芷若所授的指上功夫，卻讓俞蓮舟逼得氣也喘不過來，只得連連倒退，竭力守住門戶。

羣雄全神貫注的瞧著二人相鬥，眼下兪蓮舟雖佔上風，然而適才宋青書抓殺丐幫二老，均是反敗爲勝，從劣勢中突出殺著，此事未必不能重演。但見兪蓮舟越打越快，一招一式卻無不清清楚楚，便如擅於唱曲的名家，雖唱到了極快之處，但板眼吐字，仍交代得乾淨利落，沒半點模糊拖沓。羣雄紛紛站起，有些站在後面的，索性登上桌椅，盡皆讚嘆：「武當兪二俠名不虛傳，這般一口氣不停的數十招急攻，招式竟全無重複。」

宋青書是武當嫡傳弟子，對兪蓮舟拳腳中精微的變化都曾學過，只如此快鬥，卻爲生平第一遭。廣場上黃塵飛揚，化成一團濃霧，將兪宋二人裹住。

猛聽得啪的一聲響，雙掌相交，兪蓮舟與宋青書同時後躍，兩團黃霧分了開來。兪蓮舟尚未站定，便又猱身而前。

殷梨亭掛懷師兄安危，不自禁的走到場邊，手按劍柄，目不轉睛的望著場中。這時宋青書生死繫於一線，全力相拚，早已顧不得門派之別，所使全是自幼練起的武當派功夫。二人的拳腳招式，殷梨亭盡皆了然於胸，知道每一招均是致命殺著，心中的焦慮比起旁人又遠有過之。好在見兪蓮舟越打越佔上風，若非提防宋青書突出五指穿洞的陰毒殺手，處處預留地步，早能將他斃於掌底。

張無忌也頗躭心，手中暗持兩枚聖火令，倘若兪蓮舟眞有性命之憂，那也顧不得大會規矩，非出手相救不可。

但見塵沙越揚越高，宋青書突然左手五指箕張，向俞蓮舟右肩抓了過來。俞蓮舟在百招之前便在等他施展這一手。宋青書抓斃丐幫二老，出手的情景俞蓮舟瞧得明明白白，心中早已算好應付之方。宋青書練此抓法未久，變化不多，再出抓時，與先前兩下仍大同小異。俞蓮舟右肩斜閃，左手憑空劃了幾個圈子。

趙敏與范遙忍不住齊聲「噫」的一下驚呼，俞蓮舟所轉這兩個圈子，正是張無忌指點范遙的太極拳「亂環訣」。趙敏與范遙一見，便知宋青書要糟，果然「噫」聲未畢，宋青書右手五指抓向俞蓮舟咽喉。張無忌大怒，低罵：「該死，該死！」丐幫執法長老便是命喪於這一抓之下，宋青書對師叔居然也下此毒手。

但見俞蓮舟雙臂一圈一轉，使出「六合勁」中的「鑽翻」、「螺旋」二勁，已將宋青書雙臂圈住，格格兩響，宋青書雙臂骨節寸斷。俞蓮舟喝道：「今日為七弟報仇！」兩臂一合，一招「雙風貫耳」，雙拳擊中他左右兩耳。這一招綿勁中蓄，宋青書立時頭骨碎裂。俞蓮舟雙拳齊出之時，想到莫聲谷慘死，心中憤慨已極，但隨即想到了大師哥宋遠橋，此事當由大師哥自行處理，雙拳揮出時暗嘆一口氣，留了五分力。

宋青書身子尚未跌倒，俞蓮舟正待補上一腳，踢斷他的腿骨，驀地裏青影閃動，一條長鞭迎面擊來。俞蓮舟忙後躍避過，那長鞭快速無倫的接連進招，正是峨嵋派掌門周芷若為夫復仇來了。

俞蓮舟急退三步。周芷若鞭法奇幻，三招間便已將他圈住。那軟鞭長近五丈，世上兵刃之中，決無如此勢若龍蛇的奇長之物，而鞭尾更布滿尖利倒鉤，施展開來，再加縱躍之勢，可遠及七八丈。周芷若忽地軟鞭輕抖，收回手中，左手抓住鞭梢，冷冷的道：「此時取你性命，諒你不服。取兵刃來！」

殷梨亭唰的一聲拔出長劍，上前說道：「我來接周掌門高招。」

周芷若冷冷的瞪了他一眼，轉身去看宋青書傷勢，只見他雙目突出，七孔流血，軟癱在地，眼見性命難保。峨嵋派搶上三名男弟子，將他抬下。

周芷若回過頭來，指著俞蓮舟道：「先殺了你，再殺姓殷的不遲。」

俞蓮舟適才竭盡全力，竟沒法從她的鞭圈中脫出，好生驚詫。他愛護師弟，心想：「我跟她纏鬥一場，就算死在她鞭下，六弟至少可瞧出她鞭法的端倪。他死裏逃生，便多了幾分指望。」回手去接殷梨亭手中的長劍。殷梨亭也瞧出局勢凶險，憑著師兄弟二人武功，想逃出她長鞭之一擊，看來甚爲渺茫，他和師兄是同樣的心思，寧可自身先攖其鋒，好讓師兄察看她鞭法的要旨，當下不肯遞劍，說道：「師哥，我先上場。」

俞蓮舟向他望了一眼，數十載同門學藝、親如手足的情誼，猛地裏湧上心頭，心念猶似電閃，想起俞岱巖殘廢、張翠山自殺、莫聲谷慘死，武當七俠只賸其四，今日看來又有二俠畢命於此，六弟武功雖強，性子卻極軟弱，倘若自己先死，他心神大亂，未必能再拚鬥，尋思：「若我先死，六弟萬難爲我報仇，他也決計不肯偷生逃命，勢必是師兄弟二人同時畢命於斯，於事無補。若他先死，我瞧出這女子鞭法中的要點，或能跟她拚個同歸於盡。」點頭道：「六弟，多支持得一刻好一刻。」

殷梨亭想起妻子楊不悔已有身孕，不由自主向楊逍與張無忌這邊望去，轉念又想：「我死之後，不悔與孩兒自會有人照料，何必婆婆媽媽的去囑咐求人。」長劍一舉，目視劍尖，心無旁鶩，跟著含胸拔背、沉肩墜肘，說道：「掌門人請賜招！」他年紀雖比周芷若大得多，但周芷若此刻是峨嵋派掌門，他絲毫沒缺了禮數。俞蓮舟見他以「太極劍」起手式應敵，知道六弟這次是以師門絕學與強敵周旋，便緩緩退開。

周芷若道：「你進招吧！」殷梨亭心想對方出手如電，給她一佔先機，極難平反，當下左足踏上，劍交左手，一招「三環套月」，第一劍便虛虛實實，以左手劍攻敵，劍尖上光芒閃爍，嗤嗤嗤發出輕微響聲。旁觀羣雄忍不住震天價喝了聲采。

周芷若斜身閃開，殷梨亭跟著便是「大魁星」、「燕子抄水」，長劍在空中劃成大圈，右手劍訣戳出，竟似也發出嗤嗤微聲。周芷若纖腰輕擺，一一避過，說道：「殷六俠，我讓你三招，以報昔日武當山上故人之情。」這「情」字一出口，軟鞭便如靈蛇顫動，直奔殷梨亭胸口。殷梨亭奔身向左，那軟鞭竟從半路彎將過來。

殷梨亭一招「風擺荷葉」，長劍削出，鞭劍相交，輕輕嚓的一響，殷梨亭只覺虎口發熱，長劍險些脫手，不由得大吃一驚：「我只道她招式怪異，內力非我之敵，不料她內勁也這般奇詭莫測。」當下凝神專志，將一套太極劍法使得圓轉如意，嚴密異常的守住門戶。周芷若手中的軟鞭猶似一條柔絲，竟如沒半分重量，身子忽東忽西，忽進忽退，在殷梨亭身周飄盪不定。

張無忌越看越奇，心想：「她如此使鞭，比之渡厄、渡難、渡劫三位高僧，卻又截然不同。」他初時只道峨嵋派中另有邪門武功，但此時見了她猶如鬼魅的身手，與滅絕師太大異其趣，心下隱隱竟起恐懼之感。范遙忽道：「她是鬼，不是人！」這句話正說中張無忌的心事，不禁身子一顫，若不是廣場上陽光耀眼，四周站滿了人，眞要疑心周芷若已死，鬼魂持鞭與殷梨亭相鬥。他生平見識過無數怪異武功，但周芷若這般身法鞭法，如風送冥霧，煙飄黃沙，實非人間氣象，霎時間宛如身在夢中，心中一寒：「難道她當眞有妖法不成？還是有甚麼怪物附體？」

周芷若鞭法詭奇，然太極劍法乃近世登峯造極的劍術，殷梨亭功勁一加運開，綿綿不絕，雖傷不了對手，但只求自保，卻也絕無破綻。

忽聽得一人怪聲怪氣的叫道：「啊喲，宋青書快斷氣啦，周大掌門，你不給老公送終，做寡婦也不光彩哪！」衆人往聲音來處望去，卻是周顛。他知武當派弟子生平最注重養氣調息，臨敵交鋒之際，均有「泰山崩於前而色不變、麋鹿興於左而目不瞬」的修爲，是以有意相助殷梨亭，想擾亂周芷若的心神。他又叫：「喂喂，峨嵋派掌門周芷若姑娘，你老公要噎氣啦，有幾句話吩咐你，他說他在外頭有三七二十一、四七二十八個私生子。他死了之後，要你好好給他撫養，免得他死不瞑目。你到底答允還是不答允哪？」

羣雄聽他這麼胡說八道，有的忍不住便笑出聲來。周芷若卻似沒聽見。周顛又叫：「啊喲，乖乖不得了！滅絕老師太，近來你老人家身子好啊。多日不見，你老人家越來越硬朗啦。你陰魂附在周掌門身上，這軟鞭兒可耍得當眞好看哪！」

突然之間，周芷若身形輕閃，疾退數丈，長鞭從右肩急甩向後，鞭頭陡地擊向周顛面門。她與明教茅棚本來相隔十丈有餘，但軟鞭說到便到，直如天外遊龍，矢矯而至。周顛正自口沫橫飛的說得高興，那料到周芷若在惡鬥之際竟會突施襲擊。他一怔之下，長鞭已到面門。周芷若並不回身，背後竟似生了眼睛一般，鞭梢直指他鼻尖。

周芷若揮鞭旁擊，殷梨亭乘勢進攻，只見她左手出掌，向殷梨亭接連又擊又戳，一連七掌，全是對向他頭臉與前胸重穴。殷梨亭沒法圈轉長劍削她手臂，只得使招「鳳點頭」，矮身閃避。其時明教茅棚中啪的一聲，跟著嗆啷啷一陣亂響。原來楊逍正站在周顛近旁，眼明手快，抓起身前木桌，擋過周芷若鞭擊。長鞭擊中木桌，登時木屑橫飛，桌上的茶壺、茶碗四下亂擲，各人身上濺了不少瓷片熱茶。

周芷若一擊不中，不再理會周顛，軟鞭迴將過來，疾風暴雨般向殷梨亭攻擊。

俞蓮舟在旁看了半晌，始終沒法捉摸到她鞭法的要旨所在，暗想：「我再出手，這路太極劍法也沒法使得比六弟更好。但若鬥得久了，她女子內力不足，我們或能以韌力長勁取勝。」他見殷梨亭劍法吞吐開合、陰陽動靜，實已得到了恩師張三丰平時所指點的絕詣，師弟一生中從未施展過如此高明的劍術，今日面臨生死關頭，已將劍法中的精要都儘量發揮了出來，武當派武功講究愈戰愈強，時刻拖得越久，越有不敗之望。

周芷若突然長鞭抖動，繞成一個個大大小小的圈子，登時將殷梨亭裹在其間。太極拳和太極劍都講究運勁成圈，周芷若長鞭竟也抖動成圈，鞭圈方向與殷梨亭的劍圈相同，只更快了數倍。殷梨亭劍上勁力給她這麼帶動，登時身不由主，連轉了幾個身，青光閃動，長劍脫手上揚。周芷若長鞭倒捲，鞭頭對準殷梨亭天靈蓋砸落。

俞蓮舟縱身而起，右手抓住了軟鞭鞭梢。周芷若裙底飛出右腿，正中俞蓮舟腰脅。俞蓮舟一直捉摸不定周芷若詭異的鞭法要旨所在，待得見她抖鞭成圈，奪落殷梨亭手中長劍，登時心中雪亮：「原來她功力不過爾爾，這幾下抖鞭成圈，比之我們的太極拳功夫可差得遠了。」一抓住鞭梢，拚著腰間受她一腿，左手探出，正是一招「虎爪絕戶手」，直插周芷若小腹。周芷若無可抵擋，心中如電光般閃過一個念頭：「我今日死在俞二俠手裏。」右手放脫鞭柄，五指向俞蓮舟頭頂插落，只盼和他鬥個同歸於盡。俞蓮舟側頭欲避，不料腰間中腿後穴道受封，頭頸僵硬，竟爾不能轉動，左手卻仍運勁疾落，這一下也非要了她的命不可。

便在這千鈞一髮之際，一人從旁搶至，右手擋開了俞蓮舟的「虎爪絕戶手」，左手架開了周芷若插向俞蓮舟頭頂的五指，正是張無忌出手救人。周芷若雖知張無忌救了自己，仍雙掌併力，疾向他胸前猛擊。張無忌倘若閃避，這雙掌之力剛好擊正俞蓮舟臉盤，只得左掌拍出擋格。

二人三掌相接，張無忌猛覺周芷若雙掌中竟沒半分勁力，心下大駭：「啊喲，不好！她和六叔苦鬥二百餘招，竟已油盡燈枯。我這股勁力往前一送，豈非當場要了她性命？」危急中忙收手勁。

他初時左掌拍出，心知周芷若武功與自己已相差不遠，大是強敵，絲毫不敢怠忽，加之單掌迎雙掌，這一掌乃出了十成力。勁力甫向外吐，便即察覺對方力盡，忙硬生生的收回，他明知這是犯了武學大忌，等於以十成掌力回擊自身，何況在這間不容髮之際突然回收，用力更猛，但他於自己內勁收發由心，這股強力回撞，最多一時氣窒，決無大礙。不料他掌力剛回，突覺對方掌力猶似洪水決堤、勢不可當的猛衝過來。

張無忌大驚，心知已中暗算，胸口砰的一聲，已給周芷若雙掌擊中。那是他自己的掌力再加上周芷若的掌力，並世兩大高手合擊之下，他護體的九陽神功雖然渾厚，卻也抵擋不住。何況周芷若的掌力乃乘隙而進，正當他舊力已盡、新力未生之時。這門功夫乃峨嵋派嫡傳，當年滅絕師太便曾以此法擊得他噴血倒地。只不過當年他是全然不知抵禦，這次卻是一念之仁、受欺中計。當下眼前一黑，一口鮮血噴出。

周芷若偷襲成功，左手跟著前探，五指便抓向他胸口。張無忌身受重傷，心神未亂，眼見這一抓到來，立時便是開膛破胸之禍，勉強向後移了數寸。嗤的一響，周芷若五指已抓破他胸口衣衫，露出前胸肌膚。

周芷若右手五指跟著便要進襲，其時俞蓮舟給她一腿踢倒，正中穴道，動彈不得，殷梨亭撲上要救援，也已不及，眼見張無忌難逃此劫。周芷若一瞥間，見到張無忌胸口露出一個傷疤，正是昔日光明頂上自己用倚天劍所刺傷，五指距他胸膛不到半尺，心中柔情忽動，眼眶兒一紅，竟抓不下去。

她稍一遲疑，韋一笑、殷梨亭、楊逍、范遙四人已同時撲到。韋一笑飛身擋在張無忌身前，楊范二人分襲周芷若左右，殷梨亭已抱著張無忌逃開。

這一來，場中登時大亂，峨嵋派羣弟子和少林僧眾紛紛呼喝，手執兵刃，搶入場中。楊逍、范遙和周芷若拆得數招，便不再戀戰，韋一笑扶起俞蓮舟，一齊回入茅棚。峨嵋、少林兩派人眾見場中罷鬥，也便退開。

趙敏本也搶上救援，只身法不及韋楊諸人迅速，中途遇上，見張無忌嘴邊都是鮮血，只嚇得臉如白紙。張無忌強笑道：「不礙事，運一會兒氣便好。」眾人扶著他在茅棚中坐定。張無忌緩運九陽神功，調理內傷。

周芷若叫道：「那一位英雄前來賜教？」范遙束了束腰帶，大踏步走出。張無忌道：「范右使，你不可出戰，咱們……咱們認輸……」一口氣岔了道，又是兩口鮮血噴出。范遙對教主之令不敢不從，倘若堅持出戰，勢必引得張無忌傷勢加劇，何況出戰只是盡心竭力，枉自送了性命，卻於本教無補。

周芷若站在廣場中心，朗聲又說了兩遍。

適才張無忌迴力自傷，只他與周芷若二人方始明白，旁人都以爲周芷若掌力怪異，張無忌力所不敵，而周芷若凝指不發，饒了他性命，卻人所共見。她以一個年輕女子，連敗殷梨亭、俞蓮舟、張無忌三位當世一等一高手，武功之高，實屬匪夷所思。羣雄中雖有不少身負絕學之士，但自忖決計比不上俞、殷、張三人，那也不必上去送命了。

周芷若站在場中，山風吹動衫裙，似乎連她嬌柔的身子也吹得搖搖晃晃，但周圍來自三山五嶽的數千英雄好漢，竟沒一人敢再上前挑戰。

周芷若又待片刻，仍無人上前。那達摩堂的老僧走了出來，合什說道：「峨嵋派掌門人宋夫人技冠羣雄，武功天下第一。有那一位英雄不服？」周顛叫道：「我周顛不服。」那老僧道：「那麼請周英雄下場比試。」周顛道：「我打她不過，又比個甚麼？」那老僧道：「周英雄既然自知不敵，那便是服了？」周顛道：「我自知不敵，卻仍然不服，不可以嗎？」那老僧不再跟他糾纏不清，又問：「除了這位周英雄外，還有那一位不服？」連問三聲，周顛噓了三次，卻沒人出聲不服。

那老僧道：「既然無人下場比試，咱們便依英雄大會事先的議定，金毛獅王謝遜交由峨嵋派宋夫人處置。屠龍寶刀在何人手中，也請一併交出，由宋夫人收管。這是羣雄公決，任誰不得異言。」

張無忌正在調勻內息，鼓動九陽眞氣，治療重傷，漸漸入於返虛空明，猛聽得那老僧說到「金毛獅王謝遜交由峨嵋派宋夫人處置」，心頭大震，險些又是一口鮮血噴出。

趙敏坐在一旁，全神貫注的照料，見他突然發抖，臉色大變，明白他心意，柔聲道：「無忌哥哥，你義父由周姊姊處置，那最好不過。她適才不忍下手害你，可見對你仍情意深重，決不能害你義父，你儘管放心療傷便是。」張無忌一想不錯，心頭便寬。

其時太陽正從山後下去，廣場上漸漸黑了下來。那老僧又道：「金毛獅王謝遜囚於山後某地。今日天時已晚，各位必然餓了。明日一早，咱們仍聚集此地，由老衲引導宋夫人前去開關釋囚。那時咱們再見識宋夫人並世無雙的武功。」

楊逍、范遙等都向趙敏望了一眼，心中都道：「果然你所料不錯。周芷若武功再強，也打不過渡厄等三位老僧，只怕她非送命不可，結果仍由少林派稱雄逞強。」

這時周芷若已回入茅棚，峨嵋派今日威懾羣雄，衆弟子見掌門人回來，無不肅然起敬。羣雄雖見周芷若奪得「武功天下第一」的名頭，大事卻未了結，心中各有各的計算，誰也不下山去。

那老僧道：「各位英雄來到本寺，均是少林派的嘉賓，各位相互間若有恩怨糾葛，務請瞧在敝派薄面，暫忍一時，請勿在少室山上了結，否則便是瞧不起少林派。各位用過晚飯後，前山各處儘可隨意遊覽。後山是敝派藏經授藝之所，請各位自重留步。」

范遙抱起張無忌，回到明教自搭的茅棚之中。張無忌所受掌傷雖重，但服了九粒他平時煉製的靈丹，再以九陽眞氣輸導藥力，到得深夜二更時分，吐出三口瘀血，內傷盡去。楊逍、范遙、兪蓮舟、殷梨亭等又驚又喜，均讚他內功修爲深厚無比，常人受了這等重傷，縱有高手調治，少說也得將養一兩個月，方能去瘀順氣，他卻能在幾個時辰內便即痊可，若非親見，當眞難信。

張無忌吃了兩碗飯，將養片刻，站起身來，說道：「我出去一會兒。」殷梨亭道：「你重傷剛愈，一切小心。」張無忌應道：「是！」見趙敏臉上神色極是關懷，向她微微一笑，意思說：「你放心罷！」

他走出茅棚，抬起頭來，只見明月在天，疏星數點，深深吸了口氣，體內眞氣流轉，精神一振，逕到少林寺外，向知客僧人道：「在下有事要見峨嵋掌門，相煩引路。」

那知客僧見是明教教主，甚是害怕，忙恭恭敬敬的道：「是，是！小僧引路，張教主請這邊走。」引著他向西走去，約莫行了里許，指著幾間小屋。

那知客僧道：「峨嵋派都住在那邊，僧尼有別，小僧不便深夜近前。」他深恐張無忌又去和周芷若動手，這當世兩大高手廝拚起來，自己一個不巧，便受了池魚之殃。張無忌笑道：「你若回去說起此事，不免驚動旁人，我不如點了你穴道，在此等我如何？」那知客僧忙道：「小僧決不敢說，張教主放心。」急急忙忙的轉身便去。

張無忌緩步走到小屋之前，相距十餘丈，便見兩名女尼飛身過來，挺劍攔在身前，叱道：「是誰？」張無忌抱拳道：「明教張無忌，求見貴派掌門宋夫人。」那兩名女尼大驚失色，一名年長的女尼道：「張……張教主……請暫候，我……我去稟報。」她雖強自鎮定，但聲音發顫，轉身沒走了幾步，便摸出竹哨吹了起來。

峨嵋派今日吐氣揚眉，在天下羣雄之前，掌門人力敗當世三大高手，嚇得數千鬚眉男子無一敢上來挑戰。但峨嵋派今日殺丐幫二老、敗武當二俠、傷明教教主，得罪的人著實不少，何況周芷若得了武功天下第一的名號，不知有多少英雄惱恨妒忌，這一晚身處險地，強敵環伺之下，戒備得十分嚴密。那女尼哨子一響，四周立時撲出二十餘人，劍光閃動，分布各處。張無忌也不理會，雙手負在背後，靜立當地。

那女尼進小屋稟報，過了片刻，便即出來，說道：「敝派掌門人言道：男女有別，晚間不便相見。請張教主迴步。」張無忌道：「在下頗通醫術，願為宋青書少俠療傷，別無他意。」那女尼一怔，又進去稟報，隔了良久，這才出來，說道：「掌門人有請。」

張無忌拍了拍腰間，顯示並未攜帶兵刃，隨著那女尼走進小屋。

只見周芷若坐在一旁，以手支頤，怔怔出神，聽得他進來，竟不回頭，那女尼斟了一杯清茶放在桌上，便退了出去，輕輕帶上了門，堂上更無旁人。一枝白燭忽明忽暗，照著周芷若一身素淡的青衣，情景淒涼。

張無忌心中一酸，低聲道：「宋師哥傷勢如何，待我瞧瞧他去。」

周芷若仍不回頭，冷冷的道：「他頭骨震碎，傷勢極重，多半不能活了。不知能不能挨過今晚。」張無忌道：「你知我醫術不壞，願盡力施救。」周芷若問道：「你為甚麼要救他？」張無忌一怔，說道：「我對你不起，心下萬分抱愧，何況今日你手底留情，饒了我性命。宋師哥受傷，我自當盡力。」周芷若道：「你手底留情在先，我豈有不知？你若能救活宋大哥，要我如何報答？」張無忌道：「一命換一命，請你對我義父手下留情。」周芷若道：「就只這樣，沒別的了？」張無忌囁嚅道：「別的我不敢說……」周芷若向內堂指了指，淡淡的道：「他在裏面。」

張無忌走向房門，見房內黑漆一團，並無燈光，於是拿起燭台，走了進去。

周芷若一手支頤，坐在桌旁，始終不動。

張無忌揭開青紗帳子，燭光下只見宋青書雙目突出，五官歪曲，容顏甚是可怕，呼吸微弱，早已人事不知，按他手腕，但覺脈息混亂，忽快忽慢，肌膚冰冷，若不立即施救，料來難以挨過當晚，再輕摸他頭骨，察覺前額與後腦骨共有四塊碎裂，心想俞二伯雙拳之力何等厲害，這一招「雙風貫耳」卻沒運上十成內勁，顯是顧念大師伯的情分，手下容讓。他放下帳子，將燭台放在桌上，坐在竹椅上，凝思治療之法。宋青書受的是致命重傷，要救他性命，實無把握。「我如救他不得，任由他死了，誰也不能怪我。芷若成了寡婦，能不能再跟我重續前緣？」想到此處，不由得怦然心動。

他細細思量了一頓飯時分，走到外室，說道：「宋夫人，能否救得宋師哥之命，我殊難斷言，是否能容我一試？」周芷若道：「若你救他不得，世間已沒第二人能夠。」張無忌道：「縱然救得他性命，但容貌武功，難復舊觀，他腦子也已震壞，只怕……只怕說話也不容易了。」周芷若道：「你究竟不是神仙。我知你必會盡心竭力，救活了他，以便自己問心無愧的去做朝廷郡馬。」

張無忌心頭一震，心道：「其實我並不想救活他。」但醫者父母心，救人活命，於他已是根深蒂固的念頭，他雖仍對周芷若戀戀不捨，但要他故意不治宋青書，究竟大大違反了他從小生來的仁俠心腸。當下回入房中，揭開宋青書身上所蓋薄被，點了他八處穴道，十指輕柔，以一股若有若無之力，將他碎裂的頭骨一一扶正。然後從懷中取出一隻金盒，以小指挑了一團黑色藥膏，雙手搓得勻淨，輕輕塗在宋青書頭骨碎處。這黑色藥膏便是「黑玉斷續膏」，乃西域金剛門療傷接骨的無上聖藥。當年他向趙敏乞得，用以接續俞岱巖與殷梨亭二人的四肢斷骨，尚有賸餘。他掌內九陽眞氣源源送出，將藥力透入宋青書各處斷骨。

約莫一炷香時分，張無忌送完藥力，見宋青書臉上無甚變化，心下甚喜，知救活他性命的把握又多了幾成。他自己重傷初愈，這麼一運內勁，不由得又感心跳氣喘，站在床前調勻內息半晌，這才回到外房，將燭台放在桌上。

淡淡的燭光照映下，只見周芷若臉色蒼白異常，隱隱聽得屋外輕輕的腳步之聲，知是峨嵋派羣弟子正在巡邏守衛，便道：「宋師哥的性命或能救轉，不過……不過……」

周芷若道：「你沒救他的成算，我也沒救謝大俠的把握。」

張無忌心想：「明日她要去攻打金剛伏魔圈，峨嵋派中縱有一二高手相助，十九也難成事，說不定反而送了她性命。」說道：「你可知義父囚禁之處的情形麼？」周芷若道：「不知。少林派設下甚麼厲害埋伏？」張無忌於是將謝遜如何囚在山頂地牢之中、少林三老僧如何監守、自己如何兩度攻打均告失敗、而殷天正更由此送命等情由簡略說了。

周芷若默默聽完，道：「如此說來，你既破不了，我更加無濟於事。」

張無忌突然心中一動，喜道：「芷若，倘若我二人聯手，大功可成。我以純陽至剛的力道，牽纏住三位高僧的長鞭。你以陰柔之力乘隙而入，一進入伏魔圈中，內外夾攻，便能取勝。」周芷若冷笑道：「咱們從前曾有婚姻之約，我丈夫此刻命在垂危，加之今日我沒傷你性命，旁人定然說我對你舊情猶存。若再邀你相助，人人要罵我不知廉恥、水性楊花。」張無忌急道：「咱們只須問心無愧，旁人言語，理他作甚？」周芷若輕聲道：「倘若我問心有愧呢？」張無忌一呆，接不上口。

周芷若道：「張教主，咱二人孤男寡女，深宵共處，難免要惹物議。你快請罷！」張無忌站起身來，深深一揖，說道：「宋夫人，你自幼待我很好，盼你再賜一次恩德。張無忌有生之年，不敢忘了高義。」

周芷若默不作聲，既不答應，亦不拒絕。她自始至終沒回過頭來，張無忌沒法見到她臉色，待要再低聲下氣的相求，周芷若高聲道：「靜慧師姊，送客！」

呀的一聲，房門打開，靜慧站在門外，手執長劍，滿臉怒容的瞪著他。張無忌心想義父的生死繫於此舉，自己的顏面屈辱，何足道哉，突然跪倒在地，向周芷若磕了四個頭，道：「宋夫人，盼你垂憐。」周芷若仍如石像般一動不動。

靜慧喝道：「張無忌，掌門人叫你出去，你還糾纏些甚麼？當眞是武林敗類，無恥之尤。」她還道張無忌乘著宋青書將死，又來求周芷若重行締婚。

張無忌嘆了口氣，起身出門。他回到明教的茅棚之前，趙敏迎了上來，道：「宋青書的傷有救，是不是？又用我的黑玉斷續膏去做好人了。」

張無忌道：「咦？你當眞料事如神。他傷勢是否能救，此刻還不能說。」趙敏嘆了口氣，道：「你想救了宋青書的性命，來換謝大俠。無忌哥哥，你是越弄越糟，一點也不懂人家的心事。」張無忌奇道：「爲甚麼？這個我可不明白了。」趙敏道：「你用盡心血來救宋青書，那便是說一點也不顧念周姊姊對你的情意，你想她惱也不惱？」

張無忌一怔，無言可答，若說周芷若寧願自己丈夫傷重不治，那決無是理，但她確曾說過：「我知你必會盡心竭力，救活了他，以便自己問心無愧的去做朝廷郡馬。」這兩句話中實有深深的怨懟之意，何況她又說了「倘若我問心有愧呢？」

趙敏道：「你救了宋青書的性命，現今又後悔了，是不是？」不等張無忌回答，微微一笑，翩然入內。

張無忌坐在石上，對著一彎冷月，呆呆出神，回思自與周芷若相識以來的諸般情景、她對自己的柔情密意，不禁無限低迴，尤其適才相見時她的言語神態，惆悵纏綿，實難自已。

九月初十淸晨，少林寺鐘聲噹噹響起，羣雄又聚集在廣場之中。那達摩院的老僧這次更不向空智請示，便即站出，朗聲說道：「衆位英雄請了。昨日比武較量，峨嵋派掌門宋夫人藝冠羣雄，便請宋夫人至山後破關，提取金毛獅王謝遜。老僧領路。」說著當先便行。

峨嵋派八名女尼大弟子跟隨其後，接著便是周芷若與峨嵋羣弟子。衆英雄更在後面，齊向後山走去。張無忌見周芷若衣飾一如昨日，並未服喪，知宋青書未死，心想：「他既挨得過昨晚，或能保得住性命。」自己眞正內心，實不知盼望宋青書是死是活。

衆人上得山峯，只見三位高僧仍盤膝坐在松樹之下。那達摩院老僧道：「金毛獅王囚於三株蒼松間的地牢中，看守地牢的是敝派三位長老。宋夫人武功天下無雙，只須勝了敝派這三位長老，便可破牢取人。我們大夥兒再瞻仰宋夫人的身手。」

楊逍見張無忌臉色不定，在他耳邊悄聲說道：「教主寬心。韋蝠王、說不得二位，已率領五行旗人衆伏在峯下。峨嵋派若不肯交出謝獅王，咱們只好用強。」張無忌皺眉道：「這可壞了大會的規矩，有失信義。」楊逍道：「我只怕宋夫人將刀劍架在謝獅王頸中，咱們動手時投鼠忌器。信義甚麼的，也顧不得這許多了。」

趙敏悄聲道：「謝獅王仇人極多，咱們要防備人叢中有人發暗器偷襲。」楊逍道：「范右使、鐵冠道長、周兄、彭大師四位已分佔四角，防人偷襲。」趙敏低聲道：「最好有人發射暗器偷襲，咱們就可乘機搶奪謝獅王。天下英雄也不能怪咱們失了信義。不過要是風平浪靜……這個倒……嗯，楊左使，你不妨暗中派人假裝襲擊謝獅王，紛擾之中，咱們便混水摸魚搶人。」楊逍笑道：「此計大妙。」當下便去派遣人手。

張無忌明知此舉甚不光明磊落，但爲了相救義父，那也只好無所顧忌，心中又不禁感激趙敏，暗想：「敏妹和楊左使均有臨事決疑的大才，難得他二人商商量量，極是投機，我可沒這等本事。」

只聽周芷若道：「三位高僧既是少林派長老，自然武學深湛。要本座以一敵三，非但不公，抑且不敬。」那達摩院老僧道：「宋夫人要添一二人相助，亦無不可。」周芷若道：「本座承天下英雄相讓，僥倖奪魁，所仗者不過是先師滅絕師太祕傳的本派武功，倘若以三敵三，縱然得勝，也未能顯得先師當年教導本座的一番苦心；但如以一敵三，又對主人不恭。這樣罷，我叫一個昨日傷在本座手下、傷勢尚未痊可的小子聯手。這小子當年曾給先師三掌擊得口吐鮮血，先師曾饒了他性命，此事天下皆知。如此便不損先師威名。」

張無忌一聽，心中大喜：「謝天謝地，她果然允我之請。」只聽周芷若道：「張無忌，你出來罷。」

明教羣豪除楊逍等數人之外，都不明其中原由，但聽周芷若小子長、小子短的侮辱本教教主，盡皆憤恨難平。卻見張無忌臉有喜色，走上前去，長揖到地，說道：「多謝宋夫人昨日手下留情，饒了小子性命。」他心中已打定主意：「她當衆辱我，不過是爲峨嵋派掙個顏面，再報復那日婚禮中新郎遁走的羞恥。爲了義父，我當委曲求全到底。」周芷若道：「你昨日重傷嘔血，此刻我也不要你眞的幫手，只不過作個樣子而已。」張無忌道：「是。一切遵命而行，不敢有違。」

周芷若取出軟鞭，右手一抖，鞭子登時捲成十多個大大小小的圈子，好看已極，左手翻處，青光閃動，露出了一柄短刀。羣雄昨日已見識了她軟鞭的威力，不意她左手尚能同時用刀，一長一短，一柔一剛，那是兩般截然相異的兵刃。羣雄驚佩之下，精神都爲之一振。

張無忌從懷中摸出兩枚聖火令來，向前走了兩步，突然腳下一個踉蹌，故意又大聲咳嗽幾下，顯得重傷未愈，自保也十分勉強，待會若能勝了少林三僧，好讓羣雄都說全是周芷若的功勞。周芷若靠到他身邊，低聲問道：「你曾立誓爲你表妹報仇，倘若害她的兇手是你義父，你是否仍非報仇不可？」張無忌一怔，道：「義父有時心智失常，作不得數。」

渡厄道：「張教主今日又來賜教了。」張無忌道：「尙祈三位大師見諒。」渡厄道：「好說，好說！這位峨嵋派掌門，說道是昨日藝勝天下羣雄，難道她武功還能在張教主之上嗎？」張無忌道：「正是。晚輩昨日在宋夫人手下重傷嘔血。」渡難道：「這就奇了。」三個老僧的黑索緩緩抖了出來。

正在此時，忽聽得峯腰裏傳來輕輕數響琴簫和鳴之聲。張無忌心中一喜，只聽得瑤琴錚錚連響，四名白衣少女翩然上峯，手中各抱一具短琴，跟著簫聲抑揚，四名黑衣少女手執長簫上峯。黑白相間，八名少女分佔八個方位，琴簫齊奏，音韻柔雅。一個身披淡黃輕紗的美女在樂聲中緩步上峯，正是當日張無忌在盧龍丐幫中會過的。

丐幫的女童幫主史紅石一見，奔過去撲入她懷裏，叫道：「楊姊姊，楊姊姊！咱們的長老和龍頭都給人害了！」說著手指周芷若，道：「是她峨嵋派和少林派下的毒手。」那黃衣美女點頭道：「我都知道了。哼！『九陰白骨爪』和『白蟒鞭』，未必便是天下最強的武功。」

她上峯時如此聲勢，人又美貌飄逸，人人的目光都在瞧她，這兩句話更淸淸楚楚的送入了各人耳中。羣雄一凜之下，年紀較長的都想：「峨嵋派這路爪法，難道便是百年前馳名江湖的陰毒武功『九陰白骨爪』麼？她這長鞭使的竟是『白蟒鞭法』？」他們曾聽過「九陰白骨爪」和「白蟒鞭」的名字，知是出於《九陰眞經》的武功，因陰毒過甚，久已失傳，誰也沒見過。

黃衫女子攜著史紅石的手，走入丐幫人叢，在一塊山石上坐了。

周芷若臉色微變，哼了一聲，道：「動手罷！」長鞭抖出，捲向渡難的黑索，身子一借勢，便從三株蒼松間落下。

她第一招便直攻敵人中央，狠辣迅捷，膽識之強，縱是第一流的江湖老手也有所不及。羣雄只見她身在半空，如一隻青鶴般凌空撲擊而下，身法曼妙無比。她右手的軟鞭與渡難的黑索纏在一起，既借其力，又令對方的兵刃暫時無用。渡厄和渡劫雙索齊揚，分從左右擊至。

張無忌直搶而前，腳下一蹪，忽然一個觔斗摔了過去。羣雄咦的一聲，只道他傷後立足不定。那知張無忌這一招使的是聖火令上所載的古波斯武功，身法怪異之極，他似是向前摔跌，雙手聖火令卻已向渡難胸口拍去。其時渡難的黑索正與周芷若的鞭子纏住未分，不能迴索抵擋，渡厄、渡劫眼見勢危，立時捨卻周芷若，雙索向張無忌擊來。兩條黑索靈動威猛，直如一對烏龍，眼見張無忌難以抵擋，不料他在地下一個打滾，狼狽萬狀的滾向渡厄身邊。渡厄左手向他肩頭戳落，張無忌左掌以挪移乾坤之力化開，身子微晃，肩頭已向渡劫撞去。

他今日一意要令周芷若成名，將擊敗少林三高僧的殊榮盡數歸於這位峨嵋掌門，自己只求救出謝遜，是以使的全是古波斯武功，東滾一轉，西摔一交，要多難看就有多難看，要多狼狽就有多狼狽。旁觀羣雄之中原本不乏識見卓超的人物，但這路古波斯武功實在太怪，又從未有人在中土使過，何況昨日張無忌身受重傷乃人所共見，因此初時都沒瞧出破綻。明教之敵無不暗暗歡喜，明教之友均不免深爲擔憂，只怕他今日要畢命於斯。

拆到數十招後，只見周芷若身形忽高忽低，飄忽無方，張無忌越來越似招架不住，手忙足亂，竟似比一個初學武功的莽漢尤有不如，但不論情勢如何凶險，他總能在千鈞一髮之際避開對方的凌厲殺著。旁觀羣雄中心智機敏的便知其中必有蹊蹺，猜想他所使的多半是「醉八仙」一類功夫，看上去顛三倒四，實則中藏奇奧變化，這類武功比之正路功夫可又難得多了。

這門古波斯武功若以之單獨對付三高僧中任誰一人，對方定然鬧個手足無措，便如張無忌初逢風雲三使時那麼狼狽不堪。但這三位少林高僧枯禪數十年坐將下來，心意相通，一僧招數中露出破綻空隙，其餘二僧立即予以補足。張無忌種種怪異身法，本來每一招都足以迷亂敵人眼光，似左實右，似前實後，決難辨識，但三僧索隨心動，對他的諸般做作竟似視而不見。拆到七八十招後，張無忌怪招仍層出不窮，卻始終沒能損及三僧分毫。鬥近百招，他只覺三僧黑索上威力漸強，自己身法卻慢慢澀滯起來，已無初鬥時的靈動自如。

他尚不知自己所使武功有小半已入魔道，而三僧的「金剛伏魔圈」卻正施展以佛力伏魔的精妙大法。旁人只見他越鬥越精神，其實他心中魔頭漸長，只須再鬥百招，不免便全然處於三僧佛門上乘武功的克制之下，不由自主的狂舞不休。三高僧不須出手，便讓他自己制了自己死命。明教爲世人稱作「魔教」，亦非全無道理，這路古波斯武功的始創者「山中老人」，便是個殺人不眨眼的大惡魔。張無忌自得聖火令後，初時照練，還不覺如何，此刻乍逢勁敵，將這路武功中的精微處盡數發揮，心靈漸受感應，突然間哈哈哈仰天三笑，聲音中竟充滿了邪惡奸詐之意。

他三笑方罷，猛聽得三株蒼松間的地牢中傳出誦經之聲，正是義父謝遜的聲音。只聽他蒼老的聲音緩緩唸誦《金剛經》：「爾時須菩提聞說是經，深解義趣，涕淚悲泣，而白佛言：『希有世尊，佛說如是甚深經典。我從昔來所得慧眼，未曾得聞如是之經。世尊，若復有人得聞是經，信心清淨，即生實相……』」

張無忌邊鬥邊聽，自謝遜的誦經聲一起，少林三僧黑索上的威力也即收斂，只聽謝遜繼續唸誦：「『世尊，我今得聞如是經典，信解受持，不足爲難。若當來世，後五百歲，其有衆生得聞是經，信解受持，是人即爲第一希有。何以故？此人無我相、無人相、無衆生相、無壽者相……』」

張無忌聽到此處，心中思潮起伏，知道義父自被囚於峯頂地牢，每日裏聽少林三高僧誦經，上次明明可以脫身，卻自知孽重罪深，堅決不肯離去，難道他聽了數月佛經之後，終於大徹大悟麼？那經中言道：「若當來世，後五百歲，其有衆生得聞是經，信解受持。」在義父此刻心中，這五百年後之人指的便是謝遜自己與他張無忌了。只經義深微，他於激鬥之際，也無暇深思。他自然更加不知經中的須菩提，是在天竺舍衛國聽釋迦牟尼說《金剛經》的長老，是以於謝遜所誦的經文，也只一知半解而已。

只聽謝遜又唸經道：「佛告須菩提：『如是，如是！若復有人得聞是經，不驚，不怖，不畏，當知是人甚爲希有……如我昔爲歌利王割截身體，我於爾時，無我相、無人相、無衆生相、無壽者相。何以故？我於往昔節節支解時，若有我相、人相、衆生相、壽者相，應生瞋恨……菩薩須離一切相。』」

這一段經文的文義卻甚明白，那顯然是說，世間一切全是空幻，對於我自己的身體、性命，心中完全不存牽念，即使別人將我身體割截，節節支解，只因我根本不當是自己的身體，自然絕無惱恨之意。「義父身居地牢而處之泰然，難道他眞到了不驚、不怖、不畏的境界了麼？」心念又是一動：「義父是否叫我不必爲他煩惱，不必出力救他脫險？」

原來謝遜這數月來受囚地牢，日夕聽松間三僧唸誦《金剛經》，於經義頗有所悟，這時猛聽得張無忌笑聲詭怪，似是心魔大盛，漸入危境，當即唸起《金剛經》來，盼他脫卻心中魔頭的牽絆。

張無忌一面聽謝遜唸誦佛經，手上招數絲毫不停，心中想到了經文中的含義，心魔便即消退，這路古波斯武功立時不能連貫，嗤的一聲，渡劫的黑索抽向他左肩。張無忌沉肩避開，不由自主的使出了乾坤大挪移心法，配以九陽神功，登時將擊來的勁力卸去，心念微動：「我用這路古波斯武功實難取勝。」斜眼看周芷若時，見她左支右絀，也已呈現敗象，暗想：「今日之勢，事難兩全。我若不出全力，芷若一敗，救義父之事便無指望了。」一聲清嘯，使開兩根聖火令，著著進攻。

謝遜誦經之聲並未停止。但張無忌凝神施展乾坤大挪移心法，於他所唸經文已聽而不聞。他儘量將三僧的黑索接到自己手上，以便讓周芷若能尋到空隙，攻入圈內。

他這一全力施展，三僧只覺索上壓力漸重，迫得各運內力與之抗禦。三僧的「金剛伏魔圈」以《金剛經》爲最高旨義，最後要達「無我相、無人相、無衆生相、無壽者相」的境界，於人我之分、生死之別，盡皆視作空幻。只是三僧修爲雖高，一到出手，總去不了克敵制勝的念頭，雖已將自己生死置之度外，人我之分卻無法泯滅，因此這「金剛伏魔圈」的威力還不能練到極致。三僧中渡厄修爲最高，深體必須除卻「人我四相」，但渡難、渡劫二僧爭雄鬥勝的念頭一盛，染雜便深，著了世間相的形跡，渡厄的索法非降低到和他二人相配不可。

旁觀羣雄見張無忌變了武功招數，三株蒼松間的爭鬥越來越激烈，三僧頭頂漸漸現出一團淡淡水氣，知是額頭與頂門汗水爲內力所逼，化作了蒸氣，可見五人已到了各以內力相拚之境。張無忌頭頂也有水氣現出，卻是筆直一條，昇上空際，又細又長的聚而不散，顯是他內力深厚，更勝三僧。昨日羣豪人人見到他身受重傷，那知他只一宵之間，便即全愈，內力之深，實令人思之駭然。

周芷若卻不與三僧正面交鋒，只在圈外游鬥，見到金剛伏魔圈上生出破綻，便即縱身而前，一遇黑索攔截，立時翩若驚鴻般躍開。

這麼一來，張無忌和她武學修為的高下登時判然，旁觀羣雄中不少人竊竊私議：「近年來武林中傳言：明教張教主武功之強，當今獨步。果然名不虛傳。昨天他是故意讓這位宋夫人的，這叫好男不與女鬥啊。」「甚麼好男不與女鬥？宋夫人本來是張教主的妻子，你知不知道？這叫做故尺情深！」「呸！只有故劍情深，那有甚麼故尺情深？」「你不見張教主手中使的是兩根鐵尺？」「後來宋夫人也不下毒手殺張教主，那豈不是故手情深？」

少林三僧和張無忌的招數越出越慢，變化也愈趨精微。周芷若的武功純以奇幻見長，制服武當二俠實是她成就的峯巔，說到內功修為，比之俞蓮舟、殷梨亭尚遠為不如。這時張無忌與少林三僧各以眞實本領相拚，半分不能取巧，她竟已插不下手去，有時軟鞭一晃，上前進攻，在四人的內勁上一碰，立時便給彈了出來。

又鬥小半個時辰，張無忌體內九陽神功急速流動，聖火令上發出嗤嗤聲響。少林三僧的臉色本來各自不同，這時卻都殷紅如血，僧袍都鼓了起來，便似為疾風所充。但張無忌的衣衫卻並無異狀，這情景高下已判，倘若他是以一對一，甚而以一敵二，早已獲勝。他所練的九陽眞氣原本渾厚無倫，再加上張三丰指點，學得太極拳中練氣之法，更是愈鬥愈盛，最能持久，實可再拚一兩個時辰，以待對手氣衰力竭。少林三僧拚到此時，已瞧出久戰於己不利，突然間齊聲高喝，三條黑索急速轉動，索影縱橫，似眞似幻。張無忌凝視敵索來勢，一一拆解，心下暗自焦急：「芷若武功招術雖奇，畢竟所學時日無多，尚比不上外公和楊左使二人聯手的威力。我獨力難支，看來今日又要落敗了。這次再救不出義父，那便如何是好？」

他心中一急，內力稍減，三僧乘機進擊，更是險象環生。張無忌腦中如電光石火般一閃，想起昔年冰火島上謝遜對他的慈愛，又想謝遜眼盲之後，仍干冒大險重入江湖，全是爲了自己，今日若救他不得，委實不願獨活。眼見渡難的黑索自身後遙遙兜至，他再不顧自己生死安危，左手疾舉，便讓這一索擊中手臂，以挪移乾坤之法卸去索力，右手聖火令擋住渡厄、渡劫雙雙攻來的黑索，身子忽如大鳥般向左撲出，空中一個迴旋，已將渡難那條黑索在他所坐的蒼松上繞了一圈。

這一招直是匪夷所思，張無忌左臂力振，向後急拉，要將黑索深深嵌入松樹樹幹。渡難大驚之下，急向後奪。張無忌變招奇速，順著他力道扯去。松樹樹幹雖粗，但樹根處已有一半爲三僧挖空，用以遮蔽風雨。此刻給一條堅韌無比的黑索纏住，由張無忌和渡難兩股內勁同時拉扯，只聽得喀喇喇一聲巨響，松樹自挖空處折斷，從半空倒落。

乘著渡厄、渡劫二僧驚愕失措的一瞬間，張無忌雙掌齊施，大喝一聲，推向渡厄身居的蒼松。這股掌力實乃他畢生功力所聚，那松樹抵受不住，當即斷折。兩株斷下的松樹連枝帶葉，一齊壓向渡劫所居的松樹。雙松倒下時已有數千斤力道，張無忌飛身而起，雙足更在第三株松樹上一蹬，那松樹又即斷折，在半空中搖搖晃晃，緩緩倒下。

其時松樹折斷聲、羣雄驚呼聲鬧成一片。張無忌手中兩枚聖火令使力向渡厄、渡劫擲了過去。兩僧既須閃避從空倒下的松樹，又要應付飛擲而至的聖火令，登時鬧了個手忙足亂。

張無忌身子一矮，貼地滾過傾側而下但尚未著地的樹幹，已攻入金剛伏魔圈中心，使出乾坤大挪移心法，雙掌前推右轉，已推開蓋在地牢上的大石，叫道：「義父，快出來！」他生怕謝遜又不肯出來，不待謝遜答應，探手下去，抓住他後心便提了上來。

便在此時，渡厄和渡劫雙索齊到，張無忌迫得放下謝遜，懷中又掏出兩枚聖火令，擲向二僧，雙手快如電閃，抓住了兩條黑索的索尾。渡厄、渡劫正要各運內力回奪，聖火令已擲到面門，雙令之到，快得直無思量餘地，兩僧只得撤手棄索，急向後躍，這才避開了聖火令之一擊。其時渡難左掌已當胸拍到，張無忌急叫：「芷若，快絆住他！」斜身疾閃，抱起了謝遜，只須將他救出了三松之間，少林派便沒話說。周芷若哼了一聲，微一遲疑，渡難右掌跟著拍到。張無忌身子稍轉，避開背心要穴，讓這掌擊中了肩頭。

他抱了謝遜，便要從三株斷松間搶出。謝遜道：「無忌孩兒，我一生罪孽深重，在此處聽經懺悔，正心安理得。你何必救我出去？」張無忌知義父武功極高，若堅決不肯出去，倒難應付，說道：「義父，孩兒得罪了！」右手五指連閃，點了他大腿與胸腹間的數處穴道，令他暫時動彈不得。

就這麼稍一阻滯，少林三僧手掌同時拍到，齊喝：「留下人來！」張無忌見三僧掌力將四面八方都籠蓋住了，手掌未到，掌風已森然逼人，只得放落謝遜，出掌抵住，叫道：「芷若，快抱義父出去！」他雙掌搖晃成圈，運掌力與三僧對抗，使三僧無一能抽身阻攔周芷若。這是乾坤大挪移心法中最高深的功夫之一，掌力游走不定，虛虛實實，將三僧的掌力同時黏住了。

周芷若躍進圈子，到了謝遜身畔。謝遜喝道：「呸，賤人……」周芷若一伸手便點了他啞穴，叱道：「姓謝的，你這時還出口傷人？你罪行滔天，命懸我手，難道我便殺你不得麼？」說著舉起右手，五指成爪，便往謝遜天靈蓋上抓了下去。

張無忌一見大急，忙道：「芷若，不可！」其時他與三僧正自各以平生功力相拚，三僧雖無殺他之意，但到了這等生死決於俄頃的關頭，不是敵傷，便是己亡，實無半點容讓的餘裕。張無忌一開口，眞氣稍洩，三僧的掌力便排山倒海般推將過來，只得催力抗禦。雙方均於無可奈何之際，運上了「黏」字訣，非分勝敗，難以脫身。

周芷若手爪舉在半空，卻不下擊，斜眼冷睨張無忌，冷笑道：「張無忌，那日濠州城中，你在婚禮中捨我而去，可曾料到有今日麼？」

張無忌心分三用，既擔心謝遜性命，又惱她在這緊急關頭來算舊帳，何況少林三僧掌力源源而至，縱然專心凝神的應付，最後也非落敗不可，這一心神混亂，更是大禍臨頭。他額上冷汗涔涔而下，霎時之間，前胸後背，衣衫都已爲大汗濕透。

楊逍、范遙、韋一笑、說不得、俞蓮舟、殷梨亭等看到這般情景，無不大驚失色。這些人心中念頭均是相同，只教救得張無忌，縱然捨了自己性命，也絕無悔恨，但各人均知自己功力不及，別說從中拆解，便算上前襲擊少林三僧，三僧也會輕而易舉的將外力移到張無忌身上，令他受力更重，那是救之適足以害之了。

空智縱聲叫道：「三位師叔，張教主於本派有恩，務請手下留情。」

但四人的比拚已到了難解難分的地步，張無忌原無傷害三僧之心，三僧念著日前他相助解圍，也早欲俟機罷手，只雙方均已騎虎難下。三僧神遊物外，對空智的叫聲聽而不聞，其實便算得知，卻也無能爲力。

韋一笑身形輕晃，如一溜輕煙般閃入斷松之間，便待向周芷若撲去，卻見周芷若右手作勢，懸在半空，自己倘若撲上，她手爪勢必立時便向謝遜頭頂插下。謝遜若死，張無忌心中大悲，登時便會死在三僧掌力之下。韋一笑與周芷若相距不到一丈，便即呆呆定住，不敢上前動手。一時之間，山峯上每人都似成了石像，誰都凝神不動，不作一聲。

驀地裏周顛哈哈大笑，踏步上前。

楊逍吃了一驚，喝道：「周兄，不可魯莽。」周顛毫不理會，走到少林三僧之前，嬉皮笑臉的說道：「三位大和尚，吃狗肉不吃？」伸手從懷中掏出一隻煮熟了的狗腿，在渡厄面前晃來晃去。這兩日少林寺中供應的都是素齋，周顛好酒愛肉，接連幾日青菜豆腐，如何能挨？昨晚偷了一隻狗，宰來吃了個飽，尚留著一條狗腿，此刻事急，便去擾亂少林三僧的心神。楊逍等一見，盡皆大喜，心想：「周顛平時行事瘋瘋顛顛，這一著卻大是高招。」均知比拚內力，關鍵全在於專志凝神，周顛上前胡鬧，只須有一僧動了嗔怒，心神微分，張無忌便可得勝。

三僧視而不見，毫不理會。周顛拿起狗腿張口便咬，說道：「好香氣，好滋味！三位大和尚，吃一口試試。」他見三僧絲毫不動聲色，當下將狗腿挨到渡厄口邊，待要塞入他口中，旁觀的少林羣僧呼喝：「兀那顛子，快快退下！」周顛將狗腿往前送出，剛碰到渡厄口唇，突然手臂劇震，半身酸麻，啪的一聲，狗腿落地。原來渡厄此時內勁布滿全身，已至「蠅蟲不能落」的境界，四肢百骸一遇外力相加，立時反彈。

周顛叫道：「啊喲！哪喲！了不起，了不起！你不吃狗肉，那也罷了，怎麼將我好好一條狗腿彈在地下，弄得骯髒邋遢？我要你賠，我要你賠！」他手舞足蹈，大叫大嚷。不料三僧修爲深湛，絲毫不受外魔干擾。周顛右手翻轉，從懷中取出一柄短刀，叫道：「你不領情吃我的狗腿，老子今日跟你拚了。」揮刀在自己臉上一劃，登時鮮血淋漓。羣雄驚呼聲中，周顛又用短刀在自己臉上劃過，一張臉血肉模糊，甚是猙獰可怖。

這等情景本來不論是誰見了都要心驚動魄，但少林三僧心神專注，眼耳鼻舌俱失其用，不但見不到周顛自殘的情景，連他這個人出現在身前也均不知。周顛大聲叫道：「好和尚，你不賠還我的狗腿，我死在你面前！」舉起短刀，便往自己心窩中插落。他見教主命在俄頃，決意捨生自殺，以擾亂三僧心神。

驀地裏黃影閃動，那黃衫女子飛身過來，夾手奪去他短刀，順手擲在地下，飛足踢中了他穴道，令他動彈不得。跟著斜身而前，五指伸張，往周芷若頭頂插落，所使手法，與宋青書殺斃丐幫長老的全然相同。周芷若五根手指與謝遜頂門相距雖不過尺許，但敵人身法實在太快，只得翻手上托，擋開這招。

張無忌內勁之強，並不輸於三僧聯手，但「物我兩忘」的禪定功夫卻遠有不及，做不到於外界事物視而不見、聽而不聞的地步，因此見到周芷若出手對謝遜威脅，立時便心神大亂。待得周顛上前胡鬧，進而抽刀自盡，他一一瞧在眼裏，更是焦急。正在這內息如沸、轉眼便要噴血而亡的當兒，忽見那黃衫女子躍進圈來，奪去周顚手中短刀，出招攻擊周芷若，解去了謝遜的危難。

張無忌心中一喜，內勁立長，將三僧攻來的勁力一一化解，霎時間便成了個相持不下的局面。渡厄等雖於外界事物不聞不見，但於雙方內勁的消長卻辨析入微，陡然察覺到對方內勁大張，卻又不反守爲攻，正是消除雙方危難的最佳時機，三僧心意相通，立時內勁微收。張無忌跟著也收一分勁力，三僧亦收一分。如此你收一分，我收一分，頃刻間雙方勁力收盡。四人同時哈哈一笑，一齊站起。張無忌長揖到地，渡厄、渡劫、渡難三僧合什還禮。四人齊聲說道：「佩服，佩服！」

張無忌回過頭去，見那黃衫女子和周芷若鬥得正緊。黃衫女子一雙空手，周芷若右手鞭，左手刀，卻兀自落於下風。黃衫女子的武功似與周芷若乃是一路，飄忽靈動，變幻無方，但舉手抬足之間卻正而不邪，如說周芷若形似鬼魅，黃衫女子便是態擬神仙。張無忌只看得兩眼，已知黃衫女子有勝無敗，義父絕無危險，但見她出手之中頗有引逗之意，似要看明周芷若武學的底細，要是當眞求勝，早將對手打倒了。

渡厄說道：「善哉，善哉！張教主，你雖勝不得我三人，我三人也勝不得你。謝居士，你請自便罷！」上前解開了謝遜身上各處穴道，說道：「謝居士，放下屠刀，立地成佛。我佛門戶廣大，世間無不可渡之人。你我在這山峯上共處多日，那也是有緣。」

謝遜站起身來，說道：「我佛慈悲，多蒙三位大師指點明路，謝遜感激不盡。」

只聽那黃衫女子一聲清叱，左手翻處，已奪下周芷若手中長鞭，跟著手肘撞中了她胸口穴道，右手箕張，五指虛懸在她頭頂，說道：「你要不要也嘗嘗『九陰白骨爪』的滋味？」周芷若動彈不得，閉目待死。

謝遜雙目雖不能見物，但於周遭一切情景卻聽得十分明白，上前一揖，說道：「姑娘救我父子二人性命，深感大德。這位周姑娘若不悔悟，多行不義，終有遭報之日。求懇姑娘今日暫且饒她。」

黃衫女子道：「金毛獅王悔改得好快啊！」伸手到周芷若懷裏一抓，掏出一個小小包裹，掂了掂份量，隨手揣入自己懷裏，又向她道：「拿來！」周芷若有氣無力的道：「拿甚麼？」

黃衫女子伸右手抓住周芷若，飛身而起，已躍出數丈之外。只見她低聲對周芷若說話，周芷若搖頭不語。黃衫女子右手箕張，五指觸到她頭頂，似乎在逼問甚麼，周芷若終於張口答話。兩人一問一答，黃衫女子右手手爪始終不離周芷若頂門。

黃衫女子躍回松間，向張無忌道：「張教主，屠龍刀和倚天劍就在你們曾待過的小島之上，請你派人去找一找。」張無忌一怔，道：「難道……」黃衫女子道：「這對刀劍以後就由你保管吧！號令天下，驅除胡虜，保障生民，正該善用此刀此劍！」身形晃動，已飄然退出松間圈子。

張無忌聽她說話，心中隱隱似已明瞭事件始末，但兀自不能相信屠龍刀和倚天劍被盜，竟與周芷若有關。

周芷若給黃衫女子制住後，心中又羞又憤，又覺懊喪。見三高僧盤膝坐在一旁，謝遜低頭垂眉坐於三僧之前，雙手合什，喃喃誦經。周芷若知他唸的是《金剛經》，只聽謝遜輕聲唸道：「爾時須菩提聞說是經，深解義趣，涕淚悲泣，而白佛言：『希有世尊，佛說如是甚深經典。我從昔來所得慧眼，未曾得聞如是之經，世尊，若復有人得聞如是之經，信心清淨，即生實相……』」

周芷若聽到「深解義趣，涕淚悲泣」八字，心想謝遜一生殺人無算，但瞧他眼下情狀，似乎一旦悔悟改過，立時便可得平安喜樂。自己本來是漢水中一個船夫的女兒，得張三丰真人的轉介，入峨嵋派從師滅絕師太學藝，自己兢兢業業，不犯過失，不料在西域再見到這前生冤孽張無忌，一顆心就此牢牢繫在這少年身上。

她曾不住的警惕自己：「幹麼不專心打坐修習？怎地忘了恩師教誨，分心去想這不相干的少年？不，這人並非不相干，他是魔教教主，是個無惡不作的小魔頭！在光明頂上，我為何不一劍刺死他？如果當時我殺了他，便沒今後的種種苦楚了。唉，你為甚麼這樣待我？你爲甚麼跟那個腫臉蛋的姑娘這般親熱？她爲甚麼對你如此情深義重？幹麼我走過你身邊，你又目不轉睛的瞧我？我倆第一次相見，是在漢水船中，我見你可憐，不肯吃飯，便好好餵你吃一碗。以後，我還能再餵你吃飯嗎？」

她望著張無忌的背影，見他坐在謝遜身後，謝遜兀自在誦唸《金剛經》。周芷若心想：「師父爲甚麼逼我做這件事？她要我去引誘這小魔頭，可又不能眞心對他好，她不知道這可有多難！師父爲甚麼認爲他是個魔頭？在那海島上，他只抱抱我、親親我，幾時有甚麼不規矩了？……」她紅暈上臉，不敢去多想海島上的事，霎時間想起了那日在大都萬安寺高塔之上，師父逼迫自己發誓的情景：

往事如煙

那天我來到師父房中，撲在師父懷裏，嗚咽出聲。師父輕輕撫摸我頭髮，我知道跟師父說話的時刻無多，便將昨晚這小魔頭前來相救之事說了。師父皺起眉頭，沉吟半晌，道：「他爲甚麼單是救你，不救旁人？那日你在光明頂上刺他一劍，爲甚麼他反來救你？」我輕聲道：「我不知道。」

師父怒道：「哼，這小子太過陰險惡毒。他是魔教的頭腦，能有甚麼好心？他安排下圈套，要你乖乖的上鉤。」我心中奇怪，問道：「他……他安排甚麼圈套？」師父道：「咱們是魔教的死對頭。在我倚天劍下，不知殺了多少魔教的邪惡奸徒，魔教自是恨峨嵋派入骨，焉有反來相救之理？這小魔頭定是看上了你，要你墮入他轂中。他串通旁人將咱們擒來，然後故意賣好，再將你救出去，教你從此死心塌地的感激他。」

我道：「師父，我瞧他……他倒不是假意。」師父大怒，喝道：「你定是跟那個不成器的紀曉芙一般，瞧中了魔教的淫徒。若我功力尚在，一掌便劈死了你。」我嚇得全身發抖，顫聲道：「徒兒不敢。」師父厲聲道：「你是眞的不敢，還是花言巧語，欺騙師父？」我垂淚道：「徒兒決不敢有違恩師教訓。」師父道：「你跪在地下，罰個重誓。」我依言跪下，卻不知怎樣說才好。

師父道：「你這樣說：小女子周芷若對天盟誓，日後我若對魔教教主張無忌心存愛慕，倘若和他結成夫婦，我親生父母死在地下，屍骨不得安穩；我師父滅絕師太必成厲鬼，令我一生日夜不安；我若和他生下兒女，男子代代爲奴，女子世世爲娼。」我聽了大吃一驚，從沒想到所發的誓言之中竟能如此惡毒，不但詛咒死去的父母，詛咒恩師，也詛咒到沒出世的兒女。我見師父兩眼神光閃爍，狠狠盯在我臉上，不由得目眩頭暈，便依著師父所說，照樣唸了一遍。

師父聽我罰了這個毒誓，容色便霽，溫言道：「好了，你起來罷。」我早已淚珠滾滾而下，委委曲曲的站起。師父臉一沉，說道：「芷若，我不是故意逼你，這全是爲了你好。你一個年紀輕輕的女孩子，以後師父不能再照看你，若你重蹈你紀師姊的覆轍，師父在九泉之下也不安心。何況師父要你負起興復本派的重任，更半點大意不得。」說著除下左手食指上的鐵指環，站起身來，說道：「峨嵋派女弟子周芷若跪下聽諭。」

我心裏一怔，當即跪下。師父將鐵指環高舉過頂，說道：「峨嵋派第三代掌門女尼滅絕，謹以本門掌門人之位，傳於第四代女弟子周芷若。」我給師父逼著發了那毒誓之後，頭腦中本已一片混亂，突然又聽到要我接任本派掌門，更加茫然失措，驚得呆了。師父一個字一個字的緩緩說道：「周芷若，奉接本門掌門鐵指環，伸出左手。」

我恍恍惚惚的舉起左手，師父便將鐵指環套上我食指。我顫聲道：「師父，弟子年輕，入門未久，如何能當此重任？你老人家必能脫困，別這麼說，弟子實在不能……」說到這裏，我抱著師父雙腿，哭出聲來。

師父厲聲說道：「師尊之命，你也敢違背麼？」將本門掌門人的戒律申述一遍，要我記在心裏。我見師父言語之中，儼然似是囑咐後事，更加驚懼，說道：「弟子做不來，弟子不能……」師父提高聲音道：「你不聽我的囑咐，便是欺師滅祖。」她將我扶起，摟在懷裏，柔聲道：「芷若，我所以叫你做掌門，不傳給你眾位師姊，那也不是我偏心，只因峨嵋派以女流爲主，掌門人必須武功卓絕，始能自立於武林羣雄之間。」我道：「弟子的武功怎及得上眾位師姊？」

師父微微一笑，道：「她們成就有限，到了現下境界，已難再有多大進展，那是天資所關，非人力所能強求。武功要眞正到第一流境界，不是靠勤修苦練，而是憑聰明才智、憑天生的穎悟，那是有生俱來的天賦。當年我十五歲時，我師父風陵師太便知我日後武功必有大成，當時她已決定立我爲第三代掌門人。你此刻雖不及衆位師姊，日後卻不可限量。嗯，不可限量，不可限量，便是這四個字。」我神色迷茫，瞧著師父，不知她是甚麼意思。

師父將口唇附在我耳邊，低聲說道：「你是本派第四代掌門人，我要將本派的一件大祕密說與你知。本派的創派祖師郭女俠，是當年大俠郭靖的小女兒。郭大俠當年名震天下，生平有兩項絕藝，其一是行軍打仗的兵法，其二便是武功。郭大俠的夫人黃蓉黃女俠聰明機智，當時她眼見元兵勢大，襄陽終不可守，他夫婦二人決意以死報國，那是知其不可而爲之的赤心精忠，但郭大俠的絕藝如果就此失傳，豈不可惜？何況她料想蒙古人縱然一時佔得了中國，我漢人終究不甘爲韃子奴隸。日後中原血戰，那兵法和武功兩項，將有極大用處。因此她聘得高手匠人，將神鵰大俠楊過留贈給郭祖師的一柄玄鐵重劍鎔了，再加以西方精金，鑄成了一柄屠龍刀；又以當時最爲鋒銳的兩柄寶劍，楊過大俠的君子劍與楊夫人小龍女的淑女劍，鎔合而鑄成一柄倚天劍。」我對屠龍刀和倚天劍之名聽聞已久，此刻才知這對刀劍竟是本派祖師郭襄女俠的母親所鑄。

師父又道：「黃女俠在鑄刀鑄劍之前，和郭大俠兩人窮數月心力，繕寫了兵法和武功的精要。那兵法是依據一部《武穆遺書》撮寫而成，郭大俠當年曾隨元太祖成吉思汗西征，深知蒙古人的用兵野戰之道，他把這些要點也寫入兵法之中。至於那部武學祕笈，則主要是一部《九陰眞經》，再加上郭祖師外公黃島主的某些絕學、郭大俠夫婦的師父九指神丐的精妙武功。《九陰眞經》中有一部分是速成的武功，可惜給黃島主另外兩個弟子練錯了，黃島主心傷弟子之死，設法予以糾正，使得既可速成，而後患亦屬有限。郭大俠夫婦將這兵法祕笈藏在一個絕頂機密的所在，另在兩塊玄鐵鐵片之上，刻上了這所在的地圖，並注明進入的方法，將鐵片藏入了倚天劍和屠龍刀之中。要得這兵法祕笈，須得先尋到鐵片，而如何剖刀劍取得鐵片，卻要刀劍互用，缺一不可。」

我愈聽愈奇，只聽師父又道：「郭大俠夫婦鑄成一刀一劍之後，將寶刀授給兒子郭公破虜，寶劍傳給本派郭祖師。郭祖師另有個姊姊，叫作郭芙，但她生性魯莽暴躁，因此郭大俠夫婦沒將刀劍傳給她。爲甚麼不直截了當將地圖告知兒子、女兒，卻要兜這個大圈子呢？只因郭大俠夫婦料知兵書和武功秘笈如出世早了，未到逐走蒙古人的時機，落入了奸惡之人手中，不免貽禍無窮，將來未必能留作正用。」

師父說到這裏，壓低了嗓音，神情鄭重，更湊近我耳邊，慢慢說道：「屠龍刀周身皆是玄鐵，難以損毀，但在刀背離刀柄恰恰七寸之處，可用倚天劍離劍柄七寸處的鋒刃慢慢切入，刀劍上即現出鋸齒，緩緩磨鋸，便可將刀劍鋸開。這七寸處在交鋒時不會碰到敵刃，因此留下了一點軟鐵。刀劍互磨，屠龍刀刀背和倚天劍劍身都現出缺口，那鐵片地圖便掉了出來。依據這地圖，便能尋到兵法與祕笈。」

師父頓了一頓，接著道：「襄陽城破之日，郭大俠夫婦與郭公破虜同時殉難，屠龍刀不知下落。郭祖師當時身在西川，待趕去想要相救父母親人，卻已爲時不及。一百年來，武林中風波迭起，這對刀劍換了好幾次主人。後人只知屠龍寶刀乃武林至尊，唯倚天劍可與匹敵，但到底何以是至尊，那就誰都不知道了。郭公破虜青年殉國，沒有傳人，是以刀劍中的祕密，只本派郭祖師傳了下來。她老人家生前曾竭盡心力，尋訪屠龍寶刀，始終沒成功，逝世之時，將這祕密傳給了我恩師風陵師太。我恩師秉承祖師遺命，尋訪屠龍刀也沒結果。她老人家圓寂之時，便將此劍與郭祖師的遺命傳了給我。我接掌本派門戶不久，你師伯孤鴻子和魔教中的一個少年高手結下了樑子，約定比武，雙方單打獨鬥，不許邀人相助。你師伯心知對手年紀甚輕，武功卻極厲害，於是向我將倚天劍借了去。」

我當時聽到「魔教中的少年高手」之時，不自禁的臉上紅了，但隨即想起：「不是他，那時他還沒出世。」

只聽師父續道：「當時我想同去掠陣，你師伯爲人極顧信義，說道他跟那魔頭言明，不得有第三者參與，因此堅決不讓我去。那場比試，你師伯武功並不輸於對手，卻給那魔頭連施詭計，終於胸口中了一掌，倚天劍還沒出鞘，便給那魔頭奪了去。」

我忍不住「啊」的一聲，想起了另一個小魔頭在光明頂上從師父手中奪劍的情景，只聽師父續道：「那魔頭連聲冷笑，說道：『倚天劍好大的名氣！在我眼中，卻如廢銅爛鐵一般！』隨手將倚天劍抛落於地，揚長而去。你師伯拾起寶劍，要回山來交還給我。那知他心高氣傲，越想越難過，只行得三天，便在途中染病，就此不起。倚天劍也給當地官府取了去，獻給朝廷。你道氣死你師伯孤鴻子的這個魔教惡徒是誰？」我道：「不……不知是誰？」師父道：「便是後來害死你紀曉芙師姊的那個大魔頭楊逍！」我又忍不住「啊」了一聲。

師父悄聲對我道：「芷若，時刻無多，咱們不能多說了。這柄倚天劍後來韃子皇帝賜給了汝陽王，我到汝陽王府去盜了回來。這一次又不幸誤中奸計，這劍落入了魔教手裏。」我道：「不是啊，是那個趙姑娘拿了去的。」師父眼睛一瞪，說道：「這姓趙的女子，明明跟那魔教教主是一路的，難道你到此刻，仍不信為師的言語？」我實難相信，但不敢和師父爭辯。

師父道：「為師要你接任掌門，實有深意。我此番落入奸徒手中，一世英名，付與流水，也不願再生出此塔。那姓張的淫徒對你心存歹意，決不致害你性命，你可和他虛與委蛇，乘機奪了他的倚天劍。那屠龍刀是在他義父惡賊謝遜手中。這小子無論如何不肯吐露謝遜的所在，但天下卻有一人能叫他去取得此刀。」

我知師父說的是我，又驚又羞，又喜又怕。

果然師父道：「這個人，就是你了。我要你以美色相誘而取得寶刀寶劍，原非俠義之人份所當爲。但成大事者不顧小節。你且試想，眼下倚天劍在那姓趙的女子手中，屠龍刀在謝遜惡賊手中，他這一干人同流合污，一旦刀劍相逢，取得郭大俠的兵法武功，以此荼毒蒼生，天下不知將有多少人無辜喪生、妻離子散，而驅除韃子的大業，更難上加難。芷若，我明知此事太難，實不忍要你擔當，可是我輩一生學武，所爲何事？芷若，我是爲天下的百姓求你。」說到這裏，師父突然雙膝跪下，向我拜倒。

我這一驚非同小可，忙即跪下，叫道：「師父，師父！你……」師父道：「悄聲，別讓外邊的惡賊聽見。你答不答允？你不答允，我不能起來。」我心亂如麻，在這短短的時刻之中，師父連續逼我做三件大難事，先是立下毒誓，不許對張無忌傾心，再要我接任本派掌門，然後又要我以美色對張無忌相誘而取得屠龍刀和倚天劍。這三件事便在十年之中，分別要我先後答允，我也要抵擋不住，何況在這片刻之間？我神智一亂，便暈了過去，甚麼也不知道了。

過了一會，我只覺上唇間一陣劇烈疼痛，睜開眼來，只見師父仍直挺挺的跪在我面前。我哭道：「師父，你老人家快請起。」師父道：「那你答允我的所求了？」我怎能說「不允」，只得流著淚點了點頭，險些又要暈去。

師父抓住我手腕，低聲道：「你取到屠龍刀和倚天劍後，找個隱祕的所在，先以刀劍互切，再以鋸齒互鋸，寶刀寶劍開口，即可取出藏在其中的鐵片。這是取出地圖的惟一法門。你記住了麼？」她說話聲音雖低，語氣卻極嚴峻。我點頭答應。

師父又道：「這是本派最大的祕密，自從當年郭大俠夫婦傳於本派郭祖師，此後只本派掌門始能獲知。想那屠龍刀和倚天劍都是鋒銳絕倫的利器，就算有人同時得此寶刀寶劍，有誰敢冒險以刀劍互切，無端端的同時毀了這兩件寶刃？你取得兵法之後，擇一個心地仁善、赤誠爲國的志士，將兵書傳授於他，要他立誓驅除胡虜。那武功祕笈便由你自練。其中純陽剛猛的武功，你練之不宜，只可練《九陰眞經》中的功夫。爲了抵禦強敵，不得已而求邀等速成，你練了之後，憑著絕頂武功，便可號召中原武林，得羣豪歸心。你辦成了大事之後，仍須按部就班的重紮根基，那速成的功夫只能用於一時，是應急的權宜之道，並非天下無敵的眞正武學。這一節務須牢記在心。」

我迷迷糊糊的點頭。師父道：「爲師的生平有兩大願望，第一是逐走韃子，光復漢家山河；第二是峨嵋派武功領袖羣倫，蓋過少林、武當，成爲中原武林中的第一門派。這兩件事說來甚難，但眼前擺著一條明路，你只須遵從師父的囑咐，未始不能一一成就，那時爲師在九泉之下，也要對你感激涕零。」……

周芷若垂下頭來，聽謝遜仍在輕聲唸經，耳中似乎聽到了海島旁潮水湧來、波濤沖上沙灘之聲，心想：「那日也眞機緣極巧，我們一行人來到了那無名小島之上，我毫不費力的便從趙敏身邊摸到了那瓶『十香軟筋散』，我搶著做菜做飯，將毒藥悄悄下在湯裏自是毫不爲難。各人飯菜一下肚，沒多久便即昏迷不醒。

「我提劍站在這小魔頭身旁，高高舉起了劍，可就是斬不下去。他忽然向著我笑了笑，神氣說不出的可愛，是不是夢裏見到了我？我伸左手輕輕摸了摸他臉，我怎捨得一劍殺了他？謝遜威風凜凜的，就算睡著了，也可怕得很。我心中已有決定。我先到岸邊把波斯船支走，又在蛛兒臉上劃下十幾道血痕，將她和趙敏二人拋入大海。我將屠龍刀和倚天劍搬到遠處的山洞之中，再用劍削去自己半邊頭髮，又忍痛削了隻耳朵，吃下了一點十香軟筋散，回到原處睡倒。『十香軟筋散』是趙敏的，她又失了蹤，只要屍首不飄回島來，那就天衣無縫了。一天夜裏，我照著師父所說的方法，以刀劍互切，再以刀劍上的鋸齒鋸出缺口，果然跌出了兩塊鐵片，一塊刻著『普渡山東桃花島』的字樣，另一塊則是一幅繁複曲折的地圖，地圖上有箭頭指示。

「我知道普渡山是在江浙西路。回到中土之後，我和本派的師姊們相遇，我把本派的總門暫時遷到定海，自行僱船到了桃花島。島上布置古怪，道路曲折，令人轉得暈頭轉向，顯是高手依著五行生剋之理構築房舍屋宇，但我既有地圖指點，也就沒有難處。按圖索驥，終於在一個山洞的地下掘出了兩本鈔本。我拿回定海總門，靜靜披閱，依照師父的遺命，學練《九陰眞經》中可以速成致用的功夫。『九陰白骨爪』和『白蟒鞭』兩項武功，果然輕捷易練，只幾個月時間，這兩套武功便打得丐幫與武當派望風披靡。這個黃衣女子不知是甚麼來歷，她的武功顯然也是以《九陰眞經》爲基，但醇眞深厚，非我所及，我的『九陰白骨爪』碰上了她便縛手縛腳，竟全無施展的餘地。」

兩人以快打快，轉瞬間拆了七八十招。謝遜年紀比成崑小了十餘歲，氣血較壯，冰火島上奇寒酷熱的鍛練，於內力修爲大有好處，百餘招中絲毫不落下風。

三十九　秘笈兵書此中藏

周芷若正想得昏昏沉沉，神魂顚倒，只聽得謝遜唸經的聲音忽然響了起來：「一切有爲法，如夢幻泡影，如露亦如電，應作如是觀。」躬身向著三僧禮拜。三僧合什還禮，齊聲唸道：「善哉，善哉！一切世間天、人、阿修羅，聞佛所說，皆大歡喜，信受奉行。」

張無忌跟著謝遜站直身子，攜了他手，正要並肩走開。謝遜忽道：「且慢！」指著少林僧衆中一名老僧叫道：「成崑！你站出來，當著天下衆英雄之前，將諸般前因後果分說明白。」羣雄吃了一驚，只見這老僧弓腰曲背，形容猥瑣，相貌與成崑截然不同。張無忌正待說：「他不是成崑。」只聽謝遜又道：「成崑，你改了相貌，聲音卻改不了。你一聲咳嗽，我便知你是誰。」那老僧獰笑道：「誰來聽你這瞎子胡說八道。」

他一開口說話，張無忌立時辨認了出來，那日光明頂上他身處布袋之中，曾聽成崑長篇大論的說話，對他語音記得清清楚楚，此刻成崑雖故意逼緊喉嚨，身形容貌更喬裝得十分巧妙，但語音終究難變。張無忌縱身躍出，截住了他後路，說道：「圓眞大師，成崑前輩，大丈夫光明磊落，何不以本來面目示人？」

成崑喬裝改扮，一直潛伏在人叢之中，始終不露破綻，他見謝遜逃脫大難，正待另思他計，忍不住輕輕一聲咳嗽，謝遜雙眼盲後聽力特靈，對他又記著銘心刻骨的血仇。就謝遜而言，這一聲咳嗽不啻是個晴天霹靂，立時便將他認了出來。

成崑眼見事已敗露，長身大喝：「少林僧衆聽者：魔教擾亂佛地，藐視本派，衆僧一齊動手，格殺勿論。」他手下黨羽紛紛答應，抽出兵刃便要上前動手。

空智只因師兄空聞方丈受本寺叛徒挾制，忍氣已久，此刻聽圓眞發令與明教動手，這一場混戰下來，本寺僧衆不知將受到多大損傷，權衡輕重，終究闔寺僧衆的性命事大，便即喝道：「空聞方丈已落入這叛徒圓眞手中，衆弟子先擒此叛徒，再救方丈。」

霎時之間，峯頂上亂成一團。

張無忌見周芷若委頓在地，臉上滿是沮喪失意，心下甚爲不忍，上前解開她穴道，扶她起身。周芷若揮手推開他手臂，逕自躍回峨嵋羣弟子之間。

只聽謝遜朗聲說道：「今日之事，全從成崑與我二人身上所起，種種恩怨糾纏，須當由我二人了結。師父，我一身本事是你所授；成崑，我全家是你所殺。你的大恩大仇，今日咱二人來算個總帳。」

成崑見空智不顧一切的發傳號令，終究少林寺僧侶正派者遠爲衆多，自己黨羽佔不到合寺僧衆的一成，看來接掌少林方丈的圖謀終於也歸鏡花水月，心想：「謝遜作惡多端，我若制服了他，大可將一切罪行推在他頭上。他的武功皆我所授，他雙眼又盲，難道我還對付他不了？」說道：「阿遜，江湖上有多少英雄好漢命喪你手。今日更招引明教大批魔頭，來少林擾亂佛門福地，與天下英雄爲敵。我深悔當年傳授了你武功，此刻非得清理門戶、處治你這欺師滅祖的逆徒不可！」說著大踏步走到謝遜面前。

謝遜高聲道：「謝遜向四方英雄請問，我謝遜的武功，原是這位成崑師父所授，可是他逼姦我妻不遂，殺我父母妻兒。師尊雖親，總親不過我的親爹親娘。我找他報仇，該是不該？」四下裏羣雄轟然叫道：「該當報仇，該當報仇！」

成崑更不作聲，呼的一掌，便向謝遜頭上劈去。謝遜頭一偏，讓過頂門要害，啪的一響，這一掌打在他肩頭。謝遜哼的一聲，並不還手，說道：「成崑，當年你傳我這招『長虹經天』之際，說道倘若擊中敵身，便當運混元一氣功傷敵，你爲甚麼不運功啊？是不是年紀老了，無功可運了？」原來成崑第一招只是虛招，沒料到對方竟不閃不躲，一擊而中。但他這一招全沒使上勁力，是以謝遜並未受傷。

成崑左手虛引，右手發掌拍出。謝遜斜身讓過，仍不還招。成崑雙腿連環踢出，啪啪兩響，謝遜脅下連中兩腿。這兩腿的勁力卻厲害無比，饒是謝遜體格粗壯，可也禁受不起，哇的一聲，一大口鮮血噴將出來。

張無忌急叫：「義父，還招啊！你怎能儘挨打不還手！」謝遜身子搖晃幾下，苦笑道：「他是我師父，受他兩腿一掌，原也應該。」驀地裏作聲長嘯，揮掌疾劈。

成崑暗叫：「倒霉！我只道他對我仇深似海，一上來就會拚命，早知他肯讓我三招，我先前何不痛下殺手，以致失卻良機？」見謝遜此掌來得凌厲，左手斜引，卸開掌力，轉了半個圈子，旋到他身後，欺他目不見物，右掌無聲無息的往他背後按去。謝遜卻如親眼所見，反足踢出。成崑輕輕高躍，從半空中如鷹隼般撲擊下來。他年逾古稀，身手之矯捷竟不輸少年。謝遜雙手上托，成崑下擊之勢受阻，又彈了上去，在半空中輕輕迴旋，又撲擊下來。

兩人以快打快，轉瞬間拆了七八十招。謝遜雖目不見物，但他一身武功全是成崑所授，他的拳腳成崑固所深悉，而成崑諸般招數，他也無不了然於胸。數十年來二人內功修爲俱各大進，拳腳的招術卻仍是本門解數。謝遜不必用眼，便知自己這掌過去，對方將如何拆招，而其後來招，多半是那幾項變化中的一項。他年紀比成崑小了十餘歲，氣血較壯，冰火島上奇寒酷熱的鍛練，於內力修爲大有好處，百餘招中絲毫不落下風。

謝遜與成崑仇深似海，苦候數十年，此刻方始交上了手，張無忌本來料他定要不顧性命的撲擊，與成崑鬥個兩敗俱傷，那知他一招一式竟沉穩異常，門戶守得極爲嚴密。張無忌初時略覺詫異，又看了數十招，當即領悟，成崑武功之強當在謝遜之上，謝遜若一上來便逞血氣之勇，只怕支持不到三百招以上。顯然謝遜心中仇恨越深，手上越穩，生怕自己先毀在成崑手下，報不了父母妻兒的血仇。

堪堪拆到二百餘招，謝遜一聲大喝，挺拳擊出，拳勢成風。崆峒派的關能叫道：「七傷拳！」只見謝遜左右雙拳連續擊出，威猛無儔，崆峒諸老相顧駭然，都不由得自愧不如。成崑連避三拳，待他右拳又再擊到，右掌平推出去。啪的一響，拳掌相交，謝遜鬚髮俱張，威風凜凜的站著不動，成崑卻連退三步。

旁觀羣雄中許多人都喝起采來。謝遜與成崑結仇的經過和原因，這時江湖上傳聞已遍。衆人雖惱謝遜濫傷無辜，但也覺他所遇極慘，他師父太也奸險，除了親友爲他所傷的那些人之外，大半倒盼他得勝。

謝遜搶上三步，跟著呼呼兩拳擊出，成崑穩穩還了兩掌，再退三步。張無忌心下暗驚：「啊喲！成崑使的是少林九陽功，那是他拜空見神僧爲師後所學的功夫，義父可未得傳授。」謝遜練七傷拳時爲求速成，當年便已暗受內傷，拳力中原有缺陷，成崑深悉其中關鍵所在，故示以弱，卻將少林九陽功使將出來。謝遜每一拳打出，成崑受了他拳力的七成，卻將餘下三成反激回去。謝遜呼呼打出一十二拳，成崑連退數十步，看來似乎謝遜大佔上風，其實內傷越受越重。幸而成崑後來又練幻陰指，走上了純陰道路，抵消了原學少林九陽功的不少功力。

張無忌焦急萬分，這是義父一生夢寐以求的復仇機緣，自己決不能插手相助，但如此再鬥數十拳，義父勢不免嘔血身亡。

空智突然冷冷的道：「圓眞，我師兄當年傳你這少林九陽功，是教你用來害人麼？」成崑冷笑道：「我恩師命喪七傷拳下，今日我是爲恩師報仇雪恥。」

趙敏突然叫道：「空見神僧的九陽功修爲遠在你之上，他爲甚麼不能抵擋七傷拳？空見大師是害在你這奸賊手裏的。你騙得他老人家出頭化解冤孽，騙得他挨打不還手。嘿嘿，你看，你背後站的是誰？滿臉是血，怒目指著你背心，這不是空見神僧麼？」

成崑明知是假，但他做了這件虧心事後，不免內疚神明，不由自主的打了個寒噤。正在此時，謝遜又發拳擊到，成崑出掌擋格，身子微晃，竟沒後退，分心之下，眞氣走得岔了，給這拳打得胸口氣血翻湧，當即展開輕身功夫，在謝遜身旁遊走，過了一會方得氣息調勻。

趙敏叫道：「空見神僧，你緊緊釘住他，不錯，就是這樣，在他後頸中呵些冷風。你死在徒兒手中，他也必死在徒兒手中，這叫做一報還一報，老天爺有眼，報應不爽。」

成崑給她叫得心中發毛，疑心生暗鬼，隱隱似覺後頸中果然有陣陣冷風吹襲，忙亂之際，一時想不到這峯頂上終年山風不絕，加之他二人縱躍來去的打鬥，後心自然有風。

趙敏見他微有遲疑，又叫：「啊喲，成崑，你回過頭去看看背後。你不敢回頭麼？你瞧地下黑影，爲甚麼二人打鬥，卻有三個黑影？」

成崑情不自禁的一低頭，果見兩個人影中多了個黑影，心中一窒，謝遜已發拳打到。成崑不及拆解，硬碰硬的還拳相擊，砰的一響，二人各以眞力相抗，都是身子搖晃，各退一步。成崑這才看清，原來那黑影只是斷折了的半截松樹的影子。

他久戰不勝，心中早便焦躁，暗想：「他是我徒兒，眼又盲了，我竟仍奈何他不得，我的心腹在旁瞧著也是不服。我那幻陰指神功，那日偏又給張無忌這萬惡小賊以純陽內力破了，否則今日又怎會跟他纏鬥這麼久？眼下情勢險惡，唯有儘速制住這逆徒，方能挾制明教，又可乘機挑動與他有仇之人。至不濟也能脫身自保。」心念動處，移步換形，悄沒聲息的向斷松處退了兩步。

謝遜連發三拳，搶上兩步，成崑又退兩步，想引他在斷松上絆倒。謝遜正待上前追擊，張無忌叫道：「義父，小心腳下！」謝遜一凜，向旁跨開，便這麼稍一遲疑，成崑已找到空隙，左掌無聲無息的拍到，正印在謝遜胸口，掌力吐處，謝遜向後便倒。

成崑提腳向他頭蓋踹落。謝遜一個打滾，又即站起，嘴角邊不住流出鮮血。成崑寂然不動，右掌緩緩伸出。謝遜與他相鬥，全仗熟悉招數，輔以聽風辨形，此刻成崑這一掌出手不按常法，慢慢移到謝遜面門，突然拍落，打在他肩頭。謝遜身子晃動，強力撐住。

羣雄中多人不服，紛紛叫嚷：「亮眼人打瞎子，使這等卑鄙手段！」

成崑不理，又緩緩伸掌拍出。謝遜凝神傾聽，感到敵掌襲來，立時舉手格開。

張無忌見義父滿頭黃髮飛舞，嘴角邊沾滿鮮血，心下忿急，情知這般鬥將下去，他非死在成崑手下不可，只是在這當口自己若出手相助，縱然殺得成崑，義父也必憾恨終生。他抓住趙敏的手，急道：「快想個計較才好。」趙敏道：「你能偷發暗器，打瞎老賊雙目麼？」張無忌搖頭道：「義父決不肯讓我做這等事！」

只見成崑又緩緩發掌拍出，趙敏叫道：「胸口！」謝遜右拳在胸口直擊而下，成崑這掌不等使老，便即收回。他連出幾招慢掌，都給趙敏叫破，眼見此法已難奏功，當即將計就計，又出掌緩緩拍向謝遜右肩。趙敏叫道：「右肩！」成崑左肩微動，張無忌立明其意，大叫：「後心！」謝遜聽到趙敏叫聲時，揮右臂擋格拍向右肩的一掌，豈知成崑先一掌卻是虛招，以趙敏的呼叫引開謝遜右臂，左掌乘虛而入，啪的一聲，重重擊在他後心。張無忌雖及時提醒，但成崑這一掌出招快極，謝遜待得聽到張無忌叫聲，已然不及變招。

衆人驚呼聲中，謝遜一大口鮮血噴出，盡數噴在成崑臉上。成崑「啊」的一聲，伸手去抹。謝遜滾倒在地。只聽到兩人齊聲大叫，突然之間，兩人都失了影蹤。

原來謝遜一摔倒，立即抱住成崑雙腿，奮力急扯，兩人雙雙摔入了地牢。地牢中積水齊腰，上方開口不大，透入亮光有限，裏面到處漆黑，成崑臉上又遭鮮血噴射，矇了雙眼，登時也與瞎子相差無幾。他急速後躍，只盼遠離敵手，但地牢狹窄，一躍之下，後背重重撞上石壁，想要縱身躍起，小腹上卻中了一招七傷拳，登時劇痛入心。他知這一拳受傷不輕，若再上躍，勢必連續中拳，當即招數急變，以「小擒拿手」禦敵。

這「小擒拿手」原就用於黑暗中近身搏擊，講究應變奇速，眼雖不見，但手指、手掌、手臂、手肘任何一處碰到敵人身體，立時擒拿抓打、撕戳勾撞。謝遜大喝一聲，也以「小擒拿手」還擊。衆人只聽得地牢中呼喝連連，夾雜著拳掌與肉體相碰之聲，迅如爆豆，大片大片泥水濺上，料想兩人均正全速相攻。張無忌心中怦怦亂跳，暗想此刻義父若遭凶險，便欲出手相救也不可得，在勢又不能躍入地牢相助，只急得背上全是冷汗。

謝遜雙眼已盲了二十餘年，聽聲辨形的功夫早練得爛熟，以耳代目，行之已慣。成崑雙目剛爲鮮血所矇，瞧出來模模糊糊，陡然間只能如瞎子般亂打亂拿，雙方勢頭立時逆轉。成崑心中驚懼，一時苦無善策，只得兩條手臂使得猶如疾風驟雨一般，加快施展「小擒拿手」中的狠著，尋思：「拚著再受你一拳，說甚麼也得到上面去打。」

羣雄一步步走近地牢，掌心中都揑著一把冷汗，耳聽得成崑與謝遜吆喝之聲不絕從地底傳上，兀自未分勝負。驀地裏成崑一聲慘叫，跟著兩個人影從地牢中先後躍上。

日光之下，只見成崑和謝遜均雙目流血，相對不動。

原來激鬥之中，驀地裏謝遜雙掌分進，搶擊成崑脅下。成崑大喜，叫聲：「著！」右手食中二指，疾取謝遜雙目。這招「雙龍搶珠」招式原也尋常，只是夾在「小擒拿手」中使出，卻具極大威力，對方勢必側頭閃避，那時他左手迎頭橫掃，非擊中敵人太陽要穴不可。那知謝遜不閃不避，也喝一聲：「著！」也是一招「雙龍搶珠」使出，食中二指插向他雙目。

成崑二指插中謝遜眼珠，腦海中如電光石火般一閃：「糟糕！」跟著自己雙眼一痛，已遭謝遜二指插中。謝遜所使招式，正是自己所教，二人所受重傷亦無二致。但謝遜雙眼早盲，再給成崑二指插中，皮肉受損雖然不輕，並不因此關礙目力；成崑卻變成了盲人。成崑忙逃出地牢，謝遜立即追上。

謝遜冷笑道：「瞎子的滋味好不好過？」呼的挺拳擊去。成崑目不見物，沒法閃避，一招「七傷拳」正中胸口。謝遜左手跟著又是一拳，成崑倒退數步，摔在斷松之上，口中鮮血狂噴。他連中兩招七傷拳，已然傷筋斷脈。

忽聽得渡厄說道：「因果報應，善哉，善哉！」謝遜一呆，第三拳擊去，在中途凝力不發，說道：「我本當打你一十三拳七傷拳，為空見神僧報仇。但你武功全失，雙目已盲，從此成爲廢人，再也不能在世間爲惡。餘下的一十一拳，那也不用打了。」

張無忌等見他大獲全勝，都歡呼起來。謝遜突然坐倒在地，全身骨骼格格亂響。張無忌大驚，知他逆運內息，要散盡全身武功，忙道：「義父，使不得！」搶上前去，便要伸手按上他的背心，以九陽神功制止。

謝遜猛地裏躍起身來，伸手在自己胸口狠擊一拳，隨即雙臂軟軟垂下。張無忌忙伸手扶住，只覺他手勁衰弱已極，顯是功力全失，再難復原了。

謝遜指著成崑道：「成崑，你殺我全家，我今日毀你雙目，廢去了你的武功，以此相報。師父，我一身武功是你所授，今日我自行盡數毀了，還了給你。從此我和你無恩無怨，你永遠瞧不見我，我也永遠瞧不見你。」

成崑雙手按著眼睛，痛哼一聲，並不回答。

羣雄面面相覷，那想到這一場師徒相拚，竟會如此收場。

謝遜朗聲道：「我謝遜作惡多端，原沒想能活到今日，天下英雄中，有那一位的親人師友曾爲謝某所害，便請來取了謝某的性命去。無忌，你不得阻止，更不得事後報復，免增你義父罪業。」張無忌含淚答應。

羣雄中雖有不少人與他怨仇極深，但見他報復自己全家血仇，只廢去成崑的武功，而他自己武功也已毀了，若再上前刺他一劍、打他一拳，實不是英雄好漢的行逕。

人叢中忽然走出一條漢子，說道：「謝遜，先父雁翎飛天刀傷在你手下，我給先父報仇來啦！」說著走到他身前。謝遜黯然道：「不錯，令尊邱老英雄確是在下所害，當年我們是一對一的光明相鬥，誰也沒佔誰的便宜，令尊英雄氣慨，爲人仁義，在下至今佩服。便請邱兄動手。」

那姓邱的漢子拔刀在手，走上兩步。張無忌心中一片混亂，若不出手阻止，義父便命喪這漢子刀下，但若將這漢子打發了，只怕反令義父有生之年更增煩惱。他身子發顫，不由自主的也踏上了兩步。謝遜喝道：「無忌，如你阻人報仇，對我是大大不孝。我一生罪業深重，便死十次也還不清血債。」

那姓邱漢子舉刀當胸，突然眼中垂下淚來，一口唾沫，吐到了謝遜臉上，哽咽道：「先父一世英雄，如他老人家在天之靈，見我手刃一個武功全失的盲人，定然惱我不肖……」嗆啷一聲，單刀落地，掩面奔入人叢。

跟著又有一個中年婦人走出，說道：「謝遜，我爲我丈夫陰陽判官秦大鵬報仇來啦！」走到謝遜面前，也是一口唾沫吐到了他臉上，大哭走開。

張無忌見義父接連受辱，始終直立不動，心中痛如刀割。

武林豪士於生死看得甚輕，卻決計不能受辱，所謂「士可殺而不可辱」。這二人每人一口唾沫吐在他臉上，實是最大的侮辱，謝遜卻安然忍受，可知他於過去所作罪業，當眞痛悔到了極點。人叢中一個又一個的出來，有的打謝遜兩記耳光，有的踢他一腳，更有人破口痛罵，謝遜始終低頭忍受，既不退避，更不惡言相報。

如此接連三十餘人，一一侮辱了謝遜一番。最後一名長鬚道人出來，稽首道：「貧道太虛子，我兩位師兄命喪謝大俠拳底。貧道今日得見謝大俠風範，深自慚愧，貧道劍下也曾殺過無數黑白兩道豪傑，我若找你報仇，旁人也可找我報仇。」說著拔出長劍，左手振指一彈，噹的一聲，長劍斷爲兩截。他投斷劍於地，向謝遜行禮而去。

羣雄竊竊私議，這太虛子江湖上其名不著，也不知是何門派，武功卻如此了得，更難得的是心胸寬廣，能夠自責，看來再沒人出來向謝遜爲難了。

不料羣議未畢，峨嵋派中走出一名中年女尼，走到謝遜身前，說道：「殺夫之仇，我也是一口唾沫了結了罷！」說著口一張，一口唾沫向謝遜額頭吐去。這口唾沫勢夾勁風，去勁凌厲，中間竟挾著一枚棗核鋼釘。

謝遜聽得風聲有異，微微苦笑，並不閃避，心想：「我此刻方死，已然遲了。」

驀地裏黃影一閃，那黃衫女子陡地飛身搶前，衣袖拂動，將棗核釘捲在袖中，喝道：「這位師太法名如何稱呼？」那女尼見突擊不中，微現驚惶之色，說道：「我叫靜照。」黃衫女子道：「嗯，靜照，靜照。你出家之前的丈夫叫甚麼名字？怎生爲謝大俠所害？」靜照怒道：「這跟你有甚麼相干？要你多管甚麼閒事？」黃衫女子道：「謝大俠懺悔前罪，若有人爲報父兄師友大仇，縱然將他千刀萬剮，謝大俠均所甘受，旁人原也不能干預。但若有人心懷叵測，意圖混水摸魚，殺人滅口，那可人人管得。」

靜照道：「我和謝遜無怨無仇，何必要殺人滅……」底下這「口」字尚未說出，陡然知道說錯了話，急忙停住，臉色慘白，不禁向周芷若望了一眼。

黃衫女子道：「不錯，你跟謝大俠無怨無仇，何故要殺人滅口？哼，峨嵋派靜字輩十二女尼之中，靜玄、靜虛、靜空、靜慧、靜迦、靜照，均是閨女出家，何來丈夫？」

靜照一言不發，掉頭便走。

黃衫女子喝道：「這麼容易便走了？」搶上兩步，伸掌往她肩頭抓去。靜照斜身卸肩，避開她這一抓。黃衫女子右手食指戳向她腰間，跟著飛腳踢中了她腿上環跳穴。靜照摔倒在地。黃衫女子冷笑道：「周姑娘，這殺人滅口之計可不很高明啊！」

周芷若冷冷的道：「靜照師姊向謝遜報仇，說甚麼殺人滅口？」左手一揮，說道：「這兒無數名門正派的弟子，不明邪正之別，甘願跟旁門妖魔混在一起。峨嵋派可犯不著趕這淌混水，咱們走罷。」峨嵋派人衆一聲答應，都站了起來。兩名女弟子去扶過靜照，那黃衫女子卻也不加阻攔。周芷若率領同門，下峯去了。

張無忌走到那黃衫女子跟前，長揖說道：「承姊姊多番援手，大德不敢言謝。只盼示知芳名，以便張無忌日夕心中感懷。」黃衫女子斂衽還禮，從懷裏掏出一個小包，交給張無忌，說道：「種種疑竇，由此索解。」這個小包，正是她適才從周芷若懷中摸出來的。張無忌接在手裏，茫然不解。

黃衫女子微微一笑，說道：「終南山後，活死人墓，神鵰俠侶，絕跡江湖。」右手一招，帶了隨來的八名少女，飄然而去。

丐幫小幫主史紅石叫道：「楊姊姊，楊姊姊！」峯腰間傳來那女子的聲音道：「丐幫大事，請張教主周旋相助。」張無忌朗聲道：「謹遵台命。」那女子道：「多謝了！」這「多謝了」三字遙遙送來，相距已遠，仍淸晰異常。張無忌心下不由得一陣惆悵。

張無忌呆了半晌，轉身拉過周顛，多謝他適才捨命助己，刀劃己臉，見他受傷不輕，忙命人取藥爲他敷治。周顛道：「老周本來醜陋，心中好生佩服范右使爲教傷身，這次不過是學他一學。」

空智走到成崑身前，喝道：「圓眞，快吩咐放開方丈。老方丈若有三長兩短，你的罪業可就更大了。」成崑苦笑道：「事已至此，大家同歸於盡。此刻我便要放空聞和尙，也已來不及了。你又不是瞎子，這時還瞧不見火燄嗎？」

空智回頭向峯下瞧去，果見寺中黑煙和火舌冒起，驚道：「達摩堂失火！快，快去救火！」羣僧一陣大亂，紛紛便要奔下山去。

忽見達摩堂四周一條條白龍般的水柱齊向火燄中灌落，霎時間便將火頭壓下。

空智合掌唸佛，道：「阿彌陀佛，少林古刹免了一場浩劫。」不久兩名僧人搶上峯來，稟報道：「啓稟師叔祖，圓眞手下的叛逆縱火焚燒達摩堂，幸得明教洪水旗下衆英雄仗義，已撲滅烈火。」

空智走到張無忌身前，躬身合什道：「少林千年古刹免遭火劫，全出張教主大恩大德，合寺僧侶感恩無盡。」張無忌還禮遜謝，道：「此事份所當爲，大師不必多禮。」空智道：「空聞師兄爲這叛徒囚於達摩院中，火勢雖滅，不知師兄安危如何。張教主與衆位英雄少待，老衲須得前去察看。」

成崑哈哈大笑，道：「空聞身上澆滿了火油菜油，火頭一起，早已了帳。洪水旗救得了達摩院，須救不得老方丈。」忽然峯腰傳來一人聲音，說道：「洪水旗救不得，還有厚土旗呢。」卻是范遙的聲音。他話聲甫畢，便和厚土旗掌旗使顏垣奔上峯來，兩人攙扶著一位老僧，正是少林寺方丈空聞。

空智搶上去抱住空聞，叫道：「師兄，你身子安好？師弟無能，罪該萬死。」空聞微笑道：「全仗這位范施主和顏施主從地道中穿出來相救，否則你我焉有再見之日？」

空智見師兄空聞與范遙、顏垣都鬚眉燒焦，臉上手上均給燒起火疱，足見當時局面之危險，向范遙、顏垣深禮致謝，道：「范施主，老僧先前無禮冒犯，尚請原宥。大都萬安寺之約，老僧是不敢去的了。」武林人士訂下比武約會，倘若食言不到，比之較技服輸可要丟臉萬倍。空智對范遙干冒大險相救師兄的恩德感激無已，這才自甘毀約。兩人本來互相佩服，經此一事，更加傾心接納，從此成為至交好友。

原來成崑事先計劃周詳，於英雄大會前夕出其不意的點中了空聞穴道，將他囚在達摩院中，院中放滿硝礦柴草等引火之物，分派心腹看守，脅迫空智事事須聽自己吩咐，否則立時縱火，焚死空聞。其後事與願違，一切均非先前意料所及，一敗塗地之餘，便傳出號令，命心腹縱火，那是他破釜沉舟的最後一著棋子。只盼羣雄與僧衆忙於救火，他心腹人等便可乘亂將他救下山去。不料楊逍於大隊到達少室山之前數日，便已命厚土旗先行打下地道，通入少林寺中，本是想設法相救謝遜，可是謝遜並非囚於寺內，厚土旗人衆遍尋不得，卻乘機磨去了十六尊羅漢像背上的字跡。

後來張無忌與周芷若聯手攻打金剛伏魔圈，待得成崑現身，當衆與空智破臉，趙敏與楊逍便瞧出端倪。兩人計議之下，請范遙率領洪水、厚土兩旗，潛入寺中相救空聞。可是成崑布置周密毒辣，達摩院內外硝礦油柴堆積甚衆，一經點燃，立時滿院烈火，燒死了厚土旗的五名教衆。范遙與顏垣冒煙突火，救出空聞，但三人也給烈火燒得鬚眉俱焦，若不是從地道中脫險，勢必葬身火窟。達摩院及鄰近幾間僧舍為火所焚，幸而未曾蔓延，大雄寶殿、藏經閣、羅漢堂等要地未遭波及。

空聞與空智商議了幾句，傳下法旨，將成崑手下黨羽盡數拘禁於後殿待命。成崑在少林寺日久，結納的徒黨著實不少，但魁首受制，方丈出險，衆黨羽眼看大勢已去，誰也不敢抗拒，在羅漢堂首座率領僧衆押送之下，垂頭喪氣的下峯。

張無忌走到謝遜身邊，只叫了聲：「義父！」出聲哭泣，淚如雨下。謝遜笑道：「痴孩子！你義父承三位高僧點化，大徹大悟，畢生罪業一一化解，你該當代我歡喜才是，有甚麼可難過的？我廢去武功有何可惜，難道將來再用以爲非作歹麼？」

張無忌無言可答，但心下酸痛，又叫了聲：「義父！」

謝遜走到空聞身前，跪下說道：「弟子罪孽深重，盼方丈收留，賜予剃度。」空聞尚未回答，渡厄道：「你過來，老僧收你爲徒。」謝遜道：「弟子不敢望此福緣。」他拜空聞爲師，乃「圓」字輩弟子，若拜渡厄爲師，叙「空」字輩排行，和空聞、空智便是師兄弟稱呼了。渡厄喝道：「咄！空固是空，圓亦是空，我相人相，好不懵懂！」

謝遜一怔，登即領悟，甚麼師父弟子、輩份法名，於佛家盡屬虛幻，便說偈道：「師父是空，弟子是空，無罪無業，無德無功！」渡厄哈哈笑道：「善哉，善哉！你歸我門下，仍叫作謝遜，你懂了麼？」謝遜道：「弟子懂得。牛屎謝遜，皆是虛影，身既無物，何況於名？」謝遜文武全才，於諸子百家之學無所不窺，一旦得渡厄點化，立悟佛家精義，自此歸於佛門，終成一代大德高僧。

渡厄道：「去休，去休！纔得悟道，莫要更入魔障！」攜了謝遜之手，與渡劫、渡難緩步下峯。空聞、空智、張無忌等一齊躬身相送。金毛獅王三十年前名動江湖，做下了無數驚世駭俗的大事，今日得報大仇，卻身入空門，羣雄無不感嘆。張無忌既感歡喜，又甚悲傷。

空聞說道：「衆英雄光臨敝寺，說來慚愧，敝寺忽生內變，多有得罪，招待不周，歉仄之至。衆英雄散處四方，今日一會，未知何時重得相聚，且請寺中坐地。」

當下羣雄下峯入寺，少林寺中開出素餐接待。衆僧侶做起法事，爲會中不幸喪命的英雄超度。羣雄逐一祭弔致哀。此後少林派清理圓眞、空如等一夥叛徒，由空聞、空智主持。張無忌等以此事與外人無關，不便參預。

謝遜的大事已了，張無忌想起黃衫女子之言，便即請李天垣率領天鷹旗下教衆，由彭瑩玉策應相助，去那無名小島迎回屠龍刀和倚天劍。天鷹教與屠龍刀頗有淵源，張無忌請李天垣前去取刀，含有紀念外公及亡母之意。張無忌當日離島時，曾詳細記明該島的所在位置，並向李彭二人簡略說明島上的地理情景，料想埋藏刀劍的所在，該是周芷若每晚所居的山洞之中。李天垣、彭瑩玉欣然領命而去。

張無忌用過齋飯後，與史紅石及丐幫諸長老在西廂房中敘話，商議丐幫大事，忽有教眾來報：「教主，武當張四俠到來，有要事相商。」

張無忌吃了一驚：「莫非太師父有甚不測？」忙搶步出去，來到大殿，向張松溪拜倒，見他神色無異，這才放心，問道：「太師父安好？」張松溪道：「師父他老人家安好。我在武當山下得到訊息，元兵鐵騎二萬，開向少林寺來，窺測其意，顯是要不利於英雄大會，是以星夜前來報信。」張無忌道：「咱們快去說與方丈知曉。」

當下二人同至後院，告知空聞。空聞沉吟道：「此事牽涉甚大，當與羣雄共議。」於是命寺僧撞鐘，邀集眾英雄同到大雄寶殿之中。羣雄聞訊，登時紛紛議論。

空聞道：「眾位英雄，想是朝廷得知咱們在此聚會，只道定是不利於朝廷，便派兵前來鎮壓。咱們人人身有武功，原是不懼韃子，兵來將擋，水來土掩，何足道哉……」他話未說完，羣雄中已有人喝起采來。空聞續道：「只是咱們江湖豪士，慣於單打獨鬥，比的若不是兵刃拳腳，便是內功暗器，這等馬上馬下、長槍大戟交戰，咱們頗不擅長。依老衲之見，不如眾英雄便即散去如何？」羣雄面面相覷，默不作聲。

忽聽得寺門外馬蹄聲急，兩騎馬疾馳而來，蹄聲到門外戛然而止。跟著兩名漢子在知客僧接引下匆匆走進殿來，羣雄一看服色，知是明教教眾。二人走到張無忌身前躬身行禮，一人報道：「啟稟教主：韃子兵先鋒五千，攻向少林寺來，說道寺中諸位師父聚眾造反，要踏平少林。凡是光……光……」空聞微笑道：「你要說光頭和尚，是不是？那也不用忌諱，但說便是。」那人道：「一路上好多位大和尚已給韃子兵殺了。韃子說道：『光頭的都不是好人，有頭髮的也不是好人，只要身邊帶兵刃的便一概殺了。』」

許多人哇哇叫了起來，都道：「不跟韃子兵拚個你死我活，恥爲黃帝子孫。」其時宋室淪亡雖已將近百年，但草莽英豪始終將蒙古官兵視作夷狄，不肯服其管束。這時聽說蒙古兵殺到，各人熱血沸騰，盡皆奮身欲起。

張無忌朗聲說道：「眾位英雄，今日正是男兒漢殺敵報國之時。少林寺英雄大會，自此名揚千秋！」大殿上歡呼叫嚷，響成一片。

張無忌道：「咱們就欲退讓善罷，亦已不能，便請空聞方丈發號施令，我們明教上下，盡聽指揮。」空聞道：「張教主說那裏話來？敝派僧眾雖曾學過一些拳腳，於行軍打仗卻一竅不通。近年來明教創下偌大事業，江湖上誰不知聞？唯有明教人眾，方足與韃子大軍相抗。咱們公推張教主發令，相率天下豪傑，與韃子周旋。」

張無忌還待遜辭，羣雄已大聲喝采。張無忌雖年輕不足服眾，但武功之強，適才力鬥少林三僧時已人所共見，而明教朱元璋、徐壽輝等各路人馬，在淮泗、豫鄂等地起事，攻城略地，聲勢大振；先前五行旗在廣場上大顯身手，這等羣鬥的本事，更非其餘門派可及。各派各幫的豪士均想，若要當此大任，確非明教不可。

張無忌道：「在下於用兵一道，實非所長，還請各位另推賢能為是。」正推讓間，忽聽得山下喊聲大振，兩名少林僧奔馳入殿，報道：「啓稟方丈，蒙古兵殺上山來了！」

此時局勢緊急，不容張無忌再行推辭，他只得分派道：「銳金、巨木兩旗，先擋頭陣。周顛先生、鐵冠道長，你兩位各助一旗。」周顛和鐵冠道人應聲而出。張無忌又道：「說不得師父，請你持我聖火令去就近調本教援兵，上山應援。」說不得接令而去。

大殿中衆英雄聽得元兵殺到，各抽兵刃，紛紛擁出。

張無忌搶步出殿，來到半山亭中察看，只見蒙古兵先鋒千餘已攻到山腰，給銳金旗一輪硬弩標槍，驅了回去。放眼遠望，一隊隊蒙古兵蜿蜒而來，軍容甚盛。其時距成吉思汗與拔都威震異域之時已遠，但蒙古鐵騎畢竟征戰多年，仍是舉世無匹的精兵。

忽聽得左首喊聲大震，許多人衆逃上山來，卻是峨嵋派一行，想是下山時途遇蒙古官兵，又給逼了回來。李天垣與彭瑩玉因隻身下山，想已突圍而去。只見十數名漢子抬著擔架等物，給蒙古兵包圍住了，周芷若率領靜玄、靜照數度衝殺，雖殺了數十名蒙古官兵，始終沒法救出陷入重圍的同門。

張無忌暗叫：「不好！擔架上的是宋師哥！」叫道：「洪水、烈火兩旗掩護！楊范二使、韋蝠王，隨我救人。」一縱身衝下。兩名蒙古兵挺長矛刺來。張無忌一手抓住一枝長矛，運勁抖甩，兩名元兵摔下山去。他掉轉矛頭，雙矛猶似雙龍入海，捲入人叢。楊逍、范遙、韋一笑等跟隨其後，蒙古兵當者披靡，登時將周芷若等一干人隔在身後。

張無忌見周芷若滿身染血，又已衝入了元兵陣中，叫道：「芷若，芷若，宋大哥救回了嗎？」周芷若並不理會，揮鞭向前攻打，但山道狹窄，擠滿了人，一時衝不過去。

張無忌見兩名峨嵋男弟子抬著擔架，陷入包圍，正挺刀與元兵死戰，心道：「看來宋師哥是在那擔架上。」一斜身躍起，兩柄長矛在山壁上交互刺戳，以手代足，如踏高蹺般搶了過去。相距尚有丈餘，只見兩名峨嵋男弟子先後中刀中箭，骨碌碌的滾下山去。張無忌飛身躍起，左手長矛阻住擔架下落，見擔架中那人全身裹在白布之中，只露出了一張臉，正是宋青書。張無忌拋去長矛，將他橫抱在手，只怕扭動他震碎了的頭骨，左閃右避，躲開元兵攢刺來的馬刀長矛，腳下卻走得平穩異常。崆峒派的唐文亮、宗維俠雙雙攻到，仗劍護在他身側。雙劍倏刺倏收，元兵紛紛中劍。張無忌抱著宋青書穩穩走上山來。

數百名元兵列隊上衝。楊逍叫道：「烈火旗動手！」烈火旗教眾從噴筒中噴出火油，一枝枝火箭射出，烈燄奔騰，當先二百餘名元兵身上著火，一團團火球般滾下山去。那邊廂洪水旗水龍中噴出毒水，也有數百名元兵給澆中了，死傷狼藉。元兵萬夫長下令鳴金收兵，衆兵將前隊變後隊，強弓射住陣腳，緩緩退下。楊逍嘆道：「韃子兵雖敗不亂，的是天下精兵。」元兵直退到山腳下，如扇面般散開，看來一時不致再攻。

張無忌下令：「銳金、洪水、烈火三旗守住上山要道。巨木、厚土二旗急速伐木搬土，構築壁壘，以防敵軍衝擊。」五行旗各掌旗使齊聲接令，分別指揮下屬布防。

羣雄先前均想縱然殺不盡韃子官兵，若求自保，總非難事。但適才一陣交鋒，見識到了元軍的威力，才知行軍打仗和單打獨鬥的比武確然大不相同。千萬兵士一擁而上，勢如潮水，如周芷若這等武功高強之極的人物，在人潮中也無所施其技。四面八方都是刀槍劍戟，亂砍亂殺，平時所學的甚麼見招拆招、內勁外功，全都用不著了。若不是明教五行旗以陣法抵擋陣法，這時少室山頭定已慘不堪言，少林寺也已在烈火中成了一片瓦礫。倒是少林僧衆頗有規律，一隊隊少年僧衆手持禪杖戒刀，在年長僧侶率領下分守各處要地，但寡不敵衆，勢難擋住一萬蒙古精兵的衝擊。待見元軍退去，羣雄紛紛議論，才明白爲甚麼前朝儘多武功高強的英雄豪傑，卻將大好江山淪亡在蒙古兵手下。

衆人鬥了半天，肚中都餓了。明教五行旗及少林寺的半數僧侶分守各處要道，餘人由僧衆接進寺裏吃齋。堪堪天色將晚，張無忌躍上一株高樹，向山下瞭望，只見元兵東一堆、西一堆的聚在山下，炊煙四起，正自埋鍋造飯。

他躍下樹來，對韋一笑道：「韋蝠王，天黑之後，請你去探察敵情，瞧他們是否會在夜中突襲。」韋一笑接令而去。楊逍道：「教主，我看韃子在前山受挫，今日多半已不會再攻，倒要防備他們自後山偷襲。」張無忌道：「不錯。請楊左使和范右使在此坐鎮，我到那邊山峯上瞧瞧去。」趙敏道：「我也去！」

兩人走上曾經囚禁謝遜的山峯，眺望後山，不見動靜。元軍駐紮處黑沈沈地，想來兵將均已入睡休息。忽聽得西北角上隱隱有呼叱之聲，側耳傾聽，遠處有勁風互擊，顯是有人鬥毆。張無忌道：「咱們瞧瞧去！」攜了趙敏的手，登高循聲望去，只見三個人影正向西疾馳，身法迅速異常，均是一流高手。

張無忌伸手摟住趙敏腰間，展開輕功，疾追下去，遠遠眺見前面一人奔逃，後面兩人快步追逐。他腳下越來越快，追出里許，月光下已見到後面二人是兩個老者，正是鹿杖客和鶴筆翁。只見鶴筆翁左手揚動，一枝鶴嘴筆向前面那人擲去。那人迴劍擋格，噹的一聲響，將鶴嘴筆掠起，拋向空中。就這麼緩得一緩，鹿杖客已躍到那人身旁，鹿杖刺出。

那人斜身閃避，拍出一掌，月光照射在她臉上，只見她臉色蒼白，長髮散亂，正是周芷若。張無忌吃了一驚，忙帶同趙敏隱身樹後。

鶴筆翁接住空中掉下的鶴嘴筆，繞到周芷若左首，和鹿杖客成左右合擊之勢。

周芷若咬牙道：「兩個老鬼苦苦追我，到底幹甚麼？」鹿杖客道：「我們要向宋夫人求借武功秘笈，學一學『九陰白骨爪』的功夫。」張無忌一驚：「那黃衫姊姊和芷若的對答，都讓這兩個老傢伙聽去了。原來他二人混在羣雄之中，居然沒給發覺。」

只聽周芷若道：「武功秘笈倒是有的，我練成之後早已毀去。」鹿杖客冷笑道：「『練成』二字，談何容易？宋夫人武功雖出類拔萃，卻未必已到登峯造極的地步，否則的話，一舉手便可將我師兄弟二人殺了，卻又何必奔逃？」周芷若道：「我說毀了，便是毀了，誰有空跟你多說。少陪了！」

鹿杖客和鶴筆翁齊聲喝道：「且慢！」鹿杖、鶴筆同時揚起，攻向周芷若兩側。

周芷若長劍揮動，月光下如銀蛇狂舞。玄冥二老一杖雙筆，聯手進攻。

張無忌先前只見到周芷若使鞭的功夫，這時見她劍招神光離合，在二大高手夾擊下竟有守有攻，偶爾虛實變幻，巧招忽生。再鬥數十合，周芷若劍招愈來愈奇，十招中倒有七招是極凌厲的攻勢。張無忌知她急謀脫身，但這般打法加速運用內力，倘若偶一疏神，便立遭凶險。他心下關切，悄悄從樹後出來，走近了幾步。

驀地裏周芷若一聲呼叱，向鹿杖客急刺三劍。鹿杖客閃身相避。便在此時，鶴筆翁雙筆脫手，向她背心猛擲過去，雙筆在空中噹的一聲互撞，分襲她後腦與後腰要害。

周芷若聽得身後兵刃擲到，縮身閃避，卻沒料到雙筆在空中互相碰撞之後，竟會忽地變向。她讓開了襲向腦門的一筆，另一枝襲向腰間的鶴嘴筆卻說甚麼也避不開了。

張無忌縱身急躍，伸手抓住了那枝鶴嘴筆，橫掌擋開鶴筆翁拍來的一掌。

周芷若驚惶失措之下，鹿杖客輕飄飄一掌拍出，正中她胸腹之間。那是非同小可的「玄冥神掌」，周芷若氣息立閉，便即暈去。鹿杖客一直垂涎周芷若的美色，見她暈倒，立即搶上抱住。張無忌大驚，將手中鶴嘴筆遠遠擲出，反手一掌，重重擊在鹿杖客肩上，奪過周芷若，斜躍丈餘，喝道：「玄冥二老，竟這等不要臉麼？」

鹿杖客哈哈一笑，說道：「我道是誰膽敢來橫加插手，原來是張大教主。你要了我們郡主，又想要這位宋夫人嗎？我們郡主在那裏？你將她拐帶到那兒去啦？」

趙敏從樹後閃身出來，將周芷若接抱過去，笑吟吟的道：「鹿先生，你整日價神魂顛倒的牽記我，也不怕我爹爹著惱麼？」鹿杖客怒道：「你這小妖女，挑撥離間我師兄弟之情。我師兄弟與你父早已恩斷義絕，汝陽王著不著惱，干我何事？」

張無忌見鹿杖客下毒手打傷周芷若，又對趙敏言語無禮，更想起幼時中了鶴筆翁的「玄冥神掌」，不知吃了多少苦頭，舊恨新仇，霎時間都湧上心頭，說道：「敏妹，你且退後，我見了這兩個老傢伙便心頭有氣，今日要好好的打他們一頓。」

二老見他空手，也即放下手中兵刃，凝神以待。

張無忌喝道：「看招！」一招「攬雀尾」，雙掌推出。這一招使的是太極拳法，去勢甚緩，掌力中卻暗蓄九陽神功。太極拳在後世雖屬尋常，但其時張三丰初創未久，武林中極為少見。鹿杖客從未見過這等輕柔無力的掌勢，不知中間有何詭計，他對張無忌甚爲忌憚，不敢便接，斜身閃開。張無忌轉過身來，「玉女穿梭」，左掌拍向鶴筆翁，右掌微顫，呑吐不定。鶴筆翁左手食指往他掌心虛點，右掌斜下，拍向張無忌小腹。

張無忌曾與玄冥二老數度交手，心知他二人本來已非自己對手，最近自己與渡厄等三僧三度劇鬥，武功又深了一層，要擊敗二人可說綽綽有餘。只二人畢竟修爲非同小可，卻也不敢輕忽，展開太極拳法，圈圈連環，九陽神功從一個個或正或斜的圓圈中透將出來。玄冥二老漸感陽氣熾烈，自己玄冥神掌中發出的陰寒之氣，或遭消解，或給對方逼回。

鬥到百餘合時，張無忌一瞥眼間，只見地下兩個黑影微微顫動，正是月光照射在趙敏與周芷若身上的影子，心中一凜，側目望去，見趙敏不住搖晃，似有抱不住周芷若之勢，暗道：「不好！芷若中了鹿老兒的玄冥神掌，只怕抵受不住。她練的本是陰寒功夫，再加上這玄冥神掌中天下陰毒之最的寒氣，寒上加寒，看來敏妹也禁受不住了。」手上加勁，猛向鹿杖客壓去。

鹿杖客見他拳法斗變，便即猜知他心意，側身閃過，叫道：「師弟，跟他遊鬥。宋夫人身上寒毒發作，別讓他抽手解救。」鶴筆翁道：「正是！」躍出圈子，要待去拾鶴嘴筆。張無忌揮掌拍去，勁風壓得鶴筆翁氣也喘不過來。鹿杖客反手抄起鹿杖，挑向張無忌腰脅。張無忌連變數路拳法，使出學自少林神僧空性的「龍爪擒拿手」三十六式，

「撫琴式」、「鼓瑟式」、「捕風式」、「抱殘式」，攻勢淩厲。

鹿杖客叫道：「這龍爪功練得很好啊，待會兒用來在地下挖坑，倒也不錯。」鶴筆翁道：「師哥，在地下挖坑幹甚麼？」鹿杖客笑道：「那宋夫人死定了，挖坑埋人啊！」他一說話，心神微分，張無忌飛起右腳，踢中了他左腿。鹿杖客一個踉蹌，隨即站定，將一根鹿杖舞得風雨不透。

張無忌回頭又望趙敏與周芷若一眼，見她二人顫抖得更厲害了，問道：「敏妹，怎樣？」趙敏道：「糟糕！冷得緊！」張無忌吃了一驚，稍行凝思，已明其理，本來周芷若身中玄冥神掌，陰寒縱然厲害，也只她一人身受，這時連趙敏也冷了起來，想必是趙敏好心，伸掌助周芷若運功抗禦。她二人功力相差甚遠，周芷若的內功又甚怪異，以致趙敏救人不得，反受其累。張無忌雙拳大開大闔，只盼儘速擊退二老。但二老離得遠遠地，忽前忽後，只是拖延，不跟他正面為敵。

張無忌心下焦躁，叫道：「敏妹，你放下周姑娘，別抱著她！」趙敏道：「我……我放不下。」張無忌奇道：「怎麼？」趙敏道：「她……她背心……黏住了我手掌。」說話時牙關打戰，身子搖搖欲墜。張無忌一驚更甚。

只聽得鹿杖客說道：「張教主，這宋夫人好狠心啊，她正在將體內寒毒傳到郡主身上，郡主就快死了。咱們來立個約，好不好？」張無忌道：「立甚麼約？」鹿杖客道：

「咱們兩下罷鬥，我得宋夫人身上的武功祕笈，你救郡主。」

張無忌哼了一聲，心想：「這玄冥二老武功已如此了得，若再練成芷若的陰毒武功，此後作惡，只怕連我也制不住了。」百忙中回頭看去，只見趙敏本來皓如美玉般的雙頰上已罩上了一片青色，滿臉神色痛苦難當。張無忌退後兩步，左手抓住她右掌，體內九陽眞氣便即從手掌上源源傳去。

鹿杖客叫道：「上前急攻！」玄冥二老一杖一筆如疾風暴雨般猛襲而來。

張無忌一大半眞力正用以解救趙周二女，身子既不能動，又只剩下單掌迎敵，霎時間凶險萬分。嗤的一聲響，左腿褲腳給鶴嘴筆劃破一條長縫，腿上鮮血淋漓。

趙敏本來給周芷若的陰寒之氣逼得幾欲凍僵，似乎全身血液都要凝結，得九陽眞氣一衝，漸覺暖和。但張無忌單掌抵禦玄冥二老，左支右絀，傳向趙敏的九陽眞氣減弱，趙敏全身又格格寒戰。

鹿杖客呼呼三杖，杖上鹿角直戳向張無忌眼睛。鶴筆翁的鶴嘴筆同時攻到。張無忌猛地使出聖火令上的古波斯武功，忽地一個觔斗翻向空中，一屁股向二老頭頂坐將下來。玄冥二老從未見過這等怪異招式，大駭之下，急忙躍開。

張無忌見此招奏效，接連奇招怪式，層出不窮，玄冥二老再也不敢搶近，張無忌體內的九陽眞氣便盡數傳到了趙敏身上。這一全力發揮，周芷若所中的玄冥寒毒立時便驅趕殆盡。但陰陽二氣在人體內交感，此強彼弱，彼強則此弱，玄冥寒毒一盡，九陽眞氣便去抵銷她所練的九陰內力。

周芷若在桃花島取得《九陰眞經》後，日夕勤修苦練，然英雄大會時日迫促，沒法從紮根基的功夫中循序漸進，因此內力不深。她中了「玄冥神掌」後，本想將陰寒之氣轉入趙敏體內，待得張無忌出手相援，只覺全身暖洋洋地十分舒適，正感氣力漸長，想要離開趙敏手掌，一掙之下，竟似爲一股極強的黏力吸住了，掙之不脫，自知適才趙敏的手掌給她背心黏住，此刻她背心反爲趙敏手掌黏住，均是內力強弱有別之故，不禁大驚。

張無忌奮力驅趕寒毒，但覺自己的九陽眞氣送將出去，趙敏手上不斷傳來一股寒氣與之相抗，他只道玄冥神掌的寒毒尚未驅盡，不住的加力施爲，那想到他每送一分九陽眞氣過去，便消去了周芷若苦苦練得的一分九陰眞氣。周芷若暗暗叫苦，卻又聲張不得，自知只要一張口說話，立時狂噴鮮血，眞氣洩盡。

趙敏體內融和舒暢，笑道：「無忌哥哥，我好啦，你專心去對付玄冥二老罷！」張無忌道：「好！」內力回收。

周芷若如遇大赦，脫了黏力，自知這麼一來，所中玄冥神掌的寒毒雖已驅盡，自身的九陰內力卻也損耗極重，眼見張無忌雙掌飛舞，專心攻敵，當即五指運勁，疾往趙敏頂門插落。

趙敏大叫一聲：「啊喲！」只覺天靈蓋上一陣劇痛，只道此番再也沒命了，卻聽得喀喇一響，周芷若痛哼一聲，急奔而去。

張無忌大驚，忙回頭問道：「怎麼啦？」趙敏伸手去摸腦門，只嚇得魂飛天外，說不出話來。張無忌只道她已爲「九陰白骨爪」所傷，也是魂飛天外，右手擋住二老，左手去摸她頭頂，只覺著手處濕膩膩地，雖已出血，幸未破骨穿洞，這才放心，安慰她道：「皮肉之傷，並不礙事！」心道：「奇怪，奇怪！」卻不知周芷若出手襲擊之時，他輸至趙敏體內的九陽眞氣尙未退盡，而周芷若自己卻已內力大損，以弱攻強，非但傷對方不得，反震傷了自己手指。

張無忌這一分心，玄冥二老又攻了過來。他內息極迅速的流轉一周，凝神專志，左手牽引，使出乾坤大挪移心法，將鶴筆翁拍來的一掌轉移了方向。這一牽一引中貫注了九陽神功，使的是乾坤大挪移第七層最高深的功夫。這層功夫最耗心血內力，絲毫疏忽不得，稍有運用不善，自己便會走火入魔，因此適才分心助趙周二女驅除寒毒時，便不敢行使。玄冥二老是頂尖高手，如以第五六層的挪移乾坤功夫對付，又奈何二人不得。

這一撥之下，鶴筆翁右掌拍出，波的一響，正中鹿杖客肩頭。鹿杖客一驚，怒道：「師弟，你幹甚麼？」鶴筆翁武功極精，心思卻頗遲鈍，一件事須得思索良久，方明其理，這一下事出倉卒，自己也莫名其妙，愕然難答，但知定是張無忌搗鬼，心想只有加緊攻擊敵人，方能向師兄致歉，於是運勁右腿，飛腳踢出。張無忌左手拂去，黏引之下，這一腳又踢向鹿杖客小腹丹田。鹿杖客驚怒之下，喝道：「你瘋了麼？」

趙敏叫道：「不錯，鶴先生，快將你這犯上作亂、好色貪淫的師兄擒住，我爹爹重重有賞。」張無忌心下暗笑：「這挑撥離間之計果然甚妙。」他本想以挪移乾坤之法引得鶴筆翁去打鹿杖客，再引鹿杖客去打鶴筆翁，這時聽了趙敏之言，當下只牽引撥動鶴筆翁的拳腳，對付鹿杖客時卻是太極拳的招數，叫道：「鶴先生，不用擔心，你我二人合力，定能宰了這頭淫鹿。汝陽王已封你爲……封你爲……」一時卻想不到合適的官職。

趙敏叫道：「鶴先生，你封官的官誥，便在這兒。」說著從懷中取出一束紙片一揚，讀道：「嗯，是大元護國揚威大將軍，快加把勁啊。」

張無忌右掌拍出，將鹿杖客逼向左側，正好鶴筆翁的左掌爲他引得自左而右擊到，成爲左右夾攻之局。鹿杖客和鶴筆翁數十年來親厚勝於同胞，原不信他會出賣自己，但此刻眼見鶴筆翁接連五招，都是攻向自己要害，拳腳中又積蘊全力，直欲制自己死命，那裏還有半分情誼？他憤慨異常，喝道：「你貪圖富貴，全不顧念義氣麼？」

鶴筆翁急道：「我……我是……」趙敏接口道：「不錯，你這是迫不得已，爲了要做護國揚威大將軍，得罪師兄，那也無話可說了。」張無忌右手加力，凝神牽帶，鶴筆翁揮掌拍出，砰的一聲響，重重擊在鹿杖客肩頭。鹿杖客大怒，反手出掌，將鶴筆翁左邊牙齒打落數枚。鶴筆翁怒喝：「師哥，你也太不分好歹，又不是我故意打你。」

鹿杖客怒道：「是誰先動手了？」他見聞雖博，卻不知世間竟有乾坤大挪移第七層神功的偌大威力，以鶴筆翁如此武功修為，即令張無忌能勝他殺他，卻決計不能倒轉他掌力，移來擊打自己，是以絲毫沒疑心是敵人從中作怪。

鶴筆翁急欲表明心跡，罵道：「賊小子，你搗鬼！」趙敏叫道：「是啊，不用再叫他師哥，罵他『賊小子』便了。」張無忌左掌壓住了鹿杖客掌力，右手牽引，鶴筆翁左掌擊上了鹿杖客右頰，登時高高腫起。張無忌見鹿杖客憤怒欲狂，紅了雙眼，反掌向師弟鶴筆翁擊去，乘著二人互攻之際，左手重重出指，點了鹿杖客的穴道，見鶴筆翁在一旁心慌意亂，當即也伸指點中他穴道，跟著雙掌探出，一掌按在鹿杖客肩頭、一掌按在鶴筆翁背心，催動九陽眞氣，將兩人體內的玄冥陰氣逐步化去。

待得將鶴筆翁體內陰氣化去了三四成，再轉手去消耗鹿杖客體內的陰氣。如此周而復始，玄冥二老苦練數十年的玄冥陰氣終於去了十之七八，此後不能再練，否則陰毒攻心，猶似張無忌幼時所受。玄冥二老從此退而為武林中的三流庸手，再也不復是一流腳色了。張無忌幼時中了玄冥神掌，苦撐多年，受盡煎熬，直到此時方始得報，哈哈一笑，解了二人穴道。玄冥二老大怒，各出右掌向張無忌胸口擊去。張無忌不讓不避，受了他們掌力。波的一聲，二老手臂劇痛，胸口氣血翻湧，委頓在地，站不起身。以他二人此時武功修爲，連趙敏往日手下的神箭八雄也及不上了。

張無忌也不再懲罰二老，和趙敏一同回到少林寺中，察看趙敏頭頂傷勢，見並無大礙，忽然想起一事，道：「敏妹，你身上湊巧帶著紙張，這一來不由得鹿杖客不信。」

趙敏笑吟吟的從懷中取出一束紙張，在他面前一揚，笑道：「你猜這是甚麼？」張無忌笑道：「你叫我猜的東西，反正我定是一輩子也猜不出的，也懶得費神了。」趙敏將紙張放在他手裏。

張無忌就燭光一看，只見這些紙張乃是兩本色已轉黃的書卷，上面密密麻麻的寫滿了細如蠅頭的工整小楷。第一本上開頭寫著「武穆遺書」四字，內文均是行軍打仗、布陣用兵的精義要訣。第二本開頭四字是「九陰眞經」，內中盡是諸般神奇的武功，翻到最後，「九陰白骨爪」和「白蟒鞭」等赫然在內。他心中一凜，說道：「你……你是從周姑娘身上取來的？」

趙敏笑道：「當她不能動彈之時，我焉有不順手牽羊之理？這些陰毒功夫我可不想學，但取來毀了，勝於留在她手中害人。」

張無忌隨手翻閱九陰眞經，讀了幾頁，只覺文義深奧，一時難解，然決非陰毒邪辟的武學，說道：「這經上所載武功，其實極是精深，依法修練，一二十年之後，相信成就非同小可，但若只求速成，學得一些皮毛，那就害人害己了。」頓了一頓，又道：「那位身穿黃衫的楊姊姊，武功與周姑娘明明是一條路子，然而招數正大光明，醇正之極，似乎便也是從這九陰眞經中而來。」

趙敏道：「她說『終南山後，活死人墓，神鵰俠侶，絕跡江湖』，這四句話是甚麼意思？」張無忌搖頭道：「日後咱們見到太師父，請教他老人家，或許能明白其中緣由。」

趙敏點了點頭，又道：「無忌哥哥，那位楊姊姊給了你一個小包，是甚麼東西啊？」張無忌從懷裏取出那青布小包，放在桌上，說道：「這是那楊姊姊從周姑娘身上取來的，說道『所有疑竇，由此索解』，我一直不敢打開來看。」趙敏道：「為甚麼不敢？你怕這是周姑娘做下壞事的證據，是不是？你心裏還對周姑娘舊情不忘，送了我去蒙古之後，你便又去找她了。宋青書那時就算不死，也已是廢人一個，地久天長，你還是會跟她在一起，把我放在腦後，想也不想了。」說著淚水便如珍珠斷線，瑟瑟而下。

張無忌伸左臂將她摟住，吻了吻她臉，說道：「我只盼天長地久，永遠如此不變。敏妹，你伴在我身邊，我是說不出的快活，生怕這小包一打開，有甚麼古怪物事，害得你我之間有了芥蒂，沒現下這樣平安喜樂……」趙敏笑逐顏開，柔聲道：「那麼這小包裏的物事，咱們不要看，抛入井裏算了。無忌哥哥，我也覺得現今好得很，老天爺待我們已太好了，最好甚麼都不要變。」張無忌道：「不，要變的。咱倆還得拜堂成親，生個娃娃！」趙敏羞澀一笑，道：「生個小韃子嗎？」張無忌笑道：「他一半是漢人，一半是韃子，日後他去蒙古也可以，來中原也可以。人家既不當他是小南蠻，也不當他是小韃子！」

趙敏伸臂摟住張無忌頭頸，喜道：「無忌哥哥，那妙得很。」她瞧了瞧桌上的小包，好奇心起，說道：「只要你對我決不變心，咱們瞧瞧包裏的東西也不妨。」說著拿過小包，輕輕解開包上的絲線細繩。

裏面露出個小小白色瓷瓶，上以朱漆寫著五個細字「十香軟筋散」。另外是兩塊黑色鐵片，入手沉甸甸地，與常鐵相較，如果大小厚薄相同，這鐵片幾有五倍之重。只見一塊鐵片上刻蝕有七個小字「普渡山東桃花島」，另一塊刻著一幅地圖，道路盤旋曲折，繁複異常，沿路刻有極小的箭頭指示。道路盡處分叉，盡頭各繪有一本小小書本。鐵片背後又刻著四排十六個小字，每排四字：

「武穆遺書
九陰眞經
驅胡保民

張無忌拿著鐵片，怔怔出神：「那位楊姊姊向芷若問得屠龍刀和倚天劍的下落，這瓶十香軟筋散又從芷若身上取出，那麼我們在小島上中毒、蛛兒給人殺害，全都是芷若下的手。鐵片上說道『是為號令』，當然是指屠龍刀而言。原來她先從屠龍刀和倚天劍中取得鐵片地圖，再到桃花島尋得《武穆遺書》和《九陰眞經》。芷若，芷若，你為甚麼做這些事？」心中一痛，左手緊握鐵片，連手掌也疼痛起來。

張無忌心想一直冤枉了趙敏，怔怔的望著她，只見她容顏憔悴，雙頰瘦削，一雙妙目也正深情的凝望著自己，體會到這幾個月來她所受的折磨當眞非人所堪，心下好生憐惜，伸臂抱住了她，顫聲道：「敏妹，我……我眞對你不起……若不是你聰明機靈，胡塗透頂的張無忌要是將你殺了，那便如何是好？」趙敏笑道：「你捨得殺我麼？那時你認定我是兇手，可是見到我時怎麼又不殺？」

張無忌一呆，嘆道：「我不論甚麼時候都捨不得你，敏妹，我對你實是情之所鍾，不能自已。倘若我表妹眞的是你所殺，我可不知如何是好了。這些日子來眞相逐步大白，我雖為芷若惋惜，卻也忍不住心下竊喜。」趙敏聽他說得誠懇，倚在他懷裏。良久良久，兩人都不說話。

趙敏輕輕的道：「無忌哥哥，我和你初次相遇綠柳山莊，後來一起跌入地牢，那時怎想得到日後能跟你在一起？」張無忌嗤的一聲笑，伸手抓住她左腳，脫下了她鞋子。趙敏笑道：「一個大男人，卻來欺侮弱女子。」張無忌道：「你是弱女子麼？你詭計多端，比十個男子漢還厲害。」趙敏笑道：「多承張大教主誇讚，小女子愧不敢當。」

說到這裏，兩人一齊哈哈大笑。這幾句對答，正是當年兩人在綠柳山莊的地牢中所說。只是當日兩人說這幾句話時滿懷敵意，今夕卻柔情無限。

張無忌笑道：「你怕不怕我再搔你的腳底？」趙敏笑道：「不怕！」張無忌便伸手握住了她腳，二人均感幸福喜樂。

次晨張無忌一早起身，躍上高樹瞭望，見山下敵軍旌旗招展，人馬奔騰，營中號角聲此起彼落，顯是調兵遣將，十分忙碌。詢問探訊的教眾，得知元兵另一個萬人隊也已開到，總共已是兩個萬人隊。

張無忌道：「敏妹！」趙敏應道：「嗯，怎麼？」張無忌微一遲疑，道：「沒甚麼，我隨口叫你一聲。」他本想與趙敏商議打退元兵之法，以她之足智多謀，定有妙策，但轉念一想：「她是朝廷郡主，背叛父兄而跟隨於我，再要她定計去殺自己蒙古族人，未免強人所難。」是以話到口邊，又忍住了不說。趙敏鑒貌辨色，已知其意，嘆了口氣，說道：「無忌哥哥，你能體諒我的苦衷，我也不用多說了。」

張無忌回入室中，徬徨無策，隨手取出趙敏昨晚取來的那兩本小册，看了幾頁《九陰眞經》，又再翻閱《武穆遺書》，披覽了幾章，無意中看到「兵困牛頭山」五個小字，心中一動，仔細看下去，卻是岳飛叙述當年如何爲金兵大軍包圍、如何從間道脫困、如何突出奇兵、如何內外夾攻而大獲全勝，種種方略，記叙詳明。

張無忌拍案大叫：「天助我也！」掩住兵書，靜靜思索，這少室山上的情勢，雖與岳飛當年被困牛頭山時的情景大不相同，然用其遺意，未始不能出奇制勝。他越想越欽服，暗想岳武穆果是天縱奇才，如此險著，常人那裏想得到，又想用兵之道便如武功一般，若未得高人指點，高下巧拙，相去實不可以道里計。他以手指蘸了茶水，在桌上繪畫圖形，雖覺行險，卻未始不能僥倖得逞，心想以寡敵衆，終不能以堂堂正正之陣取勝。當下心意已決，來到大雄寶殿，請空聞方丈召集羣雄。

片刻間各路英雄齊到殿中。張無忌居中一站，說道：「此刻韃子兵馬聚集山下，料想不久便會大舉攻山。咱們雖然昨日小勝，挫了韃子的銳氣，但韃子倘若不顧性命的蜂擁而上，彼衆我寡，究屬難以抵擋。在下不才，蒙衆位英雄推舉，暫充主帥。今日敵愾同仇，請各位暫聽在下號令。」羣雄齊道：「但有所命，自當凜遵，不敢有違。」張無忌道：「好！吳旗使聽令！」

銳金旗掌旗使吳勁草踏上一步，躬身道：「屬下聽令。」心想：「教主發令，第一個便差遣到我，實是我莫大榮幸。不論命我所作之事如何艱危，務須捨命以赴。」張無忌道：「命你率領本旗兄弟，執掌軍法，那一位英雄好漢不遵號令，銳金旗長矛短斧齊往他身上招呼。縱是本教耆宿、武林長輩，俱無例外。」吳勁草大聲道：「得令！」從懷中抽出了一面小小白旗，持在手中。吳勁草本人的武功聲望，在江湖上未臻一流之境，旁人對他原不如何重視。但自那日廣場上五行旗大顯神威，羣雄均知他手中這面白旗所到之處，跟著而來的便是五百枝羽箭、五百根標槍、五百柄短斧，任你本領通天，霎時之間也成爲一團肉漿，是以見他白旗展動，心中都是一凜。

原來張無忌翻閱《武穆遺書》，見第一章便說：「治軍之道，嚴令爲先。」他知道這些江湖豪士向來人人自負，各行其是，個別武功雖強，聚在一起卻是烏合之衆，若非申令部勒，令人人遵從指揮，決不能與蒙古精兵相抗，因此第一件事便命銳金旗監令執法。

張無忌指著殿前的一堵照壁，說道：「衆位英雄，凡輕功高強，能一躍而上此堵照壁的，請一獻身手。」羣雄中登時有不少人臉現不滿，心道：「這是甚麼當口，卻叫我們來幹這無關緊要的縱高竄低？」有些前輩高手更覺他小覷了人，大是不愉。

張松溪排衆而出，說道：「我能躍上。」躍上照壁，輕輕從另一面翻下，武當派梯雲縱輕功名聞天下，以張松溪的能耐，要躍過這堵照壁可說不費吹灰之力，但他毫不賣弄，只老老實實的遵令躍上，再行翻下。

接著俞蓮舟、殷梨亭、楊逍、范遙、韋一笑等高手依次遵行，只見羣雄如穿花蝴蝶，接二連三的躍過牆去，有的炫耀輕功，更在半空中演出諸般花式，躍到四百餘人，餘下便再無人試。這堵照壁著實不低，若非輕功了得，卻也不易一躍而上。羣雄武功修為不同，擅於拳腳兵刃的，輕功往往便甚平常。江湖上的成名人物無不有自知之明，決不肯當衆自暴其短。

張無忌見這四百餘人之中，少林派僧衆佔了八九十人，心想：「少林是武林中第一大門派，果然名不虛傳。單以輕功一項而論，好手便遠較別派為多。」於是傳令道：「俞二伯、張四伯、殷六叔，請你們三位帶同擅長輕功的衆位英雄，虛張聲勢，假裝寺中人衆盡數逃走，引得敵軍來追，一到後山，即便如此如此。」武當派俞張殷三俠齊聲接令。張無忌一一分派，何者埋伏，何者斷後，何者攻堅，何者側擊，俱各詳細安排。

楊逍等見他設計巧妙，而布陣迎敵，又如此井井有條，若有預謀，無不驚訝，卻不知他乃襲用岳武穆遺法，只是因地形有異、部屬不同，而略加更改而已。

張無忌分派已畢，最後說道：「空聞方丈、空智大師兩位，請率同峨嵋派諸位，救死扶傷。」周芷若既不在山上，峨嵋派無人為首，張無忌自覺與峨嵋派嫌隙甚深，不便指揮，因此請空聞、空智這兩位德高望重的高僧率領，料想峨嵋羣弟子不致抗命。他號令一下，峨嵋派的男女弟子果然默然接令，並無異言。

張無忌朗聲說道：「今日中原志士，齊心合力，共與韃子周旋。少林派執掌鐘鼓的諸位師父，便請擂鼓鳴鐘。」羣雄轟然歡呼，抽刀拔劍，意氣昂揚。

烈火旗將寺中積儲的柴草都搬了出來，堆在寺前，點火燃燒，片刻間煙燄衝天而起。厚土旗在各處佛殿頂上鋪以泥沙，烈火旗再在泥沙上堆柴燒油，點燃火頭，如此縱火，不致延燒殿身，從山下遠遠望將上來，卻見數百間寺院到處有熊熊大火冒上。

山下元軍先聽得鐘鼓響動，已自戒備，待見山上火起，都道：「不好，蠻子放火燒寺，定要逃走。」

俞蓮舟率領一百五十餘名輕功卓越的好漢，從少室山的左側奔了下去。奔不到山腰，元軍已大聲鼓噪，列隊追來。羣雄四散亂走，好教元軍羽箭沒法集中施射。第二批由張松溪率領，第三批由殷梨亭率領。每人背上各負一個大包袱，包中藏的不是木板，便是衣被。在元軍看來，果是棄寺逃命的狼狽情狀，羽箭射中包袱，卻傷不到人。元軍於煙霧之中看不清人數多寡，當下分兵一萬追趕，餘下一個萬人隊留在原地防變。

張無忌向楊逍道：「楊左使，韃子將軍頗能用兵，並不全軍追逐。這倒麻煩了。」楊逍道：「是，此事確實可憂。」

只聽得山下號角響起，元軍兩個千人隊分從左右攻上山來，山坡崎嶇，蒙古兵馬卻馳騁如飛，長矛鐵甲，軍容甚盛。待元軍先鋒攻到半山亭邊，張無忌一揮手，烈火旗人衆從兩側搶開，伏在草中。待敵軍二千人馬又前進百餘丈，辛然一聲呼哨，噴筒中火油射出，烈火忽發，都往馬匹身上燒去。羣馬悲嘶驚叫，一大半滾下山去，登時大亂。

元軍軍紀嚴明，前隊雖敗，後隊毫不爲動，號令之下，三個千人隊棄去馬匹，步攻而前。烈火旗再噴火燄，又燒死燒傷了數百人，餘人仍奮勇而上。洪水旗掌旗使唐洋揮動黑旗，毒水噴出，跟著厚土旗擲出毒砂，將元兵打得七零八落。雖有數百人攻上山峯，盡爲銳金、巨木二旗殲滅。

猛聽得山下擂鼓聲急，五個千人隊人衆豎起巨大盾牌，列成橫隊，如一道鐵牆般緩緩推前。這麼一來，烈火、毒水、毒砂等均已無所施其技，即令巨木旗以巨木上前撞擊，看來也只能撞開幾個缺口，無濟於事。

空聞方丈眼見事急，說道：「張教主，請各位迅速退去，保存我中原武林的元氣。今日雖敗，日後更可捲土重來。」正惶急間，忽聽得山下金鼓大振，一枚火箭衝天而起，跟著殺聲四起。楊逍大喜，說道：「教主，咱們的援兵來啦！」從山頂下望，瞧不見山下情景，但煙塵騰空，人喧馬嘶，援軍顯是來得甚衆。

張無忌高聲叫道：「援軍已到，大夥兒衝啊！」山上羣雄各挺兵刃，衝殺下去。張無忌又叫：「各位英雄，先殺官，後殺兵！」羣雄紛紛吶喊：「先殺官，後殺兵！」

蒙古軍每十名士兵爲一個十人隊，由十夫長率領，其上爲百人隊、千人隊、萬人隊，層層統屬，臨陣時如心使臂，如臂使手，如手使指。張無忌傳令專揀元軍官長殺戮，倘若兩軍對壘，列陣攻戰，此法難行，因官長大都在後督戰；但此刻元軍在山坡上散戰，元兵雖精，官長武功終究不及中原英俠，幾名千夫長、百夫長遭殺。蒙古精兵指揮無人，登時亂成了一團。

張無忌等衝到山腰，只見山下旌旗招展，南首旗上一個「徐」字，北首旗上一個「常」字，知是徐達與常遇春到了。徐常二人奉命帶兵進攻豫南一帶，得到布袋和尚說不得傳訊，獲悉教主受困少室山，便帶兵星夜來援。徐達與常遇春所率教衆都是久經戰陣之士，兼之人數衆多，逼迫元軍西退。

另一路元軍萬人隊追趕假裝棄寺逃走的羣豪，直追向西方山谷。俞蓮舟、張松溪、殷梨亭率同數百名輕功卓越的好漢，邊鬥邊退，逃入谷中。元軍萬夫長見山谷三邊均是峭壁，地勢凶險，但眼見敵人爲數不多，谷中縱有埋伏，也儘能對付得了，於是揮軍緊追入谷。俞蓮舟等奔到懸崖之下，崖上早有數十條長索垂下，各人攀援而上。那萬夫長眼見中計，急令退軍，不料谷口烈火、毒砂、羽箭、毒水紛紛射來，巨木旗將一段段巨木堆起，封住了谷口。

便在此時，元軍第二路敗兵又到，見前無去路，便漫山遍野的四散奔逃。張無忌和徐達先後趕到，均叫：「可惜！」倘若事先聯絡妥善，將元軍第二個萬人隊一齊驅入谷中，便可一鼓而殲。張無忌既沒料到元軍只分兵一半追趕，又不知援軍會來得如此神速。畢竟指揮戰陣，非其所長，《武穆遺書》上所傳戰法雖佳，但即學即用，終究難以運用精妙，立奏奇功。且古今情勢有變，元軍已遠較當年金兵健銳，若不是徐達、常遇春及時趕到，少林寺固劫數難逃，而困入谷中的第一個元軍萬人隊，也終於會給友軍救出。

當下徐達號令部隊搬土運石，再在谷口加封，一隊隊弓箭手攀到崖頂，居高臨下的向谷中發箭。元軍身處絕地，無力還手，唯有找尋山石隱身躲藏。

不久常遇春率隊趕到，與張無忌會見，久別重逢，均不勝之喜。朱元璋因知徐達、常遇春二人與張無忌交好，因此半個月前來登封逼宮時，刻意支開了二人的兵馬。常遇春大叫：「搬開土石，咱們衝進去將衆韃子殺個乾淨。」徐達笑道：「谷中無水無米，不出七八日，韃子渴的渴死，餓的餓死，何勞你我兄弟動手？」常遇春笑道：「總是親手殺的乾脆。」他年紀雖較徐達爲長，但平時素服徐達智謀，便不再說。

徐常二人久經戰陣，每一號令均妥善扼要。張無忌自知遠爲不及，即請徐常二人指揮，搜殺潰散的元兵。這一晚少室山上歡聲雷動，明教義軍和各路英雄慶功祝捷。羣雄連日在少林寺中吃的都是素齋，口中早已淡得難過，這時大酒大肉，開懷飽啖。

席間張無忌問起常遇春身子如何，是否遵照他所開藥方調理。常遇春哈哈大笑，說道：「教主，你不必擔心，老常體健如牛，一餐要吃三斤肉、六大碗飯。打起仗來，三日三夜不睡覺也不當他一回事。」言下之意，自是說不必服甚麼藥。張無忌想起胡青牛昔日的言語，諄諄勸他須當服藥保重。常遇春唯唯答應，心下卻不以爲然。

徐達滿斟了一杯酒，奉給張無忌，說道：「恭賀教主，請盡此杯！」張無忌接過飲了。徐達說道：「屬下平日欽佩教主肝膽照人、武功絕倫，不料用兵竟也如此神妙，實是本教之福，蒼生之幸。」張無忌哈哈大笑，說道：「徐大哥，你不用恭維我了。今日大勝，一來是徐常二位大哥來得神速，二來是靠了岳武穆的遺教。小弟實無半分功勞。」徐達奇道：「怎地是岳武穆的遺教？還盼教主明示。」

張無忌從懷中取出一本黃紙書册，封面上寫著「武穆遺書」，翻到「兵困牛頭山」那一節，遞了過去。徐達雙手接過，細細讀了一遍，不禁又驚又佩，嘆道：「岳武穆用兵如神，實非後人所及。倘若岳武穆今日尚在世間，率領中原豪傑，何愁不把韃子逐回漠北。」說著恭恭敬敬將遺書交回。

張無忌卻不接過，說道：「『武林至尊，寶刀屠龍。號令天下，莫敢不從。』這十六個字的眞義，我今日方知。所謂『武林至尊』，不在寶刀本身，而在尋刀中地圖找到的遺書。以此兵法臨敵，定能戰必勝、攻必克，最終自是『號令天下，莫敢不從』了。否則單憑一柄寶刀，又豈眞能號令天下？徐大哥，這部兵書我轉贈於你，望你克承岳武穆遺志，還我河山，直搗黃龍。」

徐達大吃一驚，忙道：「屬下何德何能，怎敢受教主如此厚賜？」張無忌道：「徐大哥不必推辭。我為天下蒼生而授此兵書於你。」徐達大喜，捧著兵書，雙手顫抖。張無忌又道：「武林傳言之中，尚有兩句話道：『倚天不出，誰與爭鋒？』屠龍刀與倚天劍中所藏秘密，除兵書外，尚有一部武功秘笈。我體會這幾句話的眞意，兵書是驅趕韃子之用，但若有人一旦手掌大權，竟然作威作福，以暴易暴，世間百姓受其荼毒，那麼終有一位英雄手執倚天長劍，來取暴君首級。統領百萬雄兵之人縱然權傾天下，也未必便能當倚天劍之一擊。徐大哥，這番話請你記下了。」

徐達汗流浹背，說道：「屬下謹遵教主令旨。」心想：「教主將《武穆遺書》贈我，我自當凜遵教主之教，好好使用此書。」將《武穆遺書》供在桌上，對著恭恭敬敬的磕了四個頭，又拜謝張無忌贈書之德。後來徐達果然用兵如神，連敗元軍，最後統兵北伐，直將蒙古人趕至塞外，威震漠北，建立一代功業。

自此中原英雄傾心歸附明教。明教數百年來一直為人所不齒，被目為妖魔淫邪，經此一番天翻地覆的大變，竟成為中原羣雄之首，克成大漢子孫中興的大業。其後朱元璋起了異心，迭施奸謀而登帝位，但他圖謀明教教主之位，終不得逞，不過助他打下江山的主要是明教中人，是以國號不得不稱個「明」字。明朝自洪武元年戊申至崇禎十七年甲申，二百七十七年的天下，均得明教之助而來。

朱元璋登基後，不願讓自己大業之成，明教佔了太多功績，又不願朝廷政務受到明教教主的牽絆干預，因此盡力泯滅與明教有關的痕跡瓜葛，不少出身於明教的功臣大將，只因不擁他爲明教教主，便莫名其妙、不明不白的慘遭殺害。馮勝、傅友德、藍玉等大將全家受戮，株連甚廣，史有明文。而據野史傳聞，常遇春因病早亡，徐達卻遭朱元璋下毒暗害而死。明朝開國諸大將中，能得保天年而獲善終者，只湯和一人而已。此人庸庸碌碌，向來惟朱元璋之命是從，是以不爲朱元璋所忌。

此後張無忌等人繼續留待少林寺中，爲戰陣中受傷的羣豪治理療護，並等待李天垣迎回屠龍刀和倚天劍。羣豪泰半均想親眼目睹這江湖上盛傳數十載的兩件神兵利器，眼見左右無事，也多留在少室山上。

又過得十餘日，李天垣與彭瑩玉自海外小島歸返，快馬馳回少室山，攜著兩隻長形木箱，呈交給張無忌。張無忌打開木箱，只見屠龍刀和倚天劍都已在齊柄處斷成兩截。屠龍刀斷口處中空，張無忌將那片畫明地圖的鐵片放入，正好紋絲合縫，牢牢嵌住，舞動寶刀時不會發出聲響。倚天劍斷口處同樣可以嵌入另一塊寫著「普渡山東桃花島」的鐵片。

羣雄得知屠龍刀復出，都擁到廣場來觀看。

張無忌三根手指持著刀背，提起半截屠龍刀，入手仍頗爲沉重，霎時間百感交集，自己父母爲此刀而喪命，近二十餘年來江湖上紛擾不休，皆是爲了此刀。羣雄聚集少林，主旨也是爲了這柄寶刀。怎想到寶刀出現，竟已斷折無用。

他正自沉吟，銳金旗掌旗使吳勁草上前說道：「啓稟教主，屬下是鐵匠出身，學過鑄造刀劍之法，待屬下試試，不知是否能將這寶刀、寶劍接續完好。」楊逍喜道：「吳旗使鑄劍之術天下無雙，教主不妨命他一試。」張無忌點頭道：「這兩柄利器如此斷了，確也可惜。吳旗使試試也好。」

吳勁草向烈火旗掌旗使辛然說道：「鑄刀鑄劍，關鍵在於火候，須得辛兄相助一臂之力。咱哥兒倆便即動手如何？」辛然笑道：「生柴燒火，原是兄弟的拿手本事。」

於是二人指揮屬下，搭起一座高爐，爐口火孔口徑不到一尺。吳勁草將屠龍刀的半截刀柄牢牢砌在爐中，斷截處對準火孔。烈火旗諸般燃料均是現成，頃刻間便生起一爐熊熊大火。吳勁草右臂已斷，只賸下一條左臂。他身旁放著十餘件兵刃，目不轉睛的望著爐火，每見爐火變色，便將兵刃放入爐中試探火力，待見爐火自青變白，當下左手提起鋼鉗，鉗起半截屠龍刀，和刀柄的半截併在一起，在火燄中鎔燒。他上身脫得赤條條地，火星濺在身上恍如不覺，全神貫注，心不旁鶩。張無忌心想：「鑄造刀劍雖是小道，其中卻也有大學問、大本領在。若是尋常鐵匠，單是這等炎熱便已抵受不住。」

忽聽得啪啪兩聲，拉扯風箱的兩名烈火旗教衆暈倒在地。辛然和烈火旗掌旗副使搶上前去，拖開暈倒的兩人，親自拉扯風箱鼓風。這兩人內功修爲均頗不弱，這一使勁鼓風，爐火直竄上來，火燄高達丈許，蔚爲奇觀。

過得半炷香時分，吳勁草突然叫道：「啊喲！」縱身後躍，滿臉沮喪之色。衆人吃了一驚，看他手中時，只見一柄鐵鉗已鎔得扭曲不成模樣，屠龍刀卻毫無動靜。吳勁草搖頭道：「屬下無能。這屠龍寶刀果然名不虛傳。」辛然和烈火旗副使暫停扯風，退在一旁。二人全身衣褲汗濕，便似從水中爬起來一般。

趙敏忽道：「無忌哥哥，那些聖火令不是連屠龍刀也砍不動麼？」張無忌道：「啊，是了！」他從懷中取出六枚聖火令，交給吳勁草道：「刀劍不能復原，那也罷了。聖火令是本教至寶，可不能損毀。」吳勁草道：「是！」躬身接過，見六枚聖火令非金非鐵，堅硬無比，在手裏掂了掂斤兩，低頭沉思。

張無忌道：「若無把握，不必冒險。」吳勁草不答，隔了一會，才從沉思中醒轉，說道：「屬下無禮，請教主原宥。這聖火令乃用白金玄鐵混和金剛砂等物鑄就，烈火決不能鎔。屬下大爲疑惑，不知當年如何鑄成，委實不明其理，一時想出了神。」

趙敏向張無忌橫了一眼，笑道：「日後教主要去波斯，會見一位要緊人物，那時你可隨同前去，向他們的高手匠人請教。」張無忌忸怩道：「我去波斯幹甚麼？」趙敏微笑道：「大家心照不宣。」又向吳勁草道：「你瞧，聖火令上還刻得有花紋文字，以屠龍刀、倚天劍之利，尚且不能損它分毫，這些花紋文字又用甚麼傢伙刻上去的？」

吳勁草道：「要刻花紋文字，卻倒不難。先在聖火令上遍塗白蠟，在蠟上彫以花紋文字，然後注以烈性酸液，以數月功夫，慢慢腐蝕。其間不斷更換酸液，待得刮去白蠟，花紋文字便刻成了。屠龍刀和倚天劍中所藏玄鐵小片，也是用這法子刻成的。小人所不懂的乃是鎔鑄之法。」辛然叫道：「喂，到底幹不幹啊？」吳勁草向張無忌道：「教主放心，辛兄弟的烈火雖然厲害，卻損不了聖火令分毫。」

辛然心中卻有些惴惴，道：「我盡力搧火，倘若燒壞了本教聖物，我可吃罪不起。」吳勁草微笑道：「量你也沒這等能耐，一切由我擔代。」於是將兩枚聖火令夾住半截屠龍刀，再取過一把新鋼鉗，夾住兩枚聖火令，將寶刀放入爐火再燒。

烈燄越衝越高，直燒了大半個時辰，眼看吳勁草、辛然、烈火旗副使三人在烈火烤炙之下，越來越神情委頓，漸漸要支持不住。

鐵冠道人張中向周顛使個眼色，左手輕揮，兩人搶上接替辛然與烈火旗副使，用力扯動風箱。張周二人的內力比之那二人又高得多了，爐中筆直一條白色火燄騰空而起。

吳勁草突然喝道：「顧兄弟，動手！」銳金旗掌旗副使手持利刃，奔到爐旁，白光一閃，挺刀便向吳勁草胸口刺去。旁觀羣雄無不失色，齊聲驚呼。吳勁草赤裸裸的胸膛上鮮血射出，一滴滴的落在屠龍刀上，血液遇熱，立時化成青煙嫋嫋冒起。吳勁草大叫：「成了！」退了數步，一交坐在地下，左手中握著一柄黑沉沉的大刀，那屠龍刀的兩段刀身已鑲在一起。

眾人這才明白，原來鑄造刀劍的大匠每逢鑄器不成，往往滴血刃內，古時干將莫邪夫婦甚至自身跳入爐內，才鑄成無上利器。吳勁草此舉，可說是古代大匠的遺風了。

張無忌忙扶起吳勁草，察看他傷口，見這一刀入肉甚淺，並無大礙，當下將金創藥爲他敷上，包紮了傷口，說道：「吳兄何必如此？此刀能否續上，無足輕重，卻讓吳兄吃了這許多苦。」吳勁草道：「皮肉小傷，算得甚麼？倒讓教主操心了。」站起身來，提起屠龍刀看時，只見接續處天衣無縫，只隱隱有一條血痕，不禁十分得意。

張無忌看那兩枚入爐燒過的聖火令果然絲毫無損，接過屠龍刀來，往兩根從元兵手中搶來的長矛上砍去，嗤的一聲輕響，雙矛應手而斷，端的是削鐵如泥。

旁觀羣雄大聲歡呼，均讚：「好刀！好刀！」

吳勁草捧過兩截倚天劍，想起銳金旗前掌旗使莊錚，以及本旗的數十名兄弟均命喪此劍之下，忍不住眼淚奪眶而出，說道：「教主，此劍殺了我莊大哥，殺了我旗不少好兄弟，吳勁草恨此劍入骨，不能爲它接續。願領教主罪責。」說著淚如雨下。

張無忌道：「這是吳大哥的義氣，何罪之有？」拿起兩截斷劍，走到峨嵋派靜玄身前，說道：「此劍原是貴派之物，便請師太收管，轉交周……交給宋夫人。」

靜玄一言不發，接過兩截斷劍。

張無忌拿著那柄屠龍刀，微一沉吟，向空聞道：「方丈，此刀是我義父得來，現下我義父皈依三寶，身屬少林，此刀該當由少林派執掌。」

空聞雙手亂搖，說道：「此刀已數易其主，最後是張教主派人千辛萬苦的尋來，又是貴教吳旗使接續復原。何況現今天下英雄共推張教主爲尊，論才論德，論淵源，論名位，此刀自當由張教主掌管，那是天經地義的了。」

羣雄齊聲附和，均說：「衆望所歸，張教主不必推辭。」

張無忌只得收下，心想：「若得憑此寶刀而號令天下武林豪傑，共驅胡虜，原是眼前的大事。」只聽得羣雄紛紛說道：「武林至尊，寶刀屠龍。號令天下，莫敢不從！」下面本來還有「倚天不出，誰與爭鋒？」這兩句，但衆人看到倚天劍斷折後不能接續，這兩句也沒人再提了。明教銳金旗下諸人與那倚天劍實有切齒大恨，今日眼見屠龍刀復原如初，倚天劍卻成了兩截斷劍，無不稱快。

周芷若手中長劍抵住張無忌胸口，喝道：「今日便取了你性命，反正殷離的冤魂纏上了我，我終究活不成啦。咱們大夥兒一起做鬼便了！」說著提起長劍，往他胸口刺落。

四十　不識張郎是張郎

羣雄得見寶刀鑄成，歡飲達旦，盡醉方休。到得第二天午後，便紛紛向空聞、空智告辭下山。

張無忌見峨嵋派弟子七零八落，心下惻然，又見宋青書躺在擔架之中，經過數十日的治療，仍未見起色，便走近前去，向靜慧道：「我再瞧瞧宋大哥的傷勢。」靜慧冷冷的道：「貓哭耗子，也不用假慈悲了。」周顛便在左近，忍不住罵道：「我教主顧念你掌門人的舊日情分，才給這姓宋的治傷。其實這等欺師叛父之徒，不如一刀殺了。你這惡尼姑囉唆甚麼？」

靜慧待要反唇相稽，但見周顛容貌醜陋，神色兇惡，臉上掛著兩條刀痕，甚是可怖，只怕他蠻不講理，當眞動起手來，不免要吃眼前虧，只得強忍怒氣，冷笑道：「我峨嵋派掌門人世代相傳，都是冰清玉潔的女子。周掌門若非守身如玉的黃花閨女，焉能做本派掌門？哼，宋青書這種奸人留在本派，可污了周掌門的名頭。李師姪、龍師姪，將這傢伙送回給武當派去罷！」抬著宋青書的兩名峨嵋男弟子齊聲答應，將擔架抬到俞蓮舟身前，放下便走。

眾人都吃了一驚。俞蓮舟問道：「甚……甚麼？他不是你們掌門人的丈夫麼？」靜慧恨恨的道：「哼，我掌門人怎能將這種人瞧在眼中？她氣不過張無忌這小子變心逃婚，在天下英雄之前羞辱本派，才騙得這小子來冒充甚麼丈夫。那知……哼哼，早知如此，我掌門人又何必負此醜名？眼下她……她……」

張無忌在一旁聽得呆了，忍不住上前問道：「你說宋夫人……她……她其實不是宋夫人？」靜慧轉過了頭，恨恨的道：「我不跟你說話。」

便在此時，躺在擔架中的宋青書身子動了一動，呻吟道：「殺了……殺了張無忌麼？」靜慧冷笑道：「別做夢啦！死到臨頭，還想得挺美。」

殷梨亭見靜慧氣鼓鼓的，說話始終不得明白，低聲向峨嵋派另一名女弟子貝錦儀問道：「貝師妹，到底是怎麼回事？」貝錦儀當年與紀曉芙甚是交好，聽他問起，沉吟半晌，道：「靜慧師姊，殷六俠也不是外人，小妹跟他說了，好不好？」

靜慧道：「甚麼外人不外人的？不是外人要說，是外人更加要說。咱們周掌門清清白白，跟這姓宋的奸徒沒半絲瓜葛。你們親眼得見掌門人臂上的守宮砂。此事須得讓普天下武林同道衆所週知，免得壞了我峨嵋派百年來的規矩……」

殷梨亭心想：「這靜慧師太腦筋不大清楚，說話有點兒顛三倒四。」向貝錦儀道：「貝師妹，既是如此，便盼詳示。我這宋師姪如何投身貴派，與貴派掌門人到底有何干係，小兄日後須得向家師稟告。此事關涉貴我兩派，總要不傷了雙方和氣才好。」

貝錦儀嘆了口氣，道：「這位宋少俠的人品武功，本也屬武林中一流，只一念情痴，墮入了業障。我掌門人似乎答允過他，待得殺了張無忌，洗雪棄婚之辱，便即下嫁於他。因此他甘心投入本派，向我掌門人討教奇妙武功。但千眞萬確，他二人並未成親。英雄大會之上，掌門人突然聲稱自己是『宋夫人』，說是這宋少俠的妻子，當時本派弟子人人十分驚異。當日掌門人威震羣雄，懾服各派……」

周顛插嘴道：「是我們教主故意相讓的，有甚麼大氣好吹！」

貝錦儀不去理他，續道：「本派弟子雖都十分高興，但到得晚間，衆人還是問她『宋夫人』這三字的由來。掌門人露出左臂，森然道：『大夥兒都來瞧瞧！』咱們人人親眼見到，她臂上一粒守宮砂殷紅如昔，果然是位知禮守身的處子。掌門人說道：『我自稱宋夫人，乃一時權宜之計。只是要氣氣張無忌那小子，叫他心神不定，比武時便能乘機勝他。這小子武功卓越，我確是及不上他。爲了本派的聲名，我自己的聲名何足道哉？』」

她這番話朗然說來，有意要讓旁邊許多人都聽得明白，又道：「本派男女弟子，若非出家修道，原本不禁嫁娶，只是自創派祖師郭祖師以來，凡是最高深的功夫，只傳授守身如玉的處女。每個女弟子拜師之時，師父均在咱們臂上點下守宮砂。每年逢到郭祖師誕辰，先師均要檢視，當年紀師姊……就是這樣……」她說到這裏，含糊其詞，不再說了。

殷梨亭等卻均已了然，知道貝錦儀本想說當年紀曉芙爲楊逍所逼失身，守宮砂消失，這才給滅絕師太發覺而處死。殷梨亭與楊不悔婚後夫妻情愛甚篤，可是此時想起紀曉芙來，心下不禁憮然，忍不住向楊逍瞥了一眼，只見他熱淚盈眶，轉過了頭去。

貝錦儀道：「殷六俠，我掌門人存心要氣一氣明教張教主，偏巧這位宋少俠又對我掌門人痴纏不休，以致中間生出許多事來。只盼宋少俠身子復原，殷六俠再向張眞人和宋大俠美言幾句，以免貴我兩派之間生下嫌隙。」殷梨亭點頭道：「自當如此。我這師姪忤逆犯上，死不足惜，實是敝派門戶之羞，我倒盼他早些死了乾淨。」他心腸本軟，但想到宋青書害死莫聲谷的罪行，說到後來，聲音已然嗚咽。

正說話間，忽聽得遠遠傳來一聲尖銳的呼喊，似乎是周芷若的聲音，呼聲突兀駭懼，顯是遇上了甚麼凶險無比的變故。

眾人突然之間，都不由得毛骨悚然，此刻在光天化日之下，前後左右都站滿了人，然而這一聲驚呼，卻如陡然有惡鬼在身邊出現一般。眾人不約而同的轉頭向聲音來處瞧去。張無忌、靜慧、貝錦儀等都快步迎上。

張無忌躭心周芷若遇上了厲害敵人，發足急奔，幾個起落，已穿過樹林，只見一個青影狂奔而來，正是周芷若。他忙迎將上去，問道：「芷若，怎麼啦？」周芷若臉色恐怖之極，叫道：「鬼，鬼，有鬼追我！」縱身撲入他懷中，瑟瑟發抖。

張無忌見她嚇得失魂落魄，輕拍她肩膀，安慰道：「別怕，別怕！不會有鬼的。你瞧見了甚麼？」見她上衣已給荊棘扯得稀爛，臉上手上都有不少血痕，左臂半隻衣袖也已扯落，露出一條雪藕般的白臂，上臂正中一點，如珊瑚、如紅玉，正是處女的守宮砂。

張無忌精通醫藥，知道處子臂上點了這守宮砂後，若非嫁人或是失身，終身不褪。（注）他先前聽了靜慧和貝錦儀的言語，尚自將信將疑，此刻親眼得見，更無半分懷疑，霎時之間，心中轉了無數念頭：「嫁宋青書爲室云云，果然全無其事。她爲甚麼要騙我？爲甚麼存心氣我？難道眞是爲了那『當世武功第一』的名號？還是想試試我心中對她是否尚有情意？」轉念又想：「張無忌啊張無忌，周姑娘是害死你表妹的大仇人，她是處女也好，是人家的妻室也好，跟你又有甚相干？」但見周芷若實在怕得厲害，不忍便推開她，伸左臂摟住她身子。

周芷若伏在張無忌懷中，感到他胸膛上壯實的肌肉，聞到他身上男性的氣息，漸漸鎮定，說道：「無忌哥哥，是你麼？」張無忌道：「是我！你見到了甚麼？幹麼怕成這樣？」周芷若突然又驚惶起來，哇的一聲，熱淚迸流，伏在他肩頭抽抽噎噎的哭個不住。

這時楊逍、韋一笑、靜慧、殷梨亭等人均已趕到，見到這等情景，相互使個眼色，都悄悄的退了回去。在明教、武當派、峨嵋派衆人心中，均盼周芷若與張無忌言歸於好，終於結爲夫婦。各人於趙敏的昔日怨仇固難釋然，況且趙敏已立誓將前往蒙古，倘若張無忌跟了她去，於明教必有重大影響。

周芷若哭了一陣，忽道：「無忌哥哥，有人追來麼？」張無忌道：「沒有！是誰追你？是玄冥二老麼？這二人武功已失，不用怕他們。」周芷若道：「不，不是！你瞧清楚了，眞的沒人……不，不是人……沒甚麼東西追來麼？」張無忌微笑道：「青天白日之下，有甚麼看不清楚的。」周芷若道：「不會，決計不會的。我見了它三次，接連三次。」話聲顫抖，兀有餘悸。張無忌問道：「見到三次甚麼？」

周芷若扶著他肩頭，回頭望了一眼。望這一眼似是使了極大力氣，立即又轉眼向著張無忌，見到他溫柔關懷的神色，心中一酸，全身乏力，軟倒在地，說道：「無忌哥哥，我……我都是騙你的，倚天劍和屠龍刀是我盜的……殷……殷姑娘是我拋……拋入大海的……我……我沒嫁宋青書。我心中實在……實在自始至終，便只一個你。」

張無忌嘆道：「這些事情，我已猜了出來。可是……可是你又何苦如此？」周芷若哭道：「你知不知道，我師父在萬安寺高塔之上，將屠龍刀與倚天劍中的秘密說與我知曉，要我立誓盜到寶刀寶劍，光大峨嵋一派。師父逼我立下毒誓，假意與你相好，卻不許我對你眞的動情……」

張無忌輕撫她手臂，想起當年親眼見到滅絕師太發掌擊斃紀曉芙，見她在大漠中立誓殲滅明教，又見她手持倚天劍亂殺銳金旗旗下教衆，直至後來大都萬安寺塔下，她寧可身死，也不願受自己援手，可以想見她對明教怨毒之深、痛恨之切。周芷若既承她衣缽，受她遺命，種種陰狠毒辣的行逕，自必均是出於師父所囑。他本性原是極易原諒旁人的過失，向來不善記仇，又想到她幼時漢水舟中餵飯服侍之德；那日光明頂上惡鬥何太沖夫婦及華山派高矮二老，幸而得她從旁指點，後來遵師命當胸一劍，又故意刺得偏了；在小島之上，兩人山盟海誓，言猶在耳；想起她的所作所爲雖然陰毒狡猾，但實是出於對自己的深情，這時她楚楚嬌弱，伏在自己懷中，不禁頓生憐惜之心，柔聲道：「芷若，你到底見到了甚麼，竟這等害怕？」

周芷若霍地躍起，說道：「我不說。是那冤魂纏上了我，我自己作惡多端，原是應有此報。我今日一切跟你說明白了，我……我已命不久長……」說著掩面疾走，向山下奔去。

張無忌茫無頭緒，心想：「甚麼怨魂纏上了她？難道是丐幫幫衆復仇，裝神弄鬼的來嚇她麼？」慢慢在後跟去。只見她走入峨嵋派　弟子之中，貝錦儀取過一件外衣給她披上。周芷若低聲吩咐甚麼，羣弟子一齊躬身。

這時山上羣雄又走了一大批，空聞、空智二人忙著送別。楊逍、范遙等人都聚到張無忌身旁。張無忌道：「咱們也好走了。」

只見周芷若走到空聞跟前，低聲跟他說了幾句話，空聞怔了一怔，隨即搖頭，意似不信。周芷若再說了幾句話，忽地跪下，雙手合什，喃喃禱祝甚麼。空聞神色莊嚴，口誦佛號。

周顚道：「教主，此事你非得阻止不可，不阻止不行。」張無忌道：「阻止甚麼？」周顚道：「周姑娘要出家做和尙。她……她身入空門，你可糟了。」楊逍冷笑道：「周姑娘就算要出家，也只做尼姑，不會做和尙，那有拜少林僧爲師之理？」周顚用力在自己額頭上擊了一記，說道：「對，對！我一時胡塗了。那麼周姑娘求空聞大師幹甚麼？一個少林派掌門，一個峨嵋派掌門，位份平等，分庭抗禮，不用跪下啊。」

只見周芷若站起身來，臉上略有寬慰之色。張無忌嘆道：「別人的閒事，咱們不用多管了。」回頭說道：「敏妹，咱們該得走了。」那知這一回頭，卻不見了趙敏。

這些日子來，趙敏伴在他身旁，形影不離，張無忌微微一驚，問道：「趙姑娘呢？」心中暗叫：「不妙，莫非芷若伏在我懷中之時，給敏妹見到了，只道我舊情不斷，竟爾捨我而去？」忙打發人尋覓。烈火旗掌旗使辛然說道：「啓稟教主，屬下見趙姑娘下山去了！」張無忌好生難過：「敏妹不顧一切的隨我，經歷了多少患難，我豈可負她？」當即向楊逍道：「楊左使，此間事務，請你代我料理，我先走一步。」於是向空聞、空智告別，又別過俞蓮舟、張松溪、殷梨亭等人，向周芷若道：「芷若，好生保重，後會有期。」

周芷若低目垂眉，並不回答，只微微點了點頭，數滴珠淚，落入塵土。

張無忌展開輕功，向山下疾馳。山道上一列數里，都是從少林寺歸去的各路英雄，他不願逐一招呼，多耗時刻，從各人身旁一晃即過，卻始終不見趙敏的蹤跡。一口氣追出三十餘里，天色將晚，道上人跡漸稀，忽想：「敏妹工於計謀，她既有心避開我，多半不從大路行走。否則以我腳程之快，早就趕上了。莫非她躲在少室山中，待我走後，她再背道而行？」一時心急如焚，顧不得饑渴，在羣山叢中又兜了轉來，時時躍上樹巔高坡，四下眺望。空山寂寂，唯見歸鴉。

他直繞到少室山後，仍不見趙敏，心想：「不論如何，我對你此心不渝，縱然是天涯海角，終究也要找到你。就算找不到你，我一生非你不娶，決不渝盟。」這麼一想，心下便即坦然，見東北角山坳裏兩株大槐樹並肩聳立，當下躍上樹去，找到一根橫伸的枝幹，展身臥倒。勞累整日，多經變故，這一躺下，不久便沉沉睡去。

睡到中夜，夢寐間忽聽得數十丈外有輕輕的腳步之聲，當即驚覺。其時一輪明月已斜至西天，月光下見山坡上一人迅速飄行，正向南行。那人背影纖細，瘦腰若蜂，是個身裁苗條的女子。

他大喜之下，一聲「敏妹」險些兒便叫出口來，但立即覺察不對，那女子身形比趙敏略高，輕功身法更大不相同，腳步輕靈勝於趙敏，飄忽處卻又不及周芷若。他好奇心起：「這少女深宵獨行，不知爲了何事？」本來此事與他毫不相干，更不願去窺探人家姑娘的私事，但這時他全心只盼找到趙敏，不禁期望能從這少女身上得到些線索。又想：「倘若她與敏妹全然無關，我悄悄走開便是了，原也無礙。還是別輕易放過任何線索爲是。」於是扶著樹幹，輕輕溜下。

他生怕讓那少女發覺，不敢近躡，心想深宵跟蹤一個不相識的少女，難免有輕薄之嫌。只見她穿一身黑衣，正往少林寺而去，心道：「她即使跟敏妹無關，所圖謀的也必是武林中之事。若她意欲不利於少林，這件閒事我也得插手管上一管。」停步傾聽，四下更無旁人，知那少女並無後援。

行了約莫一頓飯時分，那少女始終沒回頭一次。張無忌覺得她背影隱隱有些眼熟，似乎從前曾經見過，心想：「是武青嬰姑娘麼？是峨嵋派那一個女弟子麼？」又行數里，少林寺已然在望。那少女轉過山坡，便到了寺旁。她放慢腳步，在樹木山石間躲躲閃閃，顯是生怕給人發見。忽聽得清磬數聲，從少林寺大殿中傳出，跟著梵唱聲起，數百名僧人一齊誦經。張無忌大奇：「少林僧人居然半夜三更還在唸經，且是這許多僧人，難道在做甚麼大法事麼？」

那少女行止更加閃縮，又前行數十丈，已到了大殿之旁。忽聽得腳步聲輕響，那少女在草叢中伏下，跟著四名少林僧手提戒刀禪杖，巡視過來。那少女待四僧走過，這才長身，縱身躍到了殿外長窗之旁。這一縱躍飄如飛絮，已是武林中一流的輕功。張無忌見她手中沒帶兵刃，孤身一人，不像是到少林寺來生事的模樣，要瞧明她究是何人，到底是否相識，於是彎腰從她身後繞過，斜行到大殿西北角上。他自知此時處境十分尷尬，若給少林寺中僧人知覺，以他身分，竟深夜來寺窺探，對方縱然佯作不知，也不免大損顏面，是以加倍小心，一步一動，輕捷猶如貓鼠。

這時殿中誦經聲又起，他湊眼窗縫看去，見大殿上數百名僧人排列整齊，一行行坐在蒲團之上，各人身披黃袍，外罩大紅金線袈裟，有的手執法器，有的合什低誦，正在做超度亡魂的法事。他登即省悟：「這次英雄大會傷了不少人，元軍攻山，雙方陣亡更衆。寺中僧侶爲死者超度，願他們往生極樂。」見空聞大師站在供桌前親自主祭，他右首站的卻是個少女。

張無忌一見，微微一驚，這少女正是周芷若。雖只見到她側面，亦已看出她神色怔忡不定，秀眉深蹙，若有深憂，心道：「是了。日間芷若在空聞大師面前跪倒，原來是求他做法事，想必是她深深懺悔自己所作所爲，她爪下劍底，所傷無辜太多。」凝目向供桌上瞧去，只見中間一塊靈牌之上寫的赫然是「女俠殷離之靈位」七字。

張無忌一陣神傷，想起表妹身世慘酷，對自己一往情深，不由得怔怔的掉下淚來。

鐘磬木魚聲中，周芷若盈盈下拜，口唇微動，低聲禱祝。張無忌運起神功，凝神傾聽，依稀聽到：「殷姑娘……你在天之靈，好生安息……別來擾我……」他手扶牆壁，思潮起伏：「表妹給芷若投入大海淹死，固然命苦，但芷若內心深受折磨，所受痛苦，未必比表妹更少。」腦海中突然隱隱湧起了當日在光明頂上聽到明教教衆所誦的幾句歌來：「生亦何歡，死亦何苦？憐我世人，憂患實多！憐我世人，憂患實多！」

周芷若緩緩站起，微一側身，臉向東首，突然臉色大變，叫道：「你……你……你又來了！」聲音尖銳，壓住了滿殿鐘磬之聲。

張無忌順著她目光瞧去，只見長窗上糊的窗紙不知何時破了，破孔中露出一張少女的臉來，滿臉都是一條條傷痕。張無忌嚇得身子發顫，忍不住一聲驚呼。

那少女臉上雖傷痕斑斑，又無昔日的凹凸浮腫，卻清清楚楚便是已死的殷離！他待要上前招呼，但一雙腳一時不聽使喚，竟僵住了不能移動。只見那張臉突然隱去，大殿中砰的一聲，周芷若往後摔倒。

張無忌這時再也顧不得少林派生嫌，大聲叫道：「蛛兒，蛛兒！是你麼？」卻無人回答。他微一定神，飛身往來路追去，只見冷月斜懸，滿地樹影，那黑衣少女已不知去向。他雖素來不信鬼神，但身當此情此景，禁不住出了一身冷汗，心中發毛，站定了腳步，自言自語：「是她，是她！怪不得背影好熟，原來是蛛兒。難道她鬼魂知道少林高僧為她超度，特來領經麼？難道她死得冤屈，眞的是陰魂不散？」

少林羣僧聽得聲響，早有數人搶出來察看，見到是張無忌，都不禁呆了。一名年長僧人上前行禮，說道：「不知張教主夤夜降臨，未曾迎迓，伏乞恕罪。」張無忌拱手道：「不敢！」閃身便進殿中，只見周芷若雙目緊閉，臉上無半點血色，兀自未醒。他搶上前去，在她人中用力捏了幾下，再在她背上推拿數過。

周芷若悠悠醒轉，一見張無忌，縱體入懷，摟住了他，叫道：「有鬼，有鬼！」張無忌道：「此事好生奇怪，你別害怕。眼前這許多高僧在此，定能解此冤孽。」周芷若向來端莊穩重，這時實是怕得狠了，才在衆目睽睽之下抱住了他，聽他這麼說，臉上一紅，忙放開了他，站起身來，但兀自不住發抖，抓著他手掌，怎麼也不敢放脫。

張無忌和空聞見過了禮，說起適才有人在外窺探之事。空聞和羣僧都沒見到，但窗紙新裂，破孔俱在。

周芷若道：「無忌哥……張教主，我見到的，確然是她。」張無忌點了點頭。周芷若顫聲道：「你……你……見到的是誰？」張無忌道：「是殷姑娘，我的表妹殷離。」周芷若低低一聲驚呼，又暈了過去。這一次張無忌拉著她手，是以她並沒摔倒，略一昏暈，便即醒轉。張無忌道：「我見到了表妹，可是……她是人，不是鬼！」周芷若顫聲道：「她不是鬼？」張無忌道：「我一路跟著她到少林寺來。她行走如常，決非鬼魂。」這幾句話只是安慰周芷若，在他內心，可實在難以確定。周芷若問道：「你當眞見她行走如常，確非鬼魂？」

張無忌回想一路跟隨那黑衣少女來到少林寺，又見她躲在長窗之外向殿中窺探，一舉一動，全是一個身懷武功的姑娘，毫無特異之態，向空聞道：「方丈大師，在下有一事不明，要向方丈請教。人死之後，是否眞有鬼魂？」

空聞沉思半晌，道：「幽冥之事，實所難言。」張無忌道：「然則方丈何以虔誠行法，超度幽魂？」空聞道：「善哉，善哉！幽魂不須超度。人死業在，善有善報，惡有惡報。佛家行法，乃在求生人心之所安，超度的乃是活人。」張無忌登時領悟，拱手道：「多謝指點。在下深夜滋擾，至爲不安，萬望方丈恕罪。」空聞微笑道：「教主乃敝派的大恩人，數度拯救，使少林派得免於難，何必客氣。」

張無忌與羣僧作別，向周芷若道：「咱們走罷！」周芷若臉有遲疑之色，不敢離開佛殿。張無忌也不便強勸，拱手道：「既是如此，咱們就此別過。」說著走出殿門。

周芷若望著他的背影，突然叫道：「無忌哥哥，你還見我不見？我……和你一起去。」縱身奔到他身旁，和他並肩出了寺門。

二人離少林寺既遠，周芷若便靠到張無忌身邊，拉住了他手。張無忌知她害怕，握著她軟滑柔膩的手掌，身畔幽香陣陣，心中不能無感。

二人默不作聲的走了一陣，周芷若悠悠嘆了一口長氣，說道：「無忌哥哥，那日我和你初次在漢水之中相逢，得蒙張眞人搭救，倘若早知日後要受這麼多苦楚，我當時便死在漢水之中，倒也乾淨得多。」張無忌不答，忍不住輕輕哼道：「生亦何歡，死亦何苦？憐我世人，憂患實多。」周芷若聽著歌詞，握著他的手微微顫動。

周芷若低聲道：「張眞人送我去峨嵋派，自是爲了我好，但如他老人家讓我歸入武當門下，今日一切又必大不相同。唉，恩師對我何嘗不好？可是……可是她逼我發那些毒誓，要我痛恨明教，要我恨你害你，可是我心中……實在……實在愛你……」

張無忌聽她說得眞誠，頗爲感動，知她確有許多難處，種種狠毒之事，大都是奉了滅絕師太的遺命而爲，眼見她怕得厲害，對她憐惜之情又深了一層。

山道上晚風習習，其時正當秋末，良夜露淸，耳聽著一個美貌少女吐露深情，張無忌不能不怦然心動，何況當時在小島上爲她解毒時曾有肌膚之親，過去她旣於己有恩，又有婚姻之約，不由得心中迷惘。

周芷若道：「無忌哥哥，那日在濠州你正要和我拜堂成親，爲甚麼趙姑娘一叫你，你便隨她而去？你心中眞的十分愛她麼？」張無忌道：「我正要將這件事跟你說知。咱們坐下來說。」說著指了指路旁的一塊大石。

周芷若道：「不，我此刻心煩意亂，聽不下去，走一會靜靜心再說。」張無忌點點頭，任由她攜著手，信步所之。周芷若帶著他走向一條小路，行了四五里路，說道：「好了，你跟我說罷。」走到一叢灌木前的一塊山石邊，兩人並肩坐下。

張無忌於是將趙敏手中握著謝遜一束黃髮、引得他非走不可的諸般事情一一說了。周芷若聽畢，半晌不語。張無忌道：「芷若，你怪我麼？」周芷若哽咽道：「我做了這許多錯事，只怪我自己，還能怪你麼？不過，無忌哥哥，我心裏的的確確一直是眞心眞情的對你！」張無忌輕撫她肩頭，柔聲道：「我知道的。世間事陰差陽錯，原難逆料，你也不用太過傷心。」

周芷若仰起頭來，說道：「無忌哥哥，我有句話問你，你須得眞心答我，不能有絲毫隱瞞。」張無忌道：「好，我不會瞞你。」周芷若道：「我知道這世上曾有四個女子眞心愛你。一個是去了波斯的小昭，一個是趙姑娘，另一個是……她……」她心中要說「殷姑娘」，但始終不敢說出口來，頓了一頓，道：「倘若我們四個姑娘，這會兒都好好的活在世上，都在你身邊。你心中眞正愛的是那一個？」

張無忌心中一陣迷亂，道：「這個……嗯……這個……」

當日張無忌與周芷若、趙敏、殷離、小昭四人同時乘船出海之時，確是不止一次想起：「這四位姑娘個個對我情深愛重，我如何自處才好？不論我和那一個成親，定會大傷其餘三人之心。到底在我內心深處，我最愛的是那一個呢？」他始終徬徨難決，便只得逃避，一時想：「韃子尙未逐出，河山未得光復。匈奴未滅，何以家爲？儘想這些兒女私情作甚麼？」一時又想：「我身爲明教教主，一言一動，與本教及武林興衰均有關連。我自信一生品行無虧，但若躭於女色，莫要惹得天下英雄恥笑，壞了本教的名聲。」一過一時又想：「我媽媽臨終之時，一再囑咐於我，美麗的女子最會騙人，要我這一生千萬小心提防，媽媽的遺言豈可不謹放心頭？」

其實他多方辯解，不過是自欺而已，當眞專心致志的愛了那一個姑娘，未必便有礙光復大業，更未必會壞了明教的名聲，只是他覺得這個很好，那個也好，於是便不敢多想。他武功雖強，性格其實頗爲優柔寡斷，萬事之來，往往順其自然，當不得已時，雅不願拂逆旁人之意，寧可捨己從人。習乾坤大挪移心法是從小昭之請；任明教教主既是迫於形勢，亦是殷天正、楊逍等動之以情；與周芷若訂婚是奉謝遜之命；不與周芷若拜堂又是爲顧及義父性命而受趙敏所迫。當日金花婆婆與殷離若非以武力強脅，而是婉言求他同去靈蛇島，他多半便就去了。

有時他內心深處，不免也想：「要是我能和這四位姑娘終身一起廝守，大家和和睦睦，豈不逍遙快樂？」其時乃是元末，不論文士商賈、江湖豪客，三妻四妾實屬尋常之極，單只一妻的反倒罕有。只是明教教衆向來節儉刻苦，除妻子外少有侍妾。張無忌生性謙和，深覺不論和那一位姑娘匹配，在自己都是莫大福澤，倘若再娶姬妾，未免太也對不起人，又見殷離因父親多妻而釀成家庭慘劇，因此這樣的念頭在心中一閃即逝，從來不敢多想，偶爾念及，往往便即自責：「爲人須當自足，我竟心存此念，那不是太過卑鄙可恥麼？」

後來小昭去了波斯，殷離逝世，又認定是趙敏所害，那麼順理成章，自是要與周芷若成婚。不料變生不測，大起波折，其後眞相逐步揭露，周趙二女所作之事原來顚倒，幸好自己並未與周芷若成婚，鑄成大錯。趙敏更公然與父兄決裂，則此事已不爲難。萬不料趙敏突然不告而別，而周芷若又有此一問。

周芷若見他沉吟不答，說道：「我問你的乃是虛幻之事。小昭已當了波斯明教的處女教主，我又……又殺害了殷姑娘。四個女子之中，只剩下了趙姑娘。我只是問你，倘若我們四人都好端端的在你身邊，誰都沒做過壞事，你便如何？」

張無忌道：「芷若，這件事我在心中已想了很久。我似乎一直難決，但到今天，我才知道眞正愛的是誰。」周芷若問道：「是誰？是……是趙姑娘麼？」

張無忌道：「不錯。我今日尋她不見，恨不得自己死了才好。小昭離我而去，我自十分傷心。我表妹逝世，我非常難過。你……你後來這樣，我既痛心，又深感惋惜，如果不能再見你，我是萬分的不捨得。然而，芷若，我不能瞞你，要是我這一生再不能見到趙姑娘，我是寧可死了的好。這樣的心意，我以前對旁人從未有過。」

他初時對殷離、周芷若、小昭、趙敏四女似乎不分軒輊，但今日趙敏這一走，他才突然發覺，原來趙敏在他心中所佔位置，畢竟與其餘三女不同。

周芷若聽他這般說，輕聲道：「那日在大都，我見你到那小酒店去和她相會，便知你內心眞正情愛之所繫。只是我還痴心妄想，若是與你……與你成親之後，便……便可以拉得你回心轉意，實在……實在……那是萬萬不能的。」

張無忌歉然道：「芷若，我對你一向敬重愛慕、心存感激，對殷家表妹是可憐她的遭遇、同情她的痴情，對小昭是意存憐惜、情不自禁的愛護，但對趙姑娘卻是……卻是銘心刻骨的相愛。」

周芷若喃喃道：「銘心刻骨的相愛，銘心刻骨的相愛。」頓了一頓，低聲道：「無忌哥哥……我對你可也是銘心刻骨的相愛。你……你難道不知道麼？」

張無忌大是感動，握著她手，柔聲道：「芷若，我是知道的。你對我這番心意，今生今世，我不知要如何報答你才好。我……我眞是對你不起。」

周芷若道：「你沒對我不起，你一直待我很好。我問你：倘若趙姑娘此番不別而行，你永遠找不到她了，倘若她給奸人害死了，倘若她對你變心，你……你便如何？」

張無忌心中已難過了很久，聽她這麼說，再也忍耐不住，流下淚來，哽咽道：「我……我不知道！總而言之，上天下地，我也非尋著她不可。尋她不著，我就去死！」

周芷若嘆了口氣，道：「你不用死，她不會對你變心的。你要尋著她，也很容易。」

張無忌又驚又喜，站了起來，道：「她在那裏？芷若，請你快說。」

周芷若一對妙目凝視著張無忌，見他臉上大喜若狂的神情，輕輕的道：「你對於我永遠不會這麼關心。你要知道趙姑娘的所在，須得答允我一件事，否則你永遠找她不到的了。」張無忌問道：「你要我答允甚麼事？」

周芷若道：「這件事我現下還沒想起，日後想到了再跟你說。總之這事不違俠義之道，不礙光復大業，也於明教及你自己的名聲無損，只是做起來未必容易。」

張無忌一呆，心想：「當日敏妹要我做三件事，也說甚麼不違俠義之道。迄今爲止，她只要我做過兩件事，那兩件事可眞不易辦。怎麼芷若也學起她的樣來？」

周芷若道：「你不答允，自然也由得你。不過大丈夫言而有信，要是答允了我，事到臨頭，可不能推諉抵賴。」張無忌沉吟道：「你說此事不違俠義之道，不礙光復大業，也於明教及我自己的名聲無損？」周芷若道：「不錯！」張無忌道：「好，當眞不違俠義之道，無損於光復大業，我便答允你了。」周芷若道：「咱們擊掌為誓。」伸出手掌，要與他互擊。

張無忌情知跟她擊掌立誓之後，便是在自己身上套了一道沉重之極的枷鎖，這個周姑娘外表溫柔斯文，但心計之工、行事之辣，與趙敏絲毫不相上下，總之是遠遠勝過了自己，一時提起了手掌，拍不下去。周芷若微笑道：「你只須答允我這件事，我教你頃刻之間，便見到你的心上人。」張無忌胸口一熱，再也不計其他，便和她擊掌三下。

周芷若笑道：「你瞧這裏是誰。」伸手撥開了身後樹叢。只見一叢樹葉之後坐著個少女，臉上似笑非笑，卻不是趙敏是誰？

張無忌驚喜交集，大叫一聲：「敏妹！」

忽聽得身後數丈之外，一個女子聲音「咦」的一聲，似乎突然見到趙敏現身，忍不住驚呼了出來。這一聲驚呼聲音甚輕，但張無忌已聽得清清楚楚。

他一呆之下，心中轉過了無數念頭，緩緩伸出手掌去拉趙敏的手，雙掌相接，只覺她手掌頗爲僵直，登時省悟，只道她日間不別而行，到處找她不到，原來卻是給周芷若擒住了，點了她穴道，藏在這裏。周芷若故意帶他到這裏來說這一番話，自是句句要趙敏聽見。倘若自己不忍令周芷若傷心，隨口討好，對她說些情濃言語，甚至摟住她親熱一番，可又墮入了她計中，那時趙敏可當眞非走不可了。他心想直到此刻，周芷若還在使用機詐，不由得暗叫：「慚愧！」背上出了一身冷汗，順手一搭趙敏的脈摶，察覺氣血運行如常，並未受傷。

月光之下，只見她眉間眼角，笑意盈盈，說不盡的嬌媚可愛，想是他適才與周芷若這番對答，都教她一一聽在耳中。她雖然身不能動，口不能言，但聽到他背後吐露心曲，對自己竟是如此銘心刻骨的相愛，情意懇切，自然禁不住心花怒放。

周芷若彎下腰來，在張無忌耳邊低聲說了幾句話，張無忌低聲回答一句。周芷若怒喝：「張無忌，你竟全然沒將我放在眼裏，你仔細瞧瞧，趙姑娘中毒之後，還活得成麼？」張無忌驚道：「她……她中了毒！是你下的毒麼？」俯身察看，剛翻開趙敏左眼的眼皮，周芷若已伸指在他背心上一戳，點中了穴道。張無忌「啊喲」一聲，身子搖晃。周芷若出手如風，纖指連動，又點了他左肩、腰脅、後心一共五處大穴。

張無忌仰天便倒，只見青光一閃，周芷若拔出長劍，抵住了他胸口，喝道：「一不做、二不休，今日便取了你性命。反正殷離的冤魂纏上了我，我終究活不成啦。咱們大夥兒一起做鬼便了！」說著提起長劍，便往他胸口刺落。

忽聽得身後一個女子的聲音叫道：「且慢！周芷若，殷離沒死！」

周芷若回過頭來，只見一個黑衣女子從草叢中疾奔而出，伸指戳來。周芷若斜身閃開，那女子回過頭來，月光側照，只見她臉容俏麗，臉頰上淡淡的布著幾條血痕。張無忌看得明白，這女子正是他表妹殷離，她臉上浮腫已然盡褪，雖有縱橫血痕，卻不掩其美，依稀便是當年蝴蝶谷中、金花婆婆身畔那個清秀絕俗的小姑娘。

周芷若退後兩步，左掌護胸，右手中長劍的劍尖指住張無忌胸口，喝道：「你再上前一步，我便刺死了他。」殷離不敢再動，急道：「你……你做的惡事還不夠多麼？」

周芷若道：「你到底是人是鬼？」殷離道：「我自然是人。」

張無忌突然大叫一聲：「蛛兒！」一躍而起，抱住了殷離，叫道：「蛛兒……你……你想得我好苦！」這一下出其不意，殷離嚇得尖叫一聲，給張無忌圍住了雙臂，動彈不得。原來先前周芷若點他穴道，都是做作。

周芷若嘻嘻一笑，說道：「若非如此，你還是不肯現出眞相。」回身去解開了趙敏穴道，爲她推宮過血，按摩筋脈。趙敏給她制住了大半日，冷清清的抛在這裏，心下好不惱怒，幸好後來聽到張無忌吐露心事，這才轉怒爲喜。只是突然之間又多了一個殷離出來，卻更平添了無數心事，正是舊恨甫去，新愁轉生。

殷離嗔道：「你拉拉扯扯的幹甚麼？趙姑娘、周姑娘都在這兒，成甚麼樣子？」趙敏道：「哼，要是我和周姑娘都不在這兒，那就成樣子了？」張無忌笑道：「我見你死後重生，歡喜無盡，表妹，你到底……到底是怎樣了？」

殷離拉著他手臂，將他臉孔轉到月光下，凝視半晌，突然抓住他左耳用力一扭。張無忌痛叫：「啊喲！你幹甚麼？」殷離道：「你這千刀萬剮的醜八怪！你……你將我活埋在土裏，教我吃了多少苦頭。」說著在他胸口連搥三拳，砰砰有聲。張無忌不敢運九陽神功相抗，忍痛受了她這三拳，笑道：「蛛兒，我的的確確以爲你已經……已經死了，累我傷心得痛哭了幾場。你沒死，那好極啦，當眞是老天爺有眼！」

殷離怒道：「老天爺有眼，你這醜八怪便沒眼！你深通醫道，連人家是死是活也不知道。我才不信呢！你是嫌我的臉腫得難看，沒等我斷氣，便趕不及將我埋在土裏，你這沒良心的、狠心短……短……的死鬼！」她一連串的咒罵，神情語態，一如往昔。

張無忌笑嘻嘻的聽著，搔頭道：「你罵得是，罵得很是。當時我眞胡塗，見到你滿臉鮮血，沒了呼吸，心又不跳了，只道已然無救，心裏悲痛，就沒細查……」殷離跳將起來，伸手又去扭他右耳。張無忌嘻嘻一笑，閃身避開，作揖道：「好蛛兒，你饒了我罷！」

殷離道：「我才不饒你呢！那日我不知怎樣醒了過來，上下四周冷冰冰的，都是石塊。你既要活埋我，幹麼又在我身上堆了些樹枝石頭？爲甚麼不在我身上堆滿泥土，我透不過氣來，不就眞的死了？」張無忌道：「我怕泥塊刮損了你臉，心裏不捨得……謝天謝地，幸好我在你身上先堆了樹枝石頭。」忍不住向周芷若斜睨一眼。殷離怒道：「這人壞透啦，我不許你看她。」張無忌道：「爲甚麼？」殷離道：「她是殺死我的兇手，你還理她作甚？」趙敏插口道：「你既沒死，她便不是殺你的兇手。」殷離道：「我已死過了一次，她就做過了一次兇手！」

張無忌勸道：「好蛛兒，你脫險歸來，我們都歡喜得緊。你安安靜靜的坐下來，跟我們說說這番死裏逃生的經過。」殷離道：「甚麼我們不我們的。我來問你，你說『我們』這兩個字，到底那幾個人才是『我們』？」

張無忌微笑道：「這裏只有四人，自然是我和周姑娘、趙姑娘了。」殷離冷笑道：「哼！我沒死，你或許還有幾分眞心歡喜，可是周姑娘和趙姑娘呢？她們也都歡喜麼？」

周芷若道：「殷姑娘，那日我起下歹心，傷害於你，事後不但深自痛悔，連夢魂之中也常自不安，否則今日突然在樹林中見到你，也不會嚇成這個樣子了。此刻見你平安無恙，免了我的罪孽，老天在上，我確實歡喜無限。」殷離側著頭想了片刻，點頭道：「那也有幾分道理。我本想找你算帳，既然如此，那就罷了。」

周芷若雙膝跪倒，嗚咽道：「我……我當眞太也對你不起，請你原諒。」

殷離向來性子執拗，但眼見周芷若認錯，心下登時軟了，忙扶起她，說道：「周姊姊，過去的事，誰也別放在心上，反正我也沒死。」拉著她手，並肩坐下。殷離掠了掠頭髮，又道：「你在我臉上劃了這幾劍，也不是全無好處。我本來臉上浮腫，中劍後毒血流盡，浮腫倒慢慢消了。」周芷若心下歉仄無已，不知說甚麼好。

張無忌道：「我和義父、周姑娘後來在島上住了很久。蛛兒，你從墓中出來後，怎會不見到我們？」

殷離怒道：「我是不願見你。你和周姑娘這般卿卿我我，聽得我好不生氣。哼！『我此後只有加倍疼你愛你！我二人夫婦一體，我怎會給你氣受？』」她學著張無忌的口氣說了這幾句話後，又學著周芷若的口氣道：「『要是我做錯甚麼，你會打我、罵我、殺我麼？我從小沒爹娘教導，難保不會一時胡塗。』」她咳嗽一聲，又學著男子的嗓子說道：「『芷若，你是我的愛妻。就算你做錯了甚麼，我是重話也不捨得責備你一句。』」手指西天明月，說道：「『天上的明月，是咱倆證人。』」

原來當晚張無忌與周芷若定情時所說的言語，都讓殷離聽在耳中。這時她覆述出來，只聽得周芷若滿臉通紅，張無忌忸怩不安。他向趙敏偷瞧一眼，見她一張俏臉氣得慘白，於是輕輕伸手過去，握住了她手腕。趙敏手掌翻轉，兩根長長的指甲刺入他手背。張無忌吃痛，卻不敢叫出聲來，也不敢動。

殷離伸手入懷，取出一根木條來，放在張無忌眼前，道：「你瞧清楚了，這是甚麼？」張無忌一看，見木條上刻著一行字道：「愛妻蛛兒殷離之墓。張無忌謹立。」正是他當日在殷離墓前所豎立的。

殷離恨恨的道：「我從墓中爬了出來，見到這根木條，當時便胡塗了，怎麼？是那個狠心短命的小鬼張無忌？我百思不得其解，直到後來偷聽到你二人的說話，『無忌哥哥』長，『無忌哥哥』短的，這才恍然大悟。原來張無忌便是曾阿牛，曾阿牛便是張無忌。你這沒良心的，騙得我好苦！」說著舉起木條，用力往張無忌頭上擊了下去，啪的一聲響，木條斷成數截，飛落四處。

趙敏怒道：「怎麼動不動便打人？」殷離哈哈一笑，說道：「我打了他，怎麼樣？你心疼了是不是？」趙敏臉上一紅，道：「他是在讓你，你別不知好歹。」

殷離笑道：「我有甚麼不知好歹？你放心，我才不會跟你爭這醜八怪呢，我一心一意只喜歡一個人，那是蝴蝶谷中咬傷我手背的小張無忌。眼前這個醜八怪啊，他叫曾阿牛也好，叫張無忌也好，我一點也不喜歡。」她轉過頭來，柔聲道：「阿牛哥哥，你一直待我很好，我好生感激。可是我的心，早就許了給那個狠心的、兇惡的小張無忌了。你不是他，不，不是他……」張無忌好生奇怪，囁囁嚅嚅的說道：「我明明是張無忌，怎麼……怎麼……」

殷離神色溫柔的瞧著他，呆呆的看了半晌，目光中神情變幻，終於搖搖頭，說道：「阿牛哥哥，你不懂的。在西域大漠之中，你與我同生共死；在那海外小島之上，你對我仁至義盡。你是個好人，你待我這麼好，我該好好愛你的。不過我對你說過，我的心早就給了那個張無忌啦。我要尋他去。我如尋到了他，你說他還會打我、罵我、咬我嗎？」說著也不等張無忌回答，轉身緩緩走開。

張無忌陡地領會，原來她眞正所愛的，乃是她心中所想像的小張無忌，是她記憶中在蝴蝶谷所遇上的小張無忌，那個打她咬她、倔強兇狠的小張無忌，卻不是眼前這個眞正的張無忌，不是這個長大了的、待人仁恕寬厚的張無忌。

他心中三分傷感、三分留戀、又有三分寬慰，望著她的背影消失在黑暗之中。他知道殷離這一生，永遠會記著蝴蝶谷中那個一身狠勁的少年，她要去找尋他。她自然找不到，但也可以說，她早已尋到了，因爲那個少年早就藏在她的心底。眞正的人、眞正的事，往往不及心中所想的那麼好。

周芷若嘆道：「都是我不好，害得她這麼瘋瘋顚顚的。」張無忌卻想：「她確是有點兒瘋瘋顚顚，這是我害的。可是比之腦筋淸楚的人，她未必不是更加快活些。」

趙敏心中所思量的，卻是另一回事。殷離來了又去了，然而周芷若呢？殷離既沒死，謝遜也好端端的平安無恙，倚天劍和屠龍刀中所藏的兵書和武功，連同那把刀，都已交給了張無忌，周芷若所犯的過錯，這時看來都沒甚麼大不了的了。當然，宋青書爲了她而害死莫聲谷。然而這是宋青書自己的罪孽，周芷若事先的確全不知情，也絕無唆使之意。張無忌曾與她有婚姻之約，他，可不是棄信絕義之人。

周芷若站起身來，說道：「咱們走罷！」趙敏道：「到那裏去？」周芷若道：「我適才在少林寺時，見彭瑩玉和尙匆匆前來尋他，似乎明教中出了甚麼要緊事。」張無忌一凜，心道：「我莫要爲了兒女之情，誤了教中大事。」忙道：「咱們快去瞧瞧。」當下三人快步而行，不多時便找到了明教教衆宿營之所。

楊逍、范遙、彭瑩玉等正命人到處找尋教主，見他回來，俱各欣慰，但見周趙二女和他同歸，又均詫異。張無忌見衆人神色沮喪，隱隱知道不妙，問道：「彭大師，你有事尋我麼？」彭瑩玉尙未回答，周芷若挽了趙敏的手，道：「咱們到那邊坐坐。」趙敏知她避嫌，不願與聞明教教內的秘密，於是與她並肩齊出。

楊逍、范遙等更加奇怪，均想：「那日濠州教主成婚之日，這兩位姑娘血濺華堂，鬥得何等厲害，此刻卻親似姊妹。不知教主是如何調處的，果然是能者無所不能，這門『乾坤大挪移』功夫，當眞令人好生佩服。」

彭瑩玉待周趙二女走出，說道：「啓稟教主，龍鳳皇帝應吳國公之請，自滁州遷往應天，到得鎮江對岸的瓜步，坐船傾覆，在長江中崩駕！」張無忌叫聲：「啊喲！」甚是痛惜。韓林兒為人忠厚，當年大都「遊皇城」時曾與張無忌、周芷若共遊，頗為交好。張無忌便即派人告知周芷若，在少林寺開喪。

彭瑩玉再向張無忌密陳：韓林兒在瓜步舟覆溺斃，負責護送的是大將廖永忠。吳國公朱元璋得訊後大怒，已下旨將廖永忠處死，作為護送主上不忠不力的懲罰。

張無忌點頭道：「不管怎麼說，韓兄弟是我教東路紅巾軍的大首領，廖永忠該殺！」彭瑩玉低聲道：「啓稟教主：廖兄弟是冤枉的。」張無忌奇道：「怎麼冤枉？」彭瑩玉道：「廖兄弟是常遇春兄弟手下的得力戰將，一向作戰勇敢，身先士卒，他是暗中受了朱元璋的密旨，故意翻船淹死韓兄弟。常兄弟得知此事，已與朱元璋拍檯爭吵，軍中不少人都知道了。徐達兄弟從旁相勸，說只須偷偷將廖永忠放了，胡亂殺個罪犯充數，就此作罷。但朱元璋先派人將廖永忠抓了去，不讓常兄弟他們掉包，定要殺了廖永忠滅口。他們來向我申訴，屬下不敢作主，此事請教主定奪。」

張無忌十分煩惱，深覺此事難以兩全，既不能讓這件大冤案在明教之中發生，但如公然指責朱元璋，他手握重兵，勢力極大，如徹查到底，明教不免因此分裂，於抗元大業異常不利，便道：「快請左右光明使、韋法王、五散人、五旗使來共同計議。」

這是教中大事，張無忌向少林寺借了一處僻靜房舍，派出好手放哨守衛，以防消息外洩。楊逍等人素知彭瑩玉精明幹練、仁義公正，他既這麼說，事先必已調查清楚，決不致誤報實情。

周顛首先大叫：「朱元璋這傢伙眞不是個東西！先前他還想爭奪教主之位。要是他不斷弄虛作假、冤枉好人，就算他將韃子都趕了出去，他自己做教主、做皇帝，比韃子也好不了多少，還不如不趕韃子，大家省點力氣算了。教主，我說咱們總壇該當派人去查個淸楚，革了他的封號，再斷他一條手臂，爲韓林兒兄弟抵命！」

鐵冠道人張中也道：「教主，聖火令大戒，禁止殘殺本教兄弟。朱元璋這麼搞，如果不加懲處，此後大家你殺我、我殺你，聖火令的大戒小戒還守不守？」

張無忌道：「殘殺本教兄弟，確然不該。咱們第一件事是先救廖兄弟，調他到總壇來，問他個詳細。」說不得道：「教主之言甚是。我即刻去應天府，相救廖兄弟出險。」韋一笑道：「廖兄弟自然是該救的。但廖兄弟一救出，朱元璋立知總壇已在徹查這事。鄧愈、吳良、馮勝、傅友德他們，個個是聽朱元璋號令的，他們每人都帶領數萬兵馬，可得先下手爲強，不服總壇號令的，須當一一除去才是。」

張無忌聽了，長嘆一聲，說道：「殺了這個，又得再殺那一個。個個都是好兄弟，我可眞不忍下手。能不能大會諸將，把事情攤開來談，大夥兒既要講公公道道，又得求和和氣氣？」彭瑩玉搖頭道：「可惜，做不到！」

張無忌茫然失措，問楊逍、范遙道：「楊左使、范右使，你們兩位以爲如何？」

楊逍道：「不管兵革戰陣，明教光明乾淨！」他簡略解釋：明教義軍在各地起事，殺官造反，鬧得蒙元手足無措，戰陣有成有敗，他們既不向總壇稟報，總壇也管不著他們。應天府這支紅巾軍，素來自行其是，聲勢壯盛，總壇不能殺了他們的首領，也不能以明教教規予以羈縻約束，只能任其自然。但決不能任由他們來爭教主之位，由他們來指揮明教。

范遙朗聲道：「楊左使之言，正合我意。咱們今後要使明教光明乾淨，熊熊聖火長燃不滅。咱們手持屠龍寶刀，朱元璋這傢伙倘若善待百姓，就隨他去。否則咱們屠龍寶刀一揮，砍了他的腦袋！」

張無忌伸掌在案上重重一拍，說道：「正是如此！明教正直光明，永保黎民百姓！」韋一笑、五散人、五旗使等一齊大聲呼應：「明教正直光明，永保黎民百姓！」

至此議事已定，但張無忌仍不免心中鬱鬱，深覺如此定奪，頗有虧於仁俠的宗旨。廖永忠遭冤枉處死，總壇未能爲他洗雪，終究良心難安，但一加干預，牽連太大，自己確又無力公道處理。

待得步出舍門，已是深夜。次晨趙敏說道：「周姊姊昨晚已然離去，說不跟你辭別了。」張無忌惘然半晌，以和張三丰分別日久，甚是想念，當下帶同趙敏、宋青書，與俞蓮舟等齊上武當山去。

少室山與武當山相距不遠，不數日便到山上。張無忌隨同俞蓮舟、張松溪、殷梨亭三人入內拜見張三丰，又見了宋遠橋及俞岱巖。

宋遠橋聽說兒子在外，鐵青著臉，手執長劍，搶將出來。張無忌等均覺勸也不是，不勸也不是，一齊跟到了大殿。張三丰也隨著出來。

宋遠橋喝道：「忤逆不孝的畜生在那裏？」瞥眼見宋青書躺在軟床之中，頭上綁滿了白布，連眼睛也遮沒了，長劍挺出，劍尖指向他身上，但手一軟，竟刺不下去。霎時之間，想起父子之情、同門之義，不由得百感交集，回過劍來，疾往自己小腹上刺去。

張無忌急忙伸手，奪下了他手中長劍，勸道：「大師伯，萬萬不可。此事如何處理，該請太師父示下。」張三丰嘆道：「我武當門下出此不肖子弟，遠橋，那也不是你一人的不幸。這等逆子，有不如無。」

宋青書突然大叫：「爹爹，爹爹！」想跳出軟床，向太師父及父親拜倒，一用力間，創傷迸裂，頭骨破碎，一口氣接不上來，就此氣絕。張無忌忙搶上前去，雙手分別按住他後心丹田，傳送眞氣，以求續命。隨即請俞蓮舟、張松溪二人接替，自己騰出手來，整治他碎裂了的頭骨。但宋青書氣息已絕，心跳已止。

宋遠橋撫著愛子屍身，又惱又悲，一時轉不過氣來，仰天摔倒。張無忌急忙扶起，給他按胸順氣。宋遠橋跪下哭道：「師父，弟子疏於管教，累得七弟命喪畜生之手。弟子如何對得起你老人家和七弟？」張三丰道：「此事你確有罪愆，本派掌門弟子之位，今日起由蓮舟接任。你專心精研太極拳法，掌門的事務，不必再管了。」宋遠橋拜謝奉命。

俞蓮舟推辭不就，但張三丰堅不許辭，只得拜領。

眾人見張三丰革宋遠橋、換掌門人，門規嚴峻，心下無不凜然。張三丰問起英雄大會及義軍抗元之事，對張無忌溫勉有加。

趙敏向張三丰跪下磕頭，謝過當日無禮之罪。張三丰哈哈一笑，全不介懷。俞岱巖終身殘廢、張翠山喪命，均與她昔日手下的阿大、阿二等人有關，但其時趙敏尚未出生，終究也怪不到她頭上。張三丰聽得她甘心背叛父兄而跟隨張無忌，說道：「好，好！難得，難得，難得！」

張無忌在武當山上與張三丰等聚了數日，偕同趙敏前赴應天。

一路上連得本教捷報，又聽得各地義軍蜂起，張無忌心下甚喜，與趙敏連騎東行，眼見河山指日可復，只盼自此天下太平，百姓得能安居樂業，也不枉了這幾年來出死入生，多歷憂患。他不願多所驚動，一路均未與明教義軍將領會面，只暗中察看，但見義軍軍紀嚴明，不擾百姓，到處多聞頌揚吳國公朱元璋、徐達大將軍之聲。

這一日來到應天府城外，朱元璋得訊，命湯和、鄧愈兩將率兵迎候，接入賓館。湯和稟道：「吳國公與徐大將軍、常將軍正在處理緊急軍情，得知教主到來，不勝之喜。只以軍務羈身，未克親迎，還請教主恕過不恭之罪。」張無忌笑道：「咱們自己兄弟，管這些迎送虛文作甚？自是軍務要緊。」

當晚賓館中大張筵席。酒過三巡，朱元璋帶同大將徐達、常遇春、湯和、鄧愈、花雲匆匆趕到，在席前拜伏在地。張無忌急忙扶起。朱元璋親自斟酒，恭恭敬敬的向張無忌敬了三杯，張無忌全都一飲而盡。席間說起各路軍情，朱元璋稟報攻城略地的業績，言下頗有得色。張無忌大加稱讚。

過不多日，明教眾首領紛紛自各地到應天府相聚，楊逍、范遙、韋一笑、殷野王、五散人、五旗使等先後到達。這次明教首腦大會應天，便是意圖奉教主張無忌爲義軍的正式首領，就此稱爲「明王」，打平天下後登位爲帝，建立大明王朝。應天府大多數兵將出自明教，徐達、常遇春等大將，楊逍、范遙、韋一笑、彭和尙等教中首腦人物，對張無忌向來尊崇信服，一致贊同，只朱元璋、李文忠、胡廷瑞等不願將大好基業奉之於張無忌，然見大勢所趨，也不敢示意反對。只因當時局面之下，一表反對，就是「作反」，立時有殺身之禍。

張無忌卻堅不允肯，說道出任教主已大違本意，要任義軍首領稱王，更加萬萬不可，各人若逼得急了，連教主也不肯當了。張無忌自從平反不了韓林兒冤死、救不了廖永忠性命，任由朱元璋胡爲，心中常自耿耿，自覺才能不夠，處理不了大事，久思退位。各人議論不決，張無忌拍案發怒。其時殷天正逝世、謝遜出家，教中已無張無忌信從其言的長輩，殷野王雖是舅舅，但向來遵奉教主號令，見他發火，便也不敢多言，反而附和其意，說道：「教主喜歡逍遙自在，不喜權位，我等應尊重他的意願，一切從長計議。」

衆人無可奈何之下，盡皆沮喪。周顛胡說八道，徒亂人意。忽然門外教衆來報：「波斯總教派了一個使節團，前來參見教主。」張無忌忙率領衆人，出門迎接。

出得門來，只見遠遠一隊人馬，穿得花團錦簇，緩緩而來，連馬匹上也披紅掛綵，喜氣洋洋，前導樂隊吹起胡笳鎖吶、彈著十幾隻琵琶。幾名胡人見張無忌等人出來，便即下馬，奔上前來，恭恭敬敬的躬身行禮。一名爲首者說道：「波斯明教聖教主謹派下走前來中華，拜見中華明教張教主。」

趙敏隨在張無忌身旁，朗聲說道：「貴使遠來辛苦，我們歡迎之至，請勿多禮。貴使乃大聖寶樹王乎？」那胡人正是大聖寶樹王，聽趙敏叫出他名字，既驚且佩，說道：

「是也，是也！貴女有此神通，竟知敝人小小外號，敝人拜服之至。」

趙敏朗聲道：「敝女非有神通，蓋在大海之中，曾見過貴使者也。隨貴使而來者莫非智慧寶樹王乎？莫非常勝寶樹王乎？」智慧、常勝二王正在大聖王之後。智慧王呵呵笑道：「貴女大智大慧，過目不忘。今日得見張教主，又見智慧貴女，幸乎哉，幸乎哉！」趙敏微笑道：「智慧王精通我中華言語，大勝王武功高強，曾和我教張教主鬥成平手，佩服哉，佩服哉！」這幾句外交言語說過，雙方情誼融洽，哈哈大笑聲中，張無忌將賓客迎入門中，到大廳分賓主就座。

趙敏坐在張無忌下首，說道：「三位奉貴教聖教主之命，前來中華，萬里迢迢，有朋自遠方來，樂乎哉，樂乎哉！」大聖王站起身來，躬身說道：「敝教聖教主命吾等三人，恭奉貴重禮物於張教主。」雙手一拍，四名錦衣波斯人抬著一隻閃閃發光的白銀箱子，躬身放到張無忌身前。箱蓋打開，裏面錦緞為襯，並排放著六根聖火令。

張無忌吃了一驚，站起身來。中華明教本有十二根聖火令，前代教主失卻，上次靈蛇島會鬥，張無忌奪回了六根，由此而得悉古波斯武功的原委，想不到小昭又送來餘下的六根。如此則十二枚聖火令盡歸原主，他這教主當得名正言順，小昭這份禮物，可說隆重之極。他心中一酸，眼眶不由得紅了。

智慧王從銀箱中取出一封錦緞包裹的書信，雙手呈給張無忌。張無忌接過，說道：

「智慧王請坐。」智慧王見張無忌展讀本教教主的書函，便站在一旁恭候，大聖、常勝兩位寶樹王也站起身來。張無忌攤開信箋，見箋上以中華文字寫道：

「張公子尊鑒：自分別以來，沒一個時辰不想念你。你身子安好嗎？反蒙的大業順利嗎？奉上聖火令六枚，這本來是中華聖教的東西。你見到聖火令時，請記得萬里之外的小丫頭小昭。她的命運連這聖火令也不如，因爲她不能見到你，不能天天伴在你身邊。願明尊佑護你！我盼望終有一天能回到你身邊，再做你的小丫頭，那時我總教的教主也不做了。」

信箋下角畫了一朵小小的紅色火燄，另畫了一雙纖手，雙手之間繫有一根細細的鐵鍊，但鐵鍊中間已割斷。

張無忌看著信，怔怔的出了好一會神，終於一摺信箋，收入懷中，從銀箱中取出聖火令，放在中間桌上，高聲向衆人宣布：「昔年本教不幸，十二根聖火令遺失，幸而波斯總教代爲妥善保管。今此大業克成，上代教主心願得償，我教上下，永感總教盛德高義。」從懷中取出先前奪來的六根聖火令，並列放在桌上，雙膝一曲，向桌上的十二根聖火令跪下。

明教羣豪紛紛跪下。趙敏未入明教，但人人均跪，自己不便獨自站立，也跟著衆人跪了下來。波斯明教的使者，自大聖、智慧、常勝三寶樹王以下，也都向聖火令跪拜。

張無忌等行禮畢，又向波斯使者致謝，言詞紛繁，波斯使節未能盡解。趙敏朗聲道：「總教義氣大大的，禮物重重的，各位使者遠來辛苦的，感謝哉，感謝哉！」衆人哈哈大笑，皆大歡喜。擂鼓奏樂，擺設筵席，款待總教使節。

張無忌捧出「乾坤大挪移心法」羊皮，鄭重包入錦緞，請總教使節帶回波斯，回贈總教聖教主。此心法本屬總教所有，當年流入中華，總教聖處女黛綺絲、小昭所以來到中華，目的即爲取回心法。張無忌已習得心法，此後自可在教中擇徒傳授，俾心法在中華流傳。他將羊皮回贈總教，意義正與總教回贈聖火令相同，使得小昭立下大功。趙敏又取出當年被張無忌以利劍剖損其後補起的金盒，放入曾插在小昭鬢邊的那朵珠花，托大聖王送交小昭。

張無忌心念小昭的情意，不免心頭鬱鬱。智慧王於宴後拿出一個小包，悄悄遞給張無忌，輕聲道：「這是我們教主私人送給張教主的。」張無忌接了，回到後堂打開一看，裏面是兩套內衣、一雙鞋子，看針線是小昭親手所做，穿上鞋子，大小恰好合式，不禁淚水潸潸而下。相隔雖久，她仍記得自己的腳樣尺寸，平日相思之深，可想而知。

張無忌將三位寶樹王請到後堂，把自己所悟到的「乾坤大挪移神功」以及「聖火令神功」擇要傳授了一些。三位寶樹王大喜，伏地拜謝，宣稱來中華此行，領到神功，比甚麼酬謝都更貴重。

過了兩天，張無忌傳授神功已畢，修書回覆小昭，中土明教列隊歡送，恭送波斯總教使節回歸。張無忌、趙敏、楊逍、范遙、朱元璋等各有大批貴重禮物回贈。

衆人回到應天府明教聖火大堂，教中諸首領站立堂前。張無忌打開一個錦緞包裹，取出陽頂天手書聖火令遺訓。當年張無忌命各人進入光明頂秘道時，已讓各人閱過。只當時局勢緊急，各人未及細閱，此時重讀，衆人見了遺訓筆跡，又見到遺訓上十來個『陽頂天』的朱印，心下感動，拜伏在地。張無忌雙手捧著遺訓，朗聲誦讀道：

「歷代教主傳有聖火令三大令、五小令，年月既久，教衆頗有不奉行大小八令者，致教規廢弛。余以德薄，未能正之，殊有愧於明尊暨歷代教主付託之重。日後重獲聖火令後，此三大令及五小令當頒行全教，吾中土明教之重振，實賴於此。茲將此祖傳之大小八令申述之於後，後世總領明教者，祈念明尊愛護世人之大德，祖宗創業之艱難，並致力重獲聖火令，振作奮發，俾吾教光大於世焉。」

他跟著誦讀陽教主遺書中所錄的「聖火令三大令、五小令」：

「聖火令三大令：

「第一令、不得爲官作君：吾教自教主以至初入教弟子，皆以普救世人爲念，決不圖謀私利。是以不得投考科舉，不得應朝廷徵聘任用，不得爲將帥丞相，不得作任何大小官吏，更不得自立爲君主，據地稱帝。於反抗外族君皇之時，可暫以『王侯』、『將軍』等爲名，以資號召。一旦克成大業，凡我教主以至任何教衆，均須退爲平民，僻處草野，兢兢業業，專注於救民、渡世、行善去惡。不得受朝廷榮銜、爵位、封贈，不得受朝廷土地、金銀賜與。唯草野之人，方可爲民抗官、殺官護民；一旦爲官爲君，即置草民於度外矣。

「第二令、不得虐民害民：本教以救民護民爲宗旨，凡有利於平民百姓者，皆爲本教應作應爲之無上要務。本教所需，可搶劫官府、官倉、官庫、財主、大户，可受平民捐獻，亦可向民徵糧。但必須百姓先食飽，我教衆方可動箸。如遇饑荒，有糧食時先施百姓，我教衆後食；若糧不足，則我教衆不食。教衆與百姓爭鬧鬥毆，傷百姓者罪加一等，雙方有過，先罰教衆。

「第三令、不得自相爭鬥：凡我教衆，不論身爲教主、左右光明使、護教法王、旗使、門使，或初入門弟子，不得互相分派爭鬥，如意見不合，僅可辯論爭執，粗言咒罵、辱及祖宗亦不算犯令，何人出手毆擊，即爲犯令，殺傷教友人身、人命，更爲大罪。若有紛爭，交由上級判斷是非，此後即須聽命息爭，永保和好。

「聖火令五小令：

「第一令：凡我教衆，須守信義，出言如山，不得違諾失信，對教外人士亦當守信。

第二令：同教教衆，即爲兄弟姊妹，情同骨肉，重情重義，生死不渝。

第三令：尊敬長上，孝順父母，友愛弟兄，照顧朋友。

第四令：尊重婦女，不得輕薄調戲。任何處女寡婦，如與之有夫妻之事，即須娶之爲妻，否則須莊重相對。朋友妻，不可戲，朋友女，不亂語。

第五令：視明教如性命，長上有令，必須竭力遵行，叛教通敵者殺無赦。對教外人士和氣相待，甘居下風，不可妄自得罪，爲本教樹敵。戒葷之禁，今後取消。」

張無忌唸畢，再拿起波斯總教使節送來的聖火令，說道：「這是波斯總教日前送歸本教的聖火令，上面所刻的三大令、五小令，文字內容和陽教主遺訓中所錄一字不錯。本教在失去聖火令之前，已將令上三大令、五小令盡數錄下。陽教主只是照抄上代遺刻而已。」頓了一頓，朗聲道：「衆位兄弟，聖火令回歸本教，實是萬千之喜。聖火令上記的是本教歷代祖傳的大令大訓，咱們該不該鄭重遵奉？」明教衆人齊聲說道：「自然該當鄭重遵奉。」

彭瑩玉說道：「教主容稟：前代教主在聖火令上刻此三大令、五小令之時，百姓受官府欺壓淩剝，苦不堪言。本教爲衆百姓出頭，自己自然不可去做官家、做官府。但今日韃子佔我江山，神州淪於異族，我教的最大宗旨，莫過於驅除胡虜，拯救千萬百姓於韃子的鐵蹄踐踏之下。教主作官家、衆兄弟做官府，並不是爲了欺壓百姓，而是拯救百姓，保護百姓。因此屬下等奉請教主爲百姓而稱王。」楊逍、范遙、韋一笑等隨即附和。

張無忌道：「衆位兄弟，咱們爲了此事，已僵持多日。本人堅決不願稱帝稱王，決心決意，遵從聖火令大令。我明教屠龍刀誓殺暴虐害民的君主、誅滅貪官污吏，千年百年，此志不變。」說著從腰間拔出屠龍寶刀，提過一張梨木椅子，大聲道：「我張無忌身爲中華明教教主，對著我中華明教千萬好兄弟，謹此立誓。若違此誓，明教千千萬萬兄弟以我爲敵；我若違此誓，有如此椅！」烏光一閃，屠龍刀一刀劈落，如入清水，嗤的一聲輕響，將椅子劈爲兩半。

衆人見他心意堅決，且上代確有遺訓，便不再苦勸張無忌自立爲王。衆人鄭重宣誓，今後努力普惠世人，善濟百姓，克苦爲民。

此後朱元璋改稱「吳王」，在鄱陽湖與陳友諒會戰，周顛、五行旗等人相助朱元璋，將陳友諒殺得大敗，斃於湖中。後來更滅了張士誠、方國珍等敵對勢力。朱元璋派徐達帶兵北伐，將元順帝趕入塞外沙漠，蒙古人在中華所建的元朝就此滅亡。朱元璋倒還記得明教，將他所建的朝代稱爲「明朝」。但因明教維護百姓，朝廷官府便對其殘殺鎮壓，時日既久，後世首領無能，明教終於也漸漸式微了。

這日張無忌料理了教中事務，交代給楊逍、范遙、彭瑩玉暫行代理，自己即日要履行諾言，送趙敏前往蒙古，自己也寄跡蒙古，從此不回中土，日後教主一任，必須另擇賢能。他和趙敏安排好行裝，諸事辦妥，這日無事，想起父親外號「銀鉤鐵劃」，於是拿了一本碑帖，習練書法，盼能傳承父志。豈知毛筆在手，筆毛柔軟，雖運起九陽神功加上乾坤大挪移手法，也難以控縱。

趙敏見他提筆在手，神色不樂，便道：「無忌哥哥，你曾答允我做三件事，第一件是爲我借屠龍刀一觀，第二件是當日在濠州不得與周姊姊成禮，這兩件你已經做了。還有第三件事呢，你可不能言而無信。」張無忌吃了一驚，道：「你……你……你又有甚麼古靈精怪的事要我做？」

趙敏嫣然一笑，說道：「我的眉毛太淡，你給我畫一畫。這可不違反武林俠義之道罷？」張無忌提起筆來，笑道：「從今而後，我天天給你畫眉。」

忽聽得窗外有人格格輕笑，說道：「無忌哥哥，你可也曾答允了我做一件事啊。」正是周芷若的聲音。

窗子緩緩推開，周芷若一張俏臉似笑非笑的現在燭光之下。張無忌驚道：「你……你又要叫我做甚麼了？」周芷若微笑道：「你要知道就出來，我說給你聽。」張無忌回頭向趙敏瞧了一眼，又回頭向周芷若瞧了一眼，霎時之間百感交集，也不知是喜是憂，手一顫，一枝筆掉在桌上。

趙敏輕推張無忌，道：「你且出去，聽她說要你做甚麼？」張無忌躍出窗子，見周芷若緩緩走遠，便走快幾步，和她並肩而行。周芷若問道：「你明天送趙姑娘去蒙古，她從此不來中土，你呢？」張無忌道：「我多半也從此不回來了。你要我做一件事，是甚麼？」周芷若緩緩的道：「一報還一報！那日在濠州，趙敏不讓你跟我成親。此後你到蒙古，儘管你日日夜夜都和趙敏在一起，卻不能拜堂成親。」張無忌一驚，問道：「那爲甚麼？」周芷若道：「這不違背俠義之道罷？」

張無忌道：「不拜堂成親，自然不違背俠義之道。我跟你本來有婚姻之約，後來可也沒拜堂成親。好！我答允你。到了蒙古之後，我不和趙敏拜堂成親，但我們卻要一樣做夫妻、一樣生娃娃！」周芷若微笑道：「那就好。」

張無忌奇道：「你這樣跟我們爲難，有甚麼用意？」周芷若嫣然一笑，說道：「你們儘管做夫妻、生娃娃，過得十年八年，你心裏就只會想著我，就只不捨得我，這就夠了。」說著身形晃動，飄然遠去，沒入黑暗之中。

張無忌心中一陣惘然，心想今後只要天天和趙敏形影不離，一樣做夫妻、生娃娃，不拜堂成親，那也沒甚麼。「爲甚麼過得十年八年，我心裏就只想著芷若，就只不捨得芷若？」又想：「她其實並沒跟宋青書成親，和我又曾有婚姻之約。她做了不少對不起我的事，此刻想來，也並沒眞的對我壞。有些事情，她是受了師父逼迫，不得不做。她雖盜了屠龍刀和倚天劍，但現下屠龍刀復歸我手，表妹殷離也沒死……

「愛我極深、很想嫁我的，除了芷若，自然還有敏妹，還有蛛兒，還有小昭……」

張無忌天性只記得別人對他的好處，而且越想越好，自然而然原諒了別人的過失，別人所以對他不起，往往也是爲了愛他，想到後來，把別人的缺點過失都想成了好處，即使心頭還留下一些小小渣滓，也會想：「誰沒過錯呢？我自己還不是曾經對不起人家？小昭待我眞好，她已得回了乾坤大挪移心法，這個聖處女教主不做也不打緊。蛛兒不練千蛛萬毒手了，說不定有一天又來找回我這個大張無忌，我答允過娶她爲妻的……」

這四個姑娘，個個對他曾銘心刻骨的相愛，他只記得別人的好處，別人的缺點過失他全都忘記了，於是，每個人都是很好很好的……

（全書完）

注：我國古代相傳，以守宮（蜥蜴狀小動物）和藥物搗爛成糊，點於處女手臂，殷紅之色歷久不消，稱爲「守宮砂」，婚後即褪，以此法可試知是否處女。現代醫藥之學未能證明此法爲眞，因此已摒棄不用。但藥方自來守秘不傳，亦未能以實驗證明爲假。書中故事所述爲古代生活及風俗信念，當時古人信此不疑，故叙其事。到底爲眞爲假，無由以現代科學知識判斷。

後記

《倚天屠龍記》是「射鵰三部曲」的第三部。

這三部書的男主角性格完全不同。郭靖誠樸質實，楊過深情狂放，張無忌的個性卻比較複雜，也比較軟弱。他較少英雄氣概，雖然寬厚大度，慷慨仁俠，豪氣干雲（其實他的俠氣最重，由於從小生長於冰火島，不知人世險惡，不會重視自己利益，因而能奮不顧身的助人），但不免也有缺點，或許，和我們普通人更加相似些。楊過是絕對主動性的。郭靖在大關節上把持得很定，小事要黃蓉來推動一下。張無忌的一生卻總是受到別人的影響，為環境所支配，無法解脫束縛。在愛情上，楊過對小龍女之死靡他，視社會規範如無物；郭靖在黃蓉與華箏公主之間搖擺，純粹是出於道德價值，在愛情上絕不猶疑。張無忌卻始終拖泥帶水，對於周芷若、趙敏、殷離、小昭這四個姑娘，似乎他對趙敏愛得最深，最後對周芷若也這般說了，但在他內心深處，到底愛那一個姑娘更加多些？恐怕他自己也不知道。是不是眞是這樣，作者也不知道，既然他的個性已寫成了這樣子，一切發展全得憑他的性格而定，作者也沒法干預了。

張無忌一生只重視別人的好處，寬恕（甚至根本忘記了）別人的缺點。像張無忌這樣的人，任他武功再高，終究是不能做政治上的大領袖。當然，他自己根本不想做，就算勉強做了，最後也必定失敗。中國三千年的政治史，早就將結論明確的擺在那裏。中國成功的政治領袖，第一個條件是「忍」，包括克制自己之忍、容人之忍、以及對付敵人之忍。第二個條件是「決斷明快」。第三是極強的權力欲。張無忌半個條件也沒有。周芷若和趙敏卻都有政治才能，但政治才能太強的姑娘，往往並不很可愛。

我自己心中，最愛小昭。只可惜不能讓她跟張無忌在一起，想起來常常有些惆悵。所以這部書中的愛情故事是不大美麗的，雖然，現實性可能更加強些。

張無忌不是好領袖，但可以做我們的好朋友。事實上，這部書情感的重點不在男女之間的愛情，而是男子與男子間的情義，武當七俠兄弟般的感情，張三丰和張翠山之間、謝遜和張無忌之間父子般的摯愛。

然而，張三丰見到張翠山自刎時的悲痛，謝遜聽到張無忌死訊時的傷心，書中寫得太也膚淺了，眞實人生中不是這樣的。

因爲那時候我還不明白。

一九七七・三月

張無忌的性格之中，似乎少了一些英雄豪傑之氣，但他於這個「俠」字，卻發揮得很充分。「俠」是並非爲了追求自己（包括自己國家、自己團體、自己親友）的利益而去做義所當爲的事，所謂「路見不平、拔刀相助」，俠士是不顧一切（不顧自己的生命、利益、名譽）、不接受任何代價而去追求正義。趙匡胤千里送京娘，卻堅持拒絕美麗的京娘委身，因爲他覺得如果他接受了，他的義舉便有了代價，就不是高尚的俠義行爲。西方社會中較少這種價值觀念，西方人常覺上帝（或教會）吩咐這樣做，便去做了。中國人的觀念是，自己良心覺得應當這樣做，便去做了，未必是求來生較好，未必是爲了免得在地獄中受苦。武俠小說的最高原則，是宣揚俠義精神。英雄往往是爲自己而做，俠士卻通常是爲別人而做。有了代價，便少了俠氣。

張無忌甘受滅絕師太三掌，在光明頂上奮身而擋六大派，不是求名，不是逞勇，只是覺得「應該做」，所以他決不會去和朱元璋爭做皇帝。

二〇〇三・七月

《倚天屠龍記》一書，因爲結構複雜，情節紛繁，漏洞和缺點也多，因之第三次修改中大動手術。最主要的更動是：張無忌最後沒有選定自己的配偶。我一直相信，歷史並非命定，充滿了偶然因素，人事也是這樣。張無忌最後與趙敏前往蒙古，從此不回中土，但如出現其他偶然因素，周芷若可能去蒙古找他，他可能和趙敏同去波斯找小昭，可能爲了明教而不得不獨自回中土辦事，也可能在西域遇到殷離……世事主要是人爲的，而張無忌只記得別人對他的好處，於是，人人都是好人，人人都很可愛……

周芷若對張無忌說：「你只管和她做夫妻、生娃娃，過得十年八年，你心裏就只會想著我，不捨得我了。」這種感情，小弟弟、小妹妹們是不懂的。所以我不主張十三四歲的小妹妹們寫小說。

本書的回目是模倣柏梁體一韻到底的七言詩四十句。古體詩的平仄與近體詩不同，不可入律。我不擅詩詞，古體詩寫起來加倍困難，就當作是一次對詩詞的學習了。困難之點在於沒有「古氣」。

二〇〇四・七月

倚天屠龍記(大字版) / 金庸作.　-- 二版.
-- 臺北市：遠流， 2017.10
冊；　公分. -- (大字版金庸作品集；31–38)

ISBN 978-957-32-8103-0 (全套：平裝).

857.9　　　　　　　　　　106016645